Gil Gómez el insurgente

Juan Díaz Covarrubias

Gil Gómez el insurgente

EL ARTE DE LA ESCRITURA

Edita: Editorial Doble J, S.L.
C/ Montevideo 14
41013 Sevilla
Teléfono / fax: (0034) 954 41 53 68
www.culturamoderna.com
editorialdoblej@editorialdoblej.com
ISBN: 978-84-935264-9-8

Índice

Primera parte

I A astuto, astuto y medio

En las inmensas llanuras que se encuentran hacia el Sur en el Estado de Veracruz, entre las pequeñas aldeas de Jamapa y Tlalixcoyan, orillas de un brazo del río Alvarado y no tan cerca de la barra de este nombre para que pudiera considerarse como un puerto de mar, se alzaba graciosa a la falda de una colina, y como oculta a la mirada curiosa de los escasos viajeros que por allí suelen transitar, la pequeña aldea de San Roque, cuyo modesto campanario se podía percibir entre el follaje de los árboles, dominando el pintoresco caserío.

Esta aldea, medio oculta en una de las quebradas del poco transitado y mal camino que conduce de la barra de Alvarado a la villa de Córdoba, aislada completamente de las relaciones comerciales y políticas, contendría escasamente en la época en que comienza esta narración de seiscientos a ochocientos habitantes, la mayor parte indígenas, labradores en los sembrados de maíz, de tabaco y de caña, que se cultivan en algunas rancherías de las inmediaciones, familias de viejos señores de las ciudades más cercanas, como Veracruz, Jalapa, Orizaba, Cosamaloapán, antiguos guardias de las milicias del virrey, retirados ya del servicio, restos de la aristocracia de segundo orden, cuya decadencia comenzaba ya en aquella época, o hasta media docena de acomodados labradores, que poseían fértiles terrenos, en que cultivaban las semillas que tanto abundan en esos climas privilegiados.

Los habitantes de la primera clase pasaban la mayor parte del día en los campos de las pequeñas haciendas, y sólo en las primeras horas de la noche se veían alumbrarse sus cabañas diseminadas sin orden y al acaso en un radio de cuatrocientas varas.

Los segundos habitaban modestas y graciosas casas de un solo piso, generalmente diseminadas también sin orden y según el capricho de su dueño, ya en el fondo de una quebrada, ya a la falda de una pequeña colina, ya al fin de una cañada, o en medio de una floresta.

Una tarde de los primeros días del mes de septiembre de 1810, a la hora en que el sol comenzaba a reclinarse fatigado detrás de las lejanas montañas, cuando empezaba a reinar en el espacio esa tinta crepuscular, luz de penumbra que resulta de la lucha entre el sol que se muere y las sombras que nacen; a la hora en que el monótono y lejano ruido de la campana de San Roque se confundía con los cantos de los labradores que volvían alegres del trabajo y el mugido de los bueyes que desuncían del arado, se unieron a los vagos pero infinitos murmullos que reinan en esa poética y sublime hora los acentos de una música lejana.

¿De dónde nacían esas armonías?

¿Quién, en el rincón de esta aldea abandonada y tranquila, así impregnaba de dulces sones el aura soñolienta del crepúsculo?

Para saberlo es necesario que sigamos los pasos de un joven que a la sazón caminaba en dirección de una calle sombría de árboles y a cuyo fin se distinguía una casita, blanqueando entre ellos a los últimos rayos del moribundo sol.

El que a ella se acercaba con precaución y como temiendo ser visto, era un joven que representaba tener de diez y ocho a veinte años a lo más; pero tan alto, tan flaco, tan nervioso, que nada más propiamente personificaba la imagen de ese personaje que bajo el prosaico nombre de Juan Largo nos ha descrito el Pensador mexicano.

Sus brazos eran largos con relación a su cuerpo y sus manos un poco largas con relación a sus brazos; sus piernas no estaban tampoco en razón muy directa de longitud con el resto de su individuo. Sus facciones, bastante pronunciadas para marcarse perfectamente, a pesar de la escasa luz que ahora sobre ellas caía, no eran precisamente hermosas, puesto que los ojos eran algo grandes y un poco saltones, las orejas y la nariz grandes también, la barba un poco saliente, y la boca con los labios muy ligeramente vueltos hacia fuera, dejando entrever dos hileras de dientes blanquísimos y afilados.

Pero, por una de esas rarezas tan comunes en la naturaleza, el conjunto de aquella fisonomía huesosa y un poco angular, colocada sobre un cuello prolongado como el de una cigüeña, era, si no hermosa, a lo menos simpática y agradable de contemplar, porque en ella se leían a primera vista la franqueza, la sencilla jovialidad, la generosidad, el valor, todos los sentimientos nobles del alma, que por más que se digan en ninguna parte se retratan más claramente al hombre observador que en la fisonomía.

En efecto, aquellos ojos, vivos, movibles, que lanzaban miradas inmediatamente penetrantes, indicaban desde luego que acostumbraban verlo todo a primera vista; aquellos labios que se entreabrían con frecuencia para formar una sonrisa muy particular indicaban cierta expresión de chiste cáustico y franqueza incisiva, cuando era necesario; aquellas orejas que tanto sobresalían del resto de la cara parecían ir en efecto a la vanguardia para oírlo todo.

Vestía el joven un traje medio campesino, medio de hombre de ciudad. Componíase de una especie de chupa o chaqueta de tela grosera, una corbata de color encarnado vivo, anudada sin orden a su cuello y cayendo sus puntas descuidadamente sobre su pecho, unos calzones anchos como ya entonces usaban los habitantes del campo, muy diferentes a los cortos y estrechos que vestían los de la ciudad, ceñidos con una banda de fino burato verde. Unos zapatos herrados y burdos de piel de gamuza de color amarillo y un sombrero de la tela llamada de «Vicuña», entonces muy en boga, cónico, color de canela, completaban este traje.

Ya hemos dicho que el joven seguía la dirección de la calle de árboles, con precaución y como temiendo ser observado. A veces, en efecto, caminaba acercándose a la casa que se distinguía al final de la alameda y después permanecía un instante atento, lanzando sus penetrantes miradas a través de los campos ya casi obscurecidos.

En aquel momento la campana de la parroquia de San Roque sonó la oración.

El joven se descubrió respetuosamente dejando ver una cabeza rapada a la puritana, cabeza irregular, que tenía un poco del rombo, del cono y del triángulo, cabeza matemática, terminada por una frente ancha, despejada, convexa, verdaderamente hermosa, que debía encerrar pensamientos bullidores, de vida y de juventud. Sus labios perdieron su habitual expresión de malicia y murmuraron una plegaria. Después, cuando hubo acabado, volvió a cubrirse y continuó su precautoria excursión.

La música seguía sonando y se hacía cada vez más distinta.

Ya tocaba casi al fin de la alameda.

De repente se quedó parado y aplicó el oído en dirección al camino que atrás dejaba andado.

Le parecía haber escuchado un ruido.

El joven no se había engañado, eran los pasos de una persona que se acercaba y que muy pronto se dejó ver.

Era un anciano que por su traje y sus maneras revelaba a leguas al labrador acomodado y contento con su suerte.

El joven pensó primero en ocultarse, después en huir, pero ambas cosas eran sumamente imposibles, puesto que el que llegaba se encontraba ya a una distancia en que ninguna de estas dos maniobras hubiese escapado a su vista. Así es que el joven se quedó parado y afectó mirar a la luna, que por uno de esos cambios tan comunes bajo el cielo de los trópicos, en que el crepúsculo dura un instante y en que la noche sucede casi sin interrupción al día, comenzaba ya a mostrarse en el firmamento, todavía medio confundida con las últimas inciertas tintas crepusculares.

El que se acercaba era, como hemos dicho, un anciano de fisonomía alegre y jovial, un tipo de hacendado de esos que en México, usando de una metáfora ingeniosísima, se llaman «ricos-pobres».

-Hola, ¿eres tú, Gil Gómez? Por cierto que nadie te conociera en esa posición tan extraña que guardas -dijo al joven con expresión de jovialidad.

-¡Ah!, ¿es usted, tío Lucas? -preguntó éste, afectando sorprenderse y apartando sus ojos del cielo.

-Sí, pero ¿qué diablos haces por aquí, así mirando la luna? ¿Vienes hacia la casa del buen doctor para consultarle? ¿O estás oyendo tocar a su bella hija la señorita Clemencia?

-Ninguna de las dos cosas, tío Lucas, sino que pasaba por aquí y me ha dado gana de ver entre los claros de los árboles ese cielo tan sereno y esa luna naciente que anuncia una noche tan bonita -respondió el joven con su sonrisa particular.

-Sí, en efecto, la estación se presenta bien este mes; pero ¿de cuándo acá, ¡piel de Barrabás!, eres tú afecto a contemplar la belleza de las cosas naturales, tú que encuentras demasiado corto para tus travesuras el tiempo que te deja libre de los quehaceres de la sacristía el buen padre párroco?

-¡Qué quiere usted, tío Lucas! Con la edad viene la reflexión. Así dice el señor cura que lo ha dicho un sabio cuyo nombre no recuerdo ahora; pero ello es que era un sabio -contestó el joven dando a su cara naturalmente viva y animada un aire de seriedad grave, que a cualquiera otro que al inocente tío Lucas habría parecido fingida.

-¡Vaya!, ¿y está bueno el señor cura? -preguntó el anciano con interés-. Hace algunos días que no lo veo.

-Con razón, tío Lucas, con razón; sus reumas hace una semana que le impiden salir y lo tienen clavado en un sillón de donde no saldrá sino para el sepulcro; yo lo velo y lo cuido como un buen hijo; pero ya usted ve que la edad tan avanzada a que ha llegado... -y el joven se interrumpió llevando a sus ojos el reverso de su mano y entrecortando su voz con un sollozo, que otro interlocutor que el tío Lucas hubiera calificado de demasiado doliente para ser verdadero.

-¡Hum! -dijo-, no hay que afligirse; dile de mi parte que mañana pasaré al curato para visitarle, y tú sigue así, siendo tan
buen muchacho y ganándote el aprecio de las gentes de respeto.
Hasta mañana, Gil Gómez.

-Hasta mañana, tío Lucas.

El anciano torció a la derecha siguiendo la dirección de un
estrecho sendero que conducía a su posesión.

Gil Gómez permaneció un instante atento, hasta que el ruido de los pasos del anciano se fue desvaneciendo gradualmente
y se perdió en el silencio de la noche. Su fisonomía volvió a tomar su habitual expresión de franqueza y travesura, y murmuró
entre dientes:

-¡Pobre tío Lucas, qué bien la ha tragado! Pero hubiera yo
quedado fresco si me sorprende el secreto de mi expedición.
¡Jesús, qué chismería me hubieran armado en el curato! ¡Puf!,
ni pensarlo quiero.

Y dichas estas palabras se preparó a continuar su interrumpida marcha.

La música seguía sonando siempre, y salía, ya no había que
dudarlo, de la casa a que llegaba Gil Gómez.

Era una casa de un solo piso, cuyo ancho y sólido portón,
pintado de color verde y situado entre dos ventanas de madera
del mismo color, se elevaba encima de una escalinata de cuatro
gradas; las ventanas por el contrario estaban al nivel del suelo;
de cada lado de ellas se había formado un bosquecillo de esos
árboles pequeños, siembre verdes, que tanto abundan en los
países cercanos a las costas de Veracruz, y que se continuaban
de cada lado formando un semicírculo con la alameda que con
tanta precaución hemos visto atravesar a Gil Gómez.

La luna, que alumbraba a sus ojos esta escena, se ocultó repentinamente, pareciendo favorecer los intentos del joven, que,
con un paso tan silencioso que ni el oído finísimo de un perro
hubiera percibido, se deslizó hasta el bosquecillo de su derecha
murmurando:

-Ahora sí, aquí estoy bien y puedo calcular el momento más
favorable. Pero como no esté ahí ese maldito perro «Leal», que

debe ser lo menos primo hermano de Satanás, según su astucia, porque entonces todo se lo llevó la trampa...

... Gil Gómez había escogido un buen punto de observación; protegido por los árboles, había llegado hasta un lado de la ventana y desde allí podía sin ser visto presenciar lo que pasaba en el interior de la habitación.

Avanzó con su misma precaución la cabeza por entre los barrotes, y con una mirada rápida como el pensamiento miró lo que vamos a decir.

La habitación era extensa; no había en ella más muebles que un par de canapés de sólida madera con asiento de lo mismo, ocupando los dos costados de ella, del mismo lado en que se hallaba Gil Gómez; una mesa grande de madera de cedro colocada precisamente enfrente de la ventana y por consiguiente enfrente [...] ocupaba los lienzos restantes de la habitación. Pero en cambio ese estante estaba atestado de libros y encima de él se veían pájaros disecados, instrumentos de química, retortas, frascos grandes con fetos o pequeños con líquidos de diverso color, esferas geográficas y otros mil objetos; pero todo colocado con cierto orden, clasificado de cierta manera que revelaba desde luego el gabinete de un hombre estudioso, consagrado a la ciencia, y no la oficina de un charlatán.

Aquél era el estudio de un médico, y por si Gil Gómez lo hubiese ignorado habrían bastado a desengañarle dos esqueletos encerrados en sus nichos y colocados en los dos únicos ángulos de la habitación que él podía contemplar desde la ventana y que parecían mirarlo sonriendo con esa sonrisa sarcástica de las calaveras, que tal vez se creyera que se están burlando de la humanidad que al verlas suspira.

Un estremecimiento de horror que circuló por el cuerpo de Gil Gómez denunció desde luego al joven todavía cándido que conserva la superstición religiosa de los primeros años de la vida.

De codos sobre la mesa, apoyada su frente en una de sus manos, con la vista fija en un libro abierto, y sentado en una amplia butaca también de madera de cedro con asiento y respaldo de cuero amarillo, había un anciano que leía a los tenues resplandores de una lámpara que alumbraba escasamente el resto de la habitación.

Aquella frente surcada con las huellas que dejan el estudio y la meditación, aquella cabeza cuyos cabellos habían ido arrancando poco a poco las vigilias, e inclinada hacia el pecho, aquella fisonomía tan pensadora, denotaban desde luego una juventud pasada en la reflexión, en la observación de las ciencias naturales, ciencia de la humanidad que envejece a los hombres en pocos años; pero que en medio de esa vejez les imprime un sello de juventud, por decirlo así, y de vida, vejez que nunca es ridícula, vejez que despierta en el corazón de la juventud un noble respeto.

Este anciano era en efecto un médico, que después de haber ejercido largos años su noble profesión en algunas ciudades de Europa y de la Nueva España, había venido hacía pocos años, fatigado del bullicio de la sociedad, a vivir con el producto de su trabajo de treinta años, en el rincón de esta aldea oculta y apartada del mundo, con su hija, fruto de su pasión con una joven inglesa, que hacía diez y ocho años había desposado en su país por gratitud y que había muerto al pisar las abrasadas aguas del Golfo de México; con su hija, hermosa niña, que sólo diez y siete veces había visto cubrirse de verdes hojas los árboles, inocente, pura y amorosa como las palomas de los bosques en que habitaba, tierna y sencilla como la primera sonrisa de un niño.

El doctor había dividido su tiempo entre la educación de su hija, sus estudios y el recurso a los desgraciados y a los pobres enfermos que desde diez leguas a la redonda le llamaban, bendiciéndole, su padre querido, su Providencia, el amparo de los desvalidos.

Si en aquel momento el doctor hubiese levantado la cabeza del libro en que atentamente leía, hubiera observado en la ventana frente a él, pegada a los barrotes, una cabeza que le observaba con cuidado.

-¡Bueno! -dijo para sí Gil Gómez-. ¡Bueno! El doctor estudia en su gabinete y la señorita Clemencia toca el piano en su habitación. ¡Bueno! Como ese maldito perro «Leal» se encuentre ya en los corredores de adentro, la cosa marcha a las mil maravillas. Veamos.

Y con la misma precaución con que lo hemos visto llegar a la ventana de la derecha, Gil Gómez se deslizó, siguiendo la dirección semicircular que limitaban los bosquecillos, hasta la ventana del lado opuesto, y antes de observar lo que pasaba en el interior de la habitación se quedó un momento de pie.

Tocaba el piano, pero desde luego se conocía que la persona que con tanta dulzura despertaba a las dormidas brisas de la noche no era por cierto una aldeana y comprendía perfectamente el sublime espiritualismo de la música.

El piano preludiaba la música de una melancólica balada inglesa ya antigua en aquella época, pero impregnada de triste poesía y dulce misticismo.

Después una voz argentina, pura, vibradora como las notas menores de un clavicordio, es decir, con una vibración medio apagada, se mezcló a las dulces entonaciones del piano y recitó en inglés las estrofas de la balada.

Eran las palabras que una joven dirige al amado de su corazón en el momento en que éste parte a lejanas tierras para buscar fortuna y gloria en la guerra, cada una acabada con ese: *Farewell, for get me not*, de los ingleses, con que tanto quieren decir y que no tiene traducción en ningún idioma.

Aquella voz dulcísima que cantaba en un idioma extranjero las estrofas moduladas en la música, música de los puritanos, estrofas que expresaban sentimientos acaso en acuerdo con los que ahora dominaban el corazón de la cantora; aquella voz oída en el rincón más oculto de una ignorada aldea del Nuevo Mundo; aquella joven hermosa, hija de un anciano médico, inglesa por nacimiento y por sentimiento, mexicana por educación y por idioma; aquella noche tan tibia de septiembre, aquella brisa cargada de aromas y de armonías, hubieron de hacer una impresión tan profunda en el corazón de Gil Gómez que se quedó extasiado con las pupilas fijas y los labios entreabiertos, con el oído atento por la emoción, como queriendo aspirar los perfumes, como queriendo escuchar las melodías de aquella brisa que hasta él llegaba.

-¡Oh! -dijo con visible emoción-, ¡cuán hermosa es ella, y él qué dichoso! Pero, ¡cuán desgraciados van a ser ambos dentro de poco! Y al decir estas palabras, la cabeza volviendo a recobrar su imperio sobre el corazón, el joven se acercó a la ventana, y con la misma mirada particular con que le hemos visto recorrer el gabinete del médico, registró violentamente el interior de la estancia.

La misma sencillez en los muebles colocados con ese orden que revela la tranquilidad, el bienestar de la vida de providencia; pero ese perfume, esas delicadezas, esos detalles que sólo en el gabinete de una joven hermosa y aristócrata se encuentran: el lecho de metal sencillo, pero con un pabellón blanquísimo de muselina con lados encarnados; el tocador de madera barnizada, pero cubierto de esas chucherías primorosas, arsenal desde donde las mujeres se preparan al combate de corazones; la mesa sencilla y modesta, pero adornada con un jarrón de nívea porcelana cubierto de flores; el pavimento de madera, pero sin que un ojo indiscreto pudiese encontrar ningún objeto que alterase su tersura; flores en todas partes, flores en el tocador, flores en la mesa, flores en la ventana; y por último una joven de diez y siete años, blanca como una inglesa, pálida como una estatua de mármol, con una frente despejada como un cielo de verano, con unos ojos de ese azul obscuro particular que dejan transparentar las niñas y que lanzan una mirada prolongada, adormecedora, silenciosa; con una nariz recta y fina, casi trasparente hacia las extremidades; con una boca pequeña como la de un niño, que nunca se entreabre para dejar caer un sarcasmo o un chiste, que sólo parece formada para exhalar plegarias o palabras de amor; unos cabellos suaves de color castaño obscuro, bajando a los lados de la frente, cubriendo unas orejas pequeñas y finas y anudándose hacia atrás para formar ese sencillo peinado de las inglesas; un óvalo de cara, un tipo peculiar, un cuello, una estatura altiva y sencilla a la vez, modesta y aristocrática como la más hermosa de las mujeres de la Biblia. Ruth la espigadora, y luego esa joven que entona un cantar místico y armonioso como todos los de los puritanos, y una joven huérfana que en su semblante está revelando la pureza de sus sentimientos, la inocencia, la pasión, la poesía de su aislamiento.

Todo esto contempló Gil Gómez en un momento; pero también contempló muy a su pesar un enorme perro, que con la cabeza entre las piernas vuelta hacia su ama, dormitaba o aparentaba dormir.

El joven se hizo atrás tan violentamente para no ser visto por el perro que produjo un ligero ruido en la ventana.

El animal volvió la cabeza hacia ella y gruñó sordamente; pero aquel ruido había sido tan ligero, tan semejante al que produciría una hoja seca al desprenderse del árbol, que volvió indolentemente la cabeza a su primera posición.

-¡Maldito animal! -murmuró Gil Gómez-, si no se quita de ese lugar todo se echó a perder y no puedo cumplir fielmente el encargo de Fernando. Además, va haciéndose ya muy tarde y van a extrañar mi presencia en el curato.

Entonces se entabló una lucha entre el animal y el hombre, lucha de astucia, en la que este último debía quedar indudablemente vencido.

Gil Gómez, protegido por el sonido del piano, volvió a avanzar con precaución la cabeza conteniendo hasta la respiración. Pero esta vez, sea que el perro hubiese sentido al joven o que lo hubiese visto, se separó de su sitio y se acercó a la ventana, ladrando estrepitosamente.

-«Leal», quieto, aquí -dijo la joven con su misma voz de música que ya hemos escuchado y con su acento ligeramente extranjero, pero tan ligero como el que se puede recibir de la costumbre de hablar su idioma primitivo los tres primeros años de su vida para no volver a hablar más.

«Leal» lanzó otros tres o cuatro ladridos, que se perdieron por la vasta extensión de los silenciosos campos.

-«Leal», aquí -volvió a repetir la joven.

El animal, no viendo moverse ni una hoja en el campo que podían abarcar sus ojos, lanzó un último ladrido y se volvió refunfuñando descontento a su sitio, pero con la cara vuelta a la ventana.

La joven seguía cantando sin sospechar la vigilancia de que era objeto.

Gil Gómez consideró que un perro de la especie de «Leal» no sería muy fácil de ablandar, y que al verle en la ventana armaría un escándalo capaz de alarmar al doctor y a los demás criados de la casa; el bosquecillo en que tan violentamente se ocultó durante la presencia de «Leal» en la ventana pudo sólo evitarlo.

Así es que resolvió alejarlo de aquel sitio, para lo cual se internó en el bosquecillo que se confundía con el costado izquierdo de la casa, hacia el cual daban tres ventanas de las piezas interiores de ella, y produjo un ruido en una de las vidrieras, ruido que nadie más que el animal percibió, pues se lanzó ladrando fuertemente al interior de la casa.

Fue tan violenta la acción del perro que la joven dejó de cantar y se separó del piano, diciendo de nuevo:

-Vamos, «Leal», aquí.

Pero después, oyendo que los ladridos del animal se iban alejando hacia el fondo de la casa, volvió al piano murmurando:

-Qué sé yo qué tiene «Leal» esta noche.

Gil Gómez, después de haber llamado la atención del perro a otra parte, alejándolo por un momento, se deslizó por el bosquecillo, ligero como el pensamiento, hasta volver a la ventana, a cuya vidriera dio tres golpecitos tímidos y discretos.

-¿Quién llama? -dijo la joven ligeramente asustada.

-Yo, señorita Clemencia, soy yo -dijo Gil Gómez, procurando dar a su voz un tono de confianza y seguridad para tranquilizar a la joven.

-¡Ah!, ¿es usted, señor Gil Gómez? -dijo ésta acercándose a la ventana.

-Sí, señorita -respondió Gil Gómez sacando precipitadamente un papel y poniéndolo en manos de la joven-, yo, que traigo este encargo de Fernando.

A esta acción y a este nombre la joven se estremeció de alegría y se ruborizó de sorpresa, tomando el papel que le entregaban.

Gil Gómez iba tal vez a continuar hablando, pero los ladridos del perro se escuchaban cercanos y sólo pudo decir precipitadamente:

-Buenas noches, señorita Clemencia.

-Adiós, señor Gil Gómez, mil gracias -dijo ésta con su misma dulcísima y argentina voz.

Después se aproximó a la bujía colocada encima del piano y leyó trémula de emoción las siguientes palabras:

«Clemencia:
Mañana debo partir; hoy, como ya acaso sabrás por el doctor, que ha hablado con mi padre, ha llegado el despacho y la orden del señor virrey Venegas.
Tenemos muchas cosas que decirnos por última vez.
Si me amas, espérame esta noche al dar las doce junto a la puertecilla del jardín que da a los campos, donde podremos hablar libremente, porque esta noche no debe ir mi padre a visitar al doctor.
¡Ah!, ¡por qué triste motivo nos juntamos!
Adiós.
Fernando».

-¡Ah!, crueles, ingratos, quieren separarnos, nos van a arrancar el uno del otro -dijo Clemencia dejándose caer de codos sobre el piano y ocultando su cabeza entre las manos para sollozar.

Cuando «Leal» se acercó a la ventana de la habitación sólo pudo oír el rumor de los pasos de Gil Gómez que se alejaba corriendo.

Esta vez, la primera de su vida, «Leal» había sido burlado, completamente burlado en sus barbas, y cerca de media hora permaneció en la ventana, ladrando fuertemente por intervalos, confundiéndose sus ladridos con los de los demás perros de San Roque, sin ser notado por su joven ama, que con la cara oculta entre sus manos continuaba sollozando dolorosamente.

II Dos mortales formando un ángel

¿Qué amores misteriosos eran esos que así se alimentaban en el rincón de esa aldea solitaria?

¡Cuánta poesía debía haber en el amor de esta pobre niña huérfana, aislada con sus pensamientos purísimos y romancescos, lejos de su país natal y del contacto envenenado de la sociedad, entregada a su inspiración, sin que la venalidad ni el interés hubiesen encontrado un eco en su inocente corazón! ¡Pobre ave de blancas plumas!, ¡ave huérfana!, ¡ave sola!, ¡ave extranjera!, ¡que vas atravesando el espacio con raudo y sereno vuelo, aspirando todo el aire que le llena, recibiendo todos los rayos de luz que le inundan, escuchando todos los murmullos dulcísimos y misteriosos del éter! ¡Pobre ave! Dios no quiera que ese aire se envenene para tu aliento, que esa luz te ciegue al inundarte, que esos murmullos se tornen en adioses, en gritos de dolor, en suspiros de despecho, que esa vida que Dios te ha dado como bendición languidezca y se te torne como castigo.

¿Quién era ese joven Fernando que tan profunda impresión había inspirado en aquel inocente corazón? ¿Quién era, que con sólo una palabra de despido hacía derramar abrasado llanto de aquellos ojos?

Fernando era digno de tanto amor y de aquellas lágrimas.

Hijo de un noble y honrado plantador de tabaco y hacendado de aquella provincia, había pasado una parte de su juventud en un colegio de Puebla de los Ángeles y hacía dos años que había vuelto al hogar a vivir al lado de su padre.

Muy al contrario de lo que sucede casi siempre con todos los jóvenes, hijos de familias acomodadas de provincia a quienes se envía a educarse a la ciudad, fuera de la vigilancia paterna, Fernando sólo había traído buenos sentimientos, instrucción aristocrática que hace tan interesante a los jóvenes.

Además, Fernando era artista, artista por inspiración, artista por nacimiento si se quiere, y la mayor parte de los cuadros que adornaban los amplios y sencillos cuartos del hogar paterno eran obras que a su mano había dictado su imaginación.

Con una fisonomía hermosa, melancólica y agradable de contemplar, con un porte simpático y distinguido, con una alma llena de pensamientos nobles, de espiritualismo, de amor, de poesía, dejándose arrebatar por todos sus buenos instintos, su vida era una incesante aspiración a todo lo bello, cada pensamiento una ilusión, cada esperanza una fantasía, cada palabra una estrofa de la poesía del corazón.

Sucedió lo que era natural que sucediera.

Fernando, al volver del colegio, encontró a Clemencia, que hacía cuatro años se había ido a habitar la aldea en compañía de su padre, la veía en la misa mayor los días festivos, en los paseos que ella, niña melancólica, y él, joven soñador, errante, admirador de lugares hermosos y solitarios, escogían de igual manera.

Además, el doctor y su padre eran antiguos amigos y se visitaban mutuamente, acompañados de sus hijos. Así es que en las largas noches de invierno o en las tempestuosas del otoño, mientras los dos ancianos y algunos caballeros de la vecindad conversaban entretenidamente sobre política, sobre viajes, o jugaban al ajedrez en un rincón de la sala, los jóvenes corrían al cuartito de Clemencia y allí, sentados cerca del piano, hablaban también en voz baja, o tocaban juntos, extasiándose con las mismas melodías, alabando las mismas piezas de música, participando del mismo entusiasmo, o se alternaban para leer las obras que, tales como el *Pablo y Virginia* de Bernardín de Saint Pierre, la *Atala y René* de Chateubriand, el *Werther* de Goethe, las *Cartas de Éloísa y Abelardo*, las *Poesías* de Meléndez, se encontraban por una casualidad rara en aquella época en la biblioteca del doctor.

Esta semejanza de edad, de carácter de costumbres, de inclinaciones, de pensamientos, este aislamiento común en medio de una aldea solitaria que no presentaba ningunas otras distracciones al corazón, estas largas horas pasadas solos en compañía, escuchando el monótono ruido de la lluvia que afuera azotaba los cristales de la habitación, o contemplando con el mismo arrobamiento, con igual éxtasis, el hermoso espectáculo de los silenciosos y serenos campos iluminados por la blanda luz de la luna, esta conversación inocente, pero sin testigos, estas lecturas en que figuraban personajes tan interesantes a los ojos de los jóvenes y en situación tan análoga con la suya; esta vida corriendo en común, armonizada por la música del piano y embellecida por ese perfume de melancolía y recogimiento interior que la semejanza hacía nacer, estas palabras vagas, incoherentes, estas confidencias a media voz de lo que se soñó anoche, de lo que se pensó durante el día, de esas alegrías o dolores ocultos de la vida, hicieron nacer en el corazón de los dos jóvenes, sin saberlo, sin comprenderlo, primero una amistad, amistad entre un joven y una señorita que tan pronto degenera en una ternura dulce, en un cariño, en un amor, en una pasión.

Lo que primero había sido un efecto de la casualidad, se hizo una necesidad; los dos jóvenes acabaron por no poder vivir sin verse.

Clemencia pasaba el día inquieta, distraída y melancólica hasta la noche, y Fernando por su parte no hacía otra cosa durante el día que suspirar, pasearse cerca de la casa del doctor, por los campos que estaban detrás del jardín y sirviendo de límite entre ésta y la hacienda, hasta las ocho, hora en que su padre, con ese buen orden, con ese arreglo en las costumbres que preside a todos los actos de la vida de provincia, tomaba su ancho sombrero, su grueso bastón de nudos y su amplia capa, o su paraguas en tiempo de lluvias, y apoyado en el brazo de su impaciente hijo se dirigía, siguiendo la espalda del jardín y por el bosquecillo que ya conocemos, a la casa del doctor, donde de nuevo entablaban los juegos, las discusiones, las relaciones de viajes o aventuras de la juventud.

Por su parte, los jóvenes se aislaban como de costumbre, y después de haber permanecido un momento silenciosos, como para saborear el recogimiento del placer de hallarse juntos, dejaban desbordar por sus labios el torrente contenido en su corazón durante veinticuatro largas horas, primero con suspiros, después con medias palabras, con frases incoherentes y con discursos arrebatados hasta confundirse, hasta tocar casi sus rostros, para volver después a su silencio y absorción.

Clemencia dejaba caer sus manos sobre el teclado y hacía brotar de él las armonías que la víspera habían extasiado a Fernando, o siguiendo el giro de sus confidencias tocaba fantasías hijas de su imaginación y de su alma.

Fernando, por su parte, presentaba a la joven copias hermosas y vistas de los sitios que la víspera ella había elogiado, o imágenes de las descripciones que juntos habían admirado en los libros que leían.

Y ese cambio delicioso de pensamientos, de ilusiones, de esperanzas, duraba hasta las diez, hora en que el hacendado sacaba su enorme reloj de plata y, después de haber dado las buenas noches al doctor, a su hija y a los demás vecinos, salía apoyado en el brazo de su entristecido hijo.

Clemencia había hecho una costumbre de salir a acompañar a sus huéspedes hasta el final del corredor que terminaba en el jardín, y allí los jóvenes podían cambiar un último adiós, una última mirada, una última esperanza.

Clemencia permanecía reclinada contra una de las columnillas del corredor hasta que el joven desaparecía a su vista y el ruido de sus pasos se perdía en el silencio de la noche.

Fernando, por su parte, volvía repetidas veces la cara para ver dibujarse aquel cuerpo querido en el fondo obscuro del corredor, para enviar al través de la brisa un último suspiro de despedida.

¿Y sus padres no notaban aquel anhelo de buscarse?

Sí, lo notaban.

¿Pero qué mal podía haber en ello?

Por el contrario, parecían regocijarse interiormente de aquel afecto que debía tener un desenlace tan feliz y que estrecharía más los lazos de la amistad que los unía.

Así se pasó para los jóvenes un año como un dulce sueño; aquellas dos horas diarias les parecieron poco para verse, para estar juntos, y desearon, ya que no podían prolongarlas, verse a otras distintas.

El doctor, acompañado de Clemencia, acostumbraba pasearse durante las tardes por los sitios más hermosos y más solitarios de la aldea, hasta la oración, hora en que ambos volvían lentamente a la casa.

Fernando lo sabía perfectamente y muchas veces, oculto en un recodo del camino, había seguido con la vista a la señorita Clemencia, cuyo rostro encantador y gracioso vestido veía dibujarse entre los claros de los árboles; pero, por un sentimiento de vergüenza y respeto al doctor, que ciertamente no podía dejar de conocer aquella solicitud en reunirse con ellos, no siempre los encontraba.

¿Clemencia sabía esto?

¡Quién sabe!

Pero una noche preguntó con una voz ligeramente conmovida, sin ver a Fernando y con los ojos en el teclado:

-¿Y no acostumbra usted pasear durante las tardes?

-No, señorita -respondió éste-, paso unas tardes muy tristes encerrado en mi cuarto dibujando, o en el curato con Gil Gómez, cuya alegre conversación apenas me distrae.

-¿Pues no sería mejor pasear y hacer ejercicio, lo cual sería muy provechoso por el buen sueño que da la fatiga? -continuó la joven con esa misma voz, que quiere ocultar el pensamiento que desea hacer comprender.

-¡Oh!, sí, ciertamente, muchas veces he pensado en ello, pero de no ir acompañado me son ya tan conocidos hasta los rincones más apartados de la aldea de San Roque que no tienen ningún encanto para mí.

-Ah, sí; pero nosotros paseamos también todas las tardes.

No es necesario decir que a la tarde siguiente Fernando encontró «casualmente» al doctor y a Clemencia al volver de la pequeña cañada que conducía al curato, cerca del torrente que se precipitaba detrás de él, y venciendo su timidez y su vergüenza dijo con un acento perfectamente natural, pero que no debió engañar al doctor, que como todos los médicos era filósofo, observador y hombre de mundo.

-¡Oh!, qué casualidad que nos hayamos encontrado.

-Muy feliz, por cierto -dijo el buen doctor, que como hemos dicho no veía mal aquella dulce intimidad que reinaba entre su hija y el hijo de su antiguo amigo-, y debe usted adoptar esa costumbre de acompañarnos al paseo durante las tardes, que es muy provechosa para la salud.

Los dos jóvenes se ruborizaron de placer.

La costumbre se adoptó, en efecto.

De manera que, mientras el doctor andaba a pasos lentos conversando algunas veces con un vecino, los jóvenes se internaban en las selvas, salvaban con dificultad brincando sobre las piedras el río en los lugares en que corría mansamente, admirando el sublime espectáculo del sol moribundo que se abismaba detrás de las lejanas montañas, que desde ese punto se dirigen a encontrarse y continuarse con la gran cordillera de los Andes, o deteniéndose al pie del torrente, cuyas aguas, después de haber servido para mover las ruedas de una pequeña fábrica, se precipitaban al cabo de un cuarto de legua de camino, rugidoras, blanquizcas, formando una ancha cinta de plata, salpicando de pequeños copos de espuma a los jóvenes, que sentían nacer en su alma esas sensaciones indefinibles de alegría y terror, de gratitud a la Providencia, que se experimentan con la contemplación de todos los objetos de la creación, en esos momentos en que cada pensamiento es una plegaria, cada palabra un himno de alabanzas al Señor de lo creado.

Allí sentados en una de las grandes piedras que sobresalían del nivel del río, a la sombra de esos verdes y frondosos árboles que orillan todas las confluencias del Alvarado, aspirando esa brisa fresca y agradable que suspira en la superficie de los ríos, apagadas sus palabras por el estruendo rugidor del torrente, bañado su semblante por las últimas suavísimas tintas crepusculares, pasaban juntos instantes que traían siglos de felicidad, hasta que se oía la voz del buen doctor que les llamaba, y entonces volvían lentamente a la casa, cambiando antes de separarse las flores que habían recogido, como para convencerse que no eran sueños mentirosos de inmensa felicidad aquellas tardes de alegría, de esperanzas, de recogimiento interior, separándose para volverse a ver en la noche y hacer recuerdo de la tarde, como temiendo ver borradas tan pronto de su alma aquellas impresiones purísimas de amor.

Los domingos y días festivos traían para los jóvenes nuevos dulces placeres.

A las nueve el anciano cura de San Roque decía en la pequeña parroquia una misa, misa que nuestro conocido Gil Gómez, en su calidad de sacristán, ayudaba después de haber adornado el altar y haber permanecido desde las ocho en la torre para dar los tres repiques que según la costumbre de las aldeas servían para llamar a la gente de San Roque y de las rancherías inmediatas.

Desde esa misma hora, Fernando, echado de codos sobre el balconcillo de piedra del campanario, desde donde la vista descubría todo el pueblo y sus inmediaciones, permanecía con los ojos fijos en dirección a la alameda que ya conocemos, hasta que descubría entre el follaje de los árboles la gorrita verde, el tápalo encarnado y el vestido blanco de Clemencia apoyado en el brazo del doctor.

Fernando descendía precipitadamente a la iglesia y ocupaba el rincón de una columna cercana a un confesionario, donde Clemencia acostumbraba generalmente arrodillarse.

El templo se iba llenando poco a poco de gente; los jóvenes permanecían aislados en medio de aquella multitud.

23

El cura era demasiado anciano y la misa duraba por consiguiente más de media hora, que para ellos era un momento, arrobados como estaban por la mística música del órgano y más que todo por el placer de hallarse juntos.

Después el templo se iba vaciando gradualmente, y los jóvenes eran los últimos en salir, pues el doctor acostumbraba conversar un rato con los vecinos notables, que se reunían formando grupo en el cementerio. Fernando les acompañaba hasta su casa, y aun algunas veces, invitado por el doctor, pasaba el resto del día en su compañía.

Además, hacía algún tiempo que el joven preparaba una sorpresa a Clemencia.

Una noche en que, como de costumbre, ambos permanecían aislados de la pequeña tertulia del doctor, Fernando, con acento conmovido, dijo a la joven:

-Si usted no se ofendiera, le enseñaría una cosa que he traído.

-¿Qué cosa? -preguntó la niña con interés.

-Una pintura -respondió Fernando.

-¿Una pintura? ¿Y por qué me había de ofender?

-¿Me lo promete usted, Clemencia?

-Se lo juro a usted.

Entonces Fernando sacó del bolsillo de su levita una cajita pequeña que abrió con precaución, desenvolvió cuidadosamente una placa de marfil sobre la que se había pintado una miniatura y la colocó ante los ojos de Clemencia, que seguía con curiosidad sus movimientos.

Clemencia hizo una exclamación de sorpresa y se ruborizó por la emoción.

Aquella miniatura era un retrato suyo, pero tan perfecto, tan semejante, que ciertamente la niña no pudo disimular preguntando a quién pertenecía.

Después lo volvió a llevar a sus ojos para contemplarlo de nuevo, y pálida por la sorpresa, por la emoción, por el autor, digámoslo de una vez, lo volvió a colocar en manos de Fernando, diciendo con un acento trémulo y conmovido:

-¿Y por qué gasta usted su inspiración en esto? ¿No valdría más emplearla en otra cosa mejor?

-¿Lo cree usted así, señorita? -preguntó Fernando.
Clemencia no respondió, pero sus ojos se clavaron con sublime expresión de amor en los de Fernando.

Los dos jóvenes sintieron que un fluido magnético circulaba
por sus venas, sus rostros se juntaron hasta tocarse, y al darse
un beso casto, pero quemador, ardiente, apasionado, que nadie
más que la profunda brisa de su alrededor escuchó, pero que
resonó con eco de música en su corazón, sellaron para siempre
aquel eterno amor, para perderse en recuerdos se había revelado
más que por palabras vagas, por miradas y por suspiros.

En lo sucesivo los jóvenes se vieron a hora y en sitio excusa-
dos para decirse siempre lo mismo, para jurarse amor y eterno
amor, para perderse en recuerdos del pasado, en delirios del
presente, en esperanzas y proyectos para el porvenir.

¿Cuáles eran esas esperanzas?

¡Quién sabe! Ellos pensaban en vivir siempre juntos, sin ver que
aquella unión en apariencia tan fácil era casi imposible de verificarse.

¡Ay!, el viento del desengaño debía evaporar algún día el perfume de aquel amor.

Así se deslizaron otros seis meses, mil veces más encantados
que aquel primer año de amor silencioso, sin que los jóvenes
pensasen en otra cosa que adorarse y esperar.

Pero esta felicidad, como al fin felicidad, no debía durar mucho tiempo.

En efecto, aunque Fernando no desperdiciaba completamente su tiempo, puesto que las horas de la mañana, y las que le
dejaban libres su adoración a Clemencia, las consagraba a la
pintura, al estudio de las lenguas muertas, que formaban la base
de la única educación que entonces se daba a los jóvenes en la
Nueva España, al padre de Fernando le entró ese escrúpulo que
les entra a todos los padres de provincia de creer que sus hijos
no pueden labrar su fortuna sino lejos del hogar doméstico,
tomando una carrera, un trabajo diferente, y que el tiempo que
en él pasan es perdido para su porvenir.

Una circunstancia vino a convertir en realidad el pensamiento del hacendado.

III Después de treinta años

El virrey Venegas había desembarcado en Veracruz y el ruido de su llegada había venido como un eco perdido hasta el rincón de aquella aldea ignorada.

El hacendado se alegró demasiado cuando supo por acaso que entre los militares que formaban el séquito del Virrey se encontraba un hermano suyo, de menor edad que él, que desde muy joven había pasado a España, después de haber servido algún tiempo en las milicias de Manila. Además, ahora volvía con el grado de Brigadier, grado demasiado honorífico en aquella época, y con la privanza del Virrey, que ponía en él toda su confianza en los asuntos militares.

Una mañana, tres días después del desembarco del Virrey en Veracruz, los vecinos de San Roque contemplaron un espectáculo enteramente nuevo en su pacífica aldea, el de un militar de grado superior lujosamente vestido, perfectamente montado y seguido de dos dragones, preguntando por la habilitación del hacendado.

Mientras que los vecinos, después de habérsela mostrado, formaban un corrillo en el que se opinaba que aquel militar venía para vender las tierras o para poner preso de orden del Virrey al hacendado, entraba éste por la maciza puerta de la hacienda y, después de haber dado órdenes en el patio a los criados para que se cuidase de los caballos, subía la amplia y sólida escalera de piedra, atravesaba el extenso corredor que conducía a las habitaciones interiores y, sin hacer caso de los perros que ladraban alborotados al aspecto de aquellos tres hombres, tan desconocidos para ellos y vestidos de tan extraña manera, ni de los criados que salían azorados al ruido de su sable y sus espuelas, penetraba en el salón y caía en brazos del hacendado exclamando con acento rudo y varonil, pero conmovido:

-¡Ah!, mi querido Esteban, al fin te vuelvo a ver después de treinta años de ausencia.

-¡Rafael!, hermano mío -exclamó el hacendado sorprendido al aspecto de aquella visión tan querida para él.

Y los dos hermanos volvieron a abrazarse, sin hablar, sin que se oyese durante diez minutos otra cosa que sus sollozos, esos sollozos de alegría o de dolor que nos arranca la vista de una persona querida, muerta tal vez para nosotros, pero cuya tumba estaba en nuestro corazón y cuyo recuerdo vivía en nuestra memoria.

Por fin, el militar se desprendió de los brazos de su hermano, y con un acento de chiste y familiaridad, en el que se conocía se trataba de ocultar la emoción del hombre bajo la ruda corteza del soldado, exclamó:

-¡Eh!, pero qué diablos nos estamos jirimiqueando ni más ni menos que dos mujeres, cuando por el contrario debemos regocijarnos, puesto que vengo a pasar dos meses en tu compañía, con licencia del señor Virrey.

-¡Oh!, Rafael, ¡qué dichoso soy con volverte a ver, cuando ya te había creído muerto! ¡Pobre de nuestra madre! En su agonía no pensaba más que en ti, no hizo más que nombrarte hasta su último suspiro -dijo don Esteban con acento conmovido.

-¡Eh!, pero qué diablos nos estamos tan tristes, me obliga a volver a montar a caballo y tomar el pésimo camino por donde con mil trabajos he venido desde Veracruz -exclamó don Rafael llevando su mano a sus ojos para borrar los últimos vestigios de las lágrimas, que acaso por la primera vez después de su infancia le arrancaban los tristes recuerdos de los primeros años.

-No, hermano mío, ya no hablaremos más de eso.

Los dos hermanos se sentaron en un canapé.

-¡Diablo!, cómo hemos envejecido -continuó el militar con su tono naturalmente jovial-. Buen chasco me he llevado yo, que no hace media hora, al acercarme a esta aldea, venía pensando en ti y viéndote como eras hace la friolera de treinta años, es decir, un joven gallardo, y en [...] lugar de aquella estatura elegante, aquellos negros cabellos, aquellos ojos vivos, me encuentro con una estatura encorvada, unos cabellos canos y unos ojos que en vez de brillar con el fuego de otros días me miran con tristeza y lloran y más lloran.

-¡Ah, Rafael!, pero qué ingrato has sido con no hacer caso ni contestar a las cartas que en diversas épocas te he escrito a España -dijo don Esteban.

-Pues te aseguro que no es muy fácil, por cierto, recibir cartas de la Nueva España cuando no se está ni una semana en un mismo lugar, cuando se hace la guerra a los revoltosos o se pelea con los soldados de ese truhán de Bonaparte en Sierra Morena, en Madrid, en Zaragoza; además, sí te he escrito dándote razón de mis grados, pero no era muy fácil que las cartas que yo dirigía a México llegasen hasta este rincón donde te has venido a meter y donde he sabido que vivías por una casualidad que me hizo encontrar a nuestro antiguo amigo Pérez, quien me dio razón de ti. Pero en fin, me alegro, porque según veo no estás tan mal puesto y no falta lo necesario. ¿Te acuerdas de lo que decía nuestra buena madre? -continuó don Rafael procurando disimular con su tono jovial su emoción-. Esteban ha de ser más rico que Rafael, pero Rafael ha de pasar mejor vida que Esteban. ¡Oh, qué bien adivinó la buena señora!

-¿Y tu salud no se encuentra quebrantada, hermano mío? -preguntó don Esteban con interés.

-Así así, Esteban; mi brazo y mi pie izquierdos flaquean un poco, por dos mosquetazos que les debo y no les podré pagar ya a esos pícaros franceses; me los recetaron en Zaragoza. Además, mira mi pecho -añadió desabotonando su casaca de paño de grana y mostrando a su hermano una profunda cicatriz bastante reciente todavía-. Éste fue un lanzazo con que me obsequió un bribón polaco en Somosierra... Pero no, no bribón, Dios le haya perdonado, porque tuve la satisfacción antes de caer del caballo de responder a su lujoso obsequio con un magnífico sablazo que le dividió la cabeza en dos, lo mismo que si fuera una naranja.

-¿Y cómo fue eso, Rafael? -interrogó don Esteban.

-Figúrate que estábamos el General y yo al pie de una colina, dirigiendo la artillería, porque todos los artilleros habían sido lanceados por los polacos, cuando éste me dice:

«-Capitán, mire usted, mire qué carnicería están haciendo los polacos sobre nuestros pobres guerrilleros.

-En efecto -exclamé yo, viendo a los lanceros de Poniatowsky cargar sobre nuestros infantes.

-¡Oh!, y son los guerrilleros de ese bravo capitán don Javier Mina, mi buen amigo.

-General -continué, señalando a un grupo de dragones que formaban su guardia de reserva-, ¿me permite usted que tome veinticinco hombres de esa reserva?

-Vea usted lo que hace, Capitán, ya estamos perdidos y va a aumentar la carnicería inútilmente; pero en fin, tómelos usted.

-Gracias, mi General -dije, y acercándome al cuerpo de dragones, que veían impacientes y sin poderles auxiliar la matanza de sus compañeros, les grité-: Ea, destáquense treinta hombres, y los que amen al capitán Mina y a sus compatriotas, que me sigan.

En un instante estuvieron a mi lado.

-Ahora, muchachos, a galope tendido hasta llegar a donde están esos bribones polacos, y a cerrar a sablazos con todo el que esté a caballo.»

¡Oh!, aquello era magnífico; si no daba uno un sablazo, tenía que recibir un lanzazo, es decir, había que matar o morir. Los polacos, en mayor número, caían sobre don Javier Mina, que viéndose auxiliado se batía como desesperado; todo era gritos, blasfemias, lamentos, vivas a Bonaparte o a Fernando, a Francia o a España; todos nos confundíamos, nos atropellábamos, caíamos del caballo heridos o desmontados por la violencia de la carrera o el empuje para dar un sablazo.

Yo vi cerca de mi pecho la hoja de una lanza que, para agrado de la vista tal vez, tenía una banderola tricolor; a la extremidad opuesta de esa lanza no vi más que unos bigotes y unos ojos centelleantes de furor.

Aquí acabó todo, pensé para mí; pero muramos matando, y al sentir en mi pecho el frío del acero, alcé mi sable con las dos manos, y después de haberle dado la dirección, lo dejé caer con todas mis fuerzas a tiempo que caía del caballo.

No sé lo que pasó después.

Cuando volví en mí eran ya las seis de la tarde, según la luz, que ya se iba acabando. Lo primero que vi a mi lado al abrir los ojos, hombro con hombro y pie con pie, lo mismo que si fuera mi hermano, fue al polaco, cuya cara no se me había olvidado a pesar de que sólo le había visto un instante en la mañana; el bribón parecía todavía enojado, a pesar de que en defecto de su cabeza había correspondido con generosa magnificencia a su obsequio.

Volvime del otro lado para no contemplar aquel espectáculo, llevé maquinalmente mi mano al pecho, donde sentía un dolor agudo, y la retiré llena de sangre; pero no era la herida lo que más me molestaba, yo sentía todo mi cuerpo adolorido, lo cual no era extraño, puesto que, como conocí desde luego, los caballos de los dragones y los fugitivos habían pasado sobre mí, lo mismo que si fuera yerbecilla o césped.

Me levanté con precaución cuando las tinieblas hubieron inundado completamente el espacio, y favorecido por ellas, como conocí desde luego los caballos de hombres muertos, anduve casi arrastrándome hasta una cabaña donde llegué a la media noche.

Las buenas gentes que la habitaban me prestaron auxilios y me informaron del éxito de la batalla. La herida por fortuna no era de gravedad; la punta de la lanza, habiendo encontrado un obstáculo en la costilla, se deslizó entre ella y los músculos, causando poco daño.

Así es que cuatro días después salía yo de allí perfectamente curado; luego que llegué al punto donde se habían reunido los restos del dispersado ejército, supe que se me había creído muerto y se me habían hecho honras fúnebres y no sé cuántas cosas más.

Ocho días después ponían en mis manos un despacho en el que, en atención a mis méritos, servicios, etc., se me concedía el grado honorífico de Brigadier.

Di a todos los santos el obsequio del polaco y aun creo que mandé decir una misa por el descanso de su alma.

Por fin, últimamente he sido destinado a las milicias de Nueva España, que desde la destitución del virrey Iturrigaray creo no está muy contenta, y para acompañar al señor virrey Venegas, que casi ha depositado en mí toda su confianza.

Conque ya sabes, Esteban, en resumen, mi vida, miseria primero, después balazos, batallas, lanzadas, distinciones, aventuras, y alegría en medio de todo.

Ahora te toca a ti.

-En mi vida no hay grandes agitaciones -dijo don Esteban-; siempre he vivido pacífico y obscuro. Diez años después de tu partida murió nuestra buena madre, y al verme aislado en la tierra, me uní en matrimonio con una joven colombiana.

-¡Bravo! -interrumpió el Brigadier-. ¡Bravo! Es decir que tendré una media docena de sobrinitos lo menos. Ea, niños, venid a conocer a vuestro tío que llega de España, dispuesto a daros gusto, a pasearse con vosotros por estos andurriales, a referiros cuentos de batallas.

-¡Oh!, no -interrumpió don Esteban con una sonrisa al ver el rapto de su hermano-, mi ventura no debía ser larga, porque dos años después de nuestra unión mi tierna esposa murió al dar a luz un niño, y yo entonces, cansado del bullicio de la ciudad, lastimado mi corazón por tanta pesadumbre, dejé pocos años después Veracruz y me vine a habitar esta aldea, donde había comprado una pequeña hacienda.

-¡Ah!, eso es otra cosa; pero, es decir que siempre tengo un sobrino, ¿no es así?

-Sí, Rafael, un gallardo joven por cierto.

-¡Bravo! ¿Y vive a tu lado? -preguntó el Brigadier.

-Sí, desde hace dos años, pues ha permanecido cuatro instru-
yéndose en un seminario de Puebla.

-Pícaro, ¿y por qué no me lo habías dicho desde luego para
hacerle venir a fin de que le conozca yo?

-Ya que has descansado un poco, despójate de tus armas y vamos a buscarle a su cuarto, para que te enseñemos toda la casa y
siembras -dijo don Esteban, que se sentía revivir de treinta años
con aquella visita tan querida.

El Brigadier se despojó de sus arreos militares y los dos hermanos salieron a los corredores.

-Bonita casa tienes por cierto: lindas vistas, amplitud, alegre aspecto -dijo don Rafael-; de buena gana viviría yo siempre contigo.

-¿Y por qué no, Rafael?

-¿Por qué? ¿Por qué? Porque tengo presentimientos de que
no ha de pasar mucho tiempo sin que el Virrey necesite de mis
servicios.

-¡Oh!, no temas -dijo don Esteban con una sonrisa-, aquí en
la Nueva España se goza de una paz octaviana; y luego, ¿en qué
fundas tus temores?

-En nada, absolutamente en nada por ahora, es un simple
presentimiento. Pero en vez de perder el tiempo en presentimientos, llévame donde esté mi sobrino, o hazle venir, que ya
rabio por conocerle. ¿Es acaso aquel muchacho flaco y largui-
rucho que viene subiendo la escalera? -preguntó el Brigadier al
ver a nuestro conocido Gil Gómez.

-No, ese joven es un huérfano que se ha criado en mi casa, que
ama con exceso a Fernando y a quien éste quiere igualmente bien.

-Qué cara tan franca y tan simpática tiene. Pero, si no me
engaño, es un joven que a media legua de esta aldea estaba subido en un árbol y que me ha indicado la dirección del camino
mejor y más corto para llegar. Sí, es el mismo -continuó don
Rafael, reconociendo a Gil Gómez a medida que se acercaba.

Gil Gómez llegó donde se hallaban los dos hermanos.

-Amiguito, mil gracias por el consejo -dijo don Rafael-, pero,
¿cómo ha podido usted llegar casi al mismo tiempo que nosotros, que veníamos en buenos caballos?

Gil Gómez no respondió, pero bajó los ojos lanzando una mirada significativa a sus largas y ágiles piernas.

-¡Ah!, ya comprendo -continuó sonriendo el Brigadier-, con esas piernas es usted capaz de aventajar al caballo de más largo correr. Pero, ¿qué hacía usted trepado en aquel árbol?

-Cogía un nido para el señor cura, que es muy afecto a los pájaros, señor jefe -respondió Gil Gómez.

-Vaya un gusto. Pero usted, que debe conocer las costumbres de esta casa, ¿quiere decirme qué han hecho con mis caballos y los de mis asistentes?

-Ahora que entraba yo por el corral vi a Juan el vaquero que preparaba la pastura de los tres animales, mientras se revolcaban a su sabor en el estiércol.

-¡Bueno, bueno! -dijo el Brigadier-, porque desde ayer en la tarde que salimos de Veracruz no hemos encontrado casa, ni un ventorrillo, ni una posada; árboles muy hermosos, campiñas muy bellas, flores de muy bonitos colores, pero muy poco pan para nosotros y forraje para los animales.

-Supuesto que ya cuidan de los caballos -dijo don Estaban dirigiéndose a Gil Gómez-, manda poner el almuerzo y haz que coloquen a esos soldados que acompañan a mi hermano en el cuartito que está junto al pajar y... ¿dónde está Fernando?

-Debe estar en su cuarto -respondió Gil Gómez.

-Pues ve y dile que venga a saludar a su tío don Rafael, que como nos habían anunciado ha vuelto de España.

Gil Gómez corrió a ejecutar lo que se le había mandado.

-Me gusta el muchacho, pero ¿qué tiene que ver con el señor cura de la aldea? -preguntó don Rafael.

-Lo he enviado a él para que le ayude en los quehaceres del curato.

-Pues no tiene por cierto aspecto de sacristán. Pero, si no me engaño, aquel joven que se acerca es mi sobrino -dijo don Rafael viendo llegar por el corredor a Fernando acompañado de Gil Gómez.

-Sí, es mi hijo Fernando.

-Acércate pronto, sobrino Fernando, acércate a abrazar a tu tío que ya rabia por acabar de conocerte -gritó el bullicioso

Brigadier saliendo al encuentro del joven y estrechándole con efusión entre sus brazos-. ¡Hola!, y qué guapo mozo eres -continuó volviendo a abrazarle-. Qué bien sentaría a ese semblante pálido y a ese cuerpo elegante un uniforme de Teniente de la guardia particular del Virrey. ¡Oh!, más de un corazoncito mexicano había de suspirar tímidamente. Sí, cuando parta, tú también partirás conmigo a las milicias, ¿no es verdad?

Un ligero rubor y un sentimiento de contrariedad se pintaron en el rostro de Fernando al oír ese deseo, pero tan leves, tan imperceptibles, que pasaron enteramente desapercibidos. Además, se apresuró a responder con cortesanía:

-Mucho me alegro de conocer a un hermano tan querido de mi padre, y me regocijo también de que venga a hacernos compañía acaso por algún tiempo.

-¡Oh!, sí, por dos meses, guapo y cortés sobrino. Ya verás qué hermosos días pasaremos juntos. Tú conocerás perfectamente todos estos andurriales y pescaremos y cazaremos, porque yo sé quién en esta casa me dará razón de los sitios donde hay pájaros.

En este momento se presentó un criado a avisar que el almuerzo estaba servido.

-¡Bueno! ¡Bravo! ¡Viva el almuerzo! -gritó el Brigadier-, que tengo un apetito como cuatro.

Y los tres se dirigieron al comedor.

-¡Caramba! Sólo la vista de esta pieza es capaz de abrirle a uno el apetito. ¡Qué alegría! ¡Qué luz! ¡Qué aire tan fresco se respira aquí! -continuó con tono alegre don Rafael.

El comedor era en efecto una vasta pieza cuyas amplias y envidrieradas ventanas caían a una huerta, cuyos árboles se veían verdear agradablemente; el pavimento era formado de anchas losas, los muebles de sólida madera; pero todo tan limpio, con un aire de frescura y bienestar, que justificaba ciertamente la opinión del Brigadier.

Los tres se sentaron a la mesa cubierta con un mantel blanquísimo de tela de Alemania, encima del cual se veían cuatro cubiertos, un jarrón con flores y a los lados de éste dos enormes fruteros de porcelana, llenos de cuantos frutos agradables producen esos climas benditos del Señor.

Gil Gómez, después de haber dado sus últimas disposiciones, vino a ocupar su lugar en la mesa.

-Qué vida tan bella la de provincia -dijo don Rafael después de haber satisfecho su apetito con los dos primeros frugales platos que se sirvieron-; de muy buena gana pasaría yo en esta feliz morada los días que me restan, de muy buena gana haría yo la dimisión de mi empleo al señor Virrey.

-Pues, ¿hay cosa más sencilla que eso? -dijo don Esteban.

-En fin, si hay paz, ya veremos.

-¿Que si la hay? ¿Pero de dónde infieres que no, cuando hace tres siglos casi no hemos tenido para alterarla más que la conjuración del Marqués del Valle y el motín de los comerciantes, cuando Iturrigaray?

-Yo sé lo que me digo, Esteban. Yo vengo de Veracruz, y en un momento sólo que he permanecido allí, he observado en los que cumplimentaban al Virrey una disposición de ánimos muy parecida a la que había en Madrid los últimos días de abril, que preparaban un alzamiento nada menos.

-¡Ah! -dijo don Esteban-, pero allí había el dominio reciente de un tirano.

-¿Y la luz que ha derramado en México la independencia de los Estados Unidos? Pero en fin, ¡Dios no lo quiera!

Fernando estaba embebido en sus pensamientos amorosos.

Gil Gómez no perdía una palabra de la conversación.

Reinaron la alegría y el buen humor en todo el almuerzo.

Por la tarde el Brigadier, acompañado de don Esteban, de Fernando y Gil Gómez, recorrió la huerta y las siembras; en la noche fue presentado en casa del doctor, acaso con algún pesar de Fernando, que esa noche no habló a media voz con Clemencia y sólo estuvo cerca de ella en las veces que la acompañó al piano mientras cantaba para complacer al nuevo visitante.

-Linda niña, parece una santita -dijo el Brigadier al salir de la casa de Clemencia-. ¡Ah!, sobrinito, sobrinito, ya he observado qué miraditas se dirigían ustedes a hurtadillas, se me figuran que estoy en mis veinte años, yo te contaré también mis aventuras, no te avergüences ni suspires, mi corazón todavía no ha envejecido y puedo muy bien ser tu confidente y tu padrino... y cuanto quieras.

La habitación que fue destinada a don Rafael estaba situada entre el aposento de Fernando y el cuartito de Gil Gómez.

-¡Oh!, voy a pasar una noche magnífica, como hace mucho tiempo no la paso. El cansancio y esta blandísima cama serán capaces de causarle sueño a un adivino -dijo don Rafael al despedirse de su hermano, que le había acompañado hasta su habitación.

A las once no se oía el más ligero ruido en toda la hacienda, y sus habitantes parecían dormir profundamente.

Sin embargo, si el Brigadier hubiese tenido un sueño menos pesado, habría escuchado perfectamente el rechinido que produce una puerta al abrirse, en el aposento de Fernando contiguo al suyo, si advertido por ese ruido hubiese espiado desde su puerta lo que en el corredor pasaba, habría visto a Fernando penetrar con la misma precaución en el cuartito de Gil Gómez, y si se hubiese dirigido a la ventana los habría visto descender con facilidad desde el ventanillo que daba a la huerta y se alzaba a poca altura del suelo por medio de una pequeña escalerilla de madera, atravesar con precaución el jardín, a fin de no despertar a los criados y a los perros que dormían en el primer patio, saltar una cerca de una vara de altura y correr a través de los solitarios campos hacia la casa del doctor.

Si, atento a todos los ruidos de la noche, hubiese despertado una hora después al murmullo de unos pasos en la huerta, los habría vuelto a ver subir, introduciéndose después en el aposento, y luego habría escuchado a Fernando retirarse con precaución a su cuarto.

Pero el buen Brigadier dormía profundamente y no oyó ni el lejano ladrido de los perros, ni el canto de los gallos de la hacienda.

IV Donde se da a conocer el pasado de Gil Gómez

Antes de pasar adelante, es necesario que el lector haga un conocimiento más perfecto que el que ahora tiene con el joven Gil Gómez.

Una tarde en que don Esteban volvía a la hacienda, que hacía poco tiempo había arrendado, después de haber faltado de ella quince días, empleados en un viaje a Veracruz para el arreglo de la exportación a Tampico de un poco de tabaco, lo primero con que lo recibieron sus criados fue con la nueva de que esa mañana se había encontrado debajo de uno de los árboles de la huerta una cuna que contenía a un niño, de un año poco más o menos, y un papel que nadie había leído aún, esperando la vuelta del hacendado.

Don Esteban se hizo conducir al lugar donde provisoriamente se había colocado la cuna, y encontró en ella un niño de la edad designada; pero lo que más conmovió el corazón del honrado arrendatario fue el ver que su hijo Fernando, entonces de la edad de dos años y medio solamente, hacía caricias y sonreía al recién llegado, que con esa dulce ignorancia del presente y confianza de la niñez se había dormido profundamente.

Los criados pusieron en sus manos el papel que se había encontrado en la cuna; lo abrió y leyó las siguientes palabras:

«Señor:

El niño que ahora se coloca en vuestras manos, confiando en la bondad de vuestro corazón, es hijo de la desdicha y no del crimen.

Su padre ha muerto antes que él naciera, y su infeliz madre ha venido casi arrastrándose desde los confines de Yucatán para amparar a su inocente hijo en la casa de un pariente acomodado en Oaxaca; pero la desgracia la persigue en todo, y ayer ha sabido que ese pariente ha muerto repentinamente. Ella acaso morirá también muy pronto, pero será con el consuelo de haber dejado a su hijo bajo el paternal amparo de un hombre tan caritativo como vos.

El niño no ha podido ser bautizado aún».

El honrado don Esteban se alegró verdaderamente de este incidente, que traía un compañero a su hijo Fernando. Hizo venir a una nodriza que se encargase de la crianza y cuidado del niño, y éste fue bautizado solemnemente, dándosele el nombre de Gil por el día en que había sido encontrado, y don Esteban no vaciló un momento en hacerle llevar su nombre de familia.

El niño creció y se desarrolló rápidamente; a la edad de dos años ya parecía un muchacho de cuatro, según su estatura y la facilidad con que corría por los largos corredores de la hacienda en compañía de Fernando, que como hemos dicho era un año mayor que él.

Nada parecía haber heredado de la tristeza que el infortunio había dejado en el corazón de sus padres, pues por el contrario era vivo, alegre, bullicioso; era, en la extensión de la palabra, lo que se llama generalmente «un muchacho travieso», una «piel de Barrabás», «un Judas». Aunque su inteligencia era naturalmente despejada, sin embargo, desde un principio pareció poco apto para el estudio; el estudio del silabario y las primeras letras, que desde la edad de cuatro años seguía con Fernando, bajo la dirección del anciano maestro de escuela de San Roque, que venía todos los días a la hacienda; y no era porque dejase de comprender las lecciones que éste le enseñaba; nada de eso, sino que en vez de estudiar gustaba más de correr detrás de las mariposas en las huertas, de jugar revolcándose en el suelo con los perros de la hacienda, que ya le conocían, de seguir a los vaqueros al campo para ver la ordeña o la encerrada del ganado, de lazar a los cerdos en el chiquero, de arrojar piedras a los frutos maduros que estaban fuera de su alcance, y de cantar y armar gresca todo el día.

Eso sí, le bastaban sólo diez minutos para aprender lo que Fernando había conseguido en media hora de trabajo, y por eso el buen cura de San Roque, al ver la prontitud con que comprendía desde luego lo que se le explicaba, y su admirable memoria, decía sonriendo aquel antiguo proverbio latino: *Nolo sed possum, si voluisse potuisse.*

Así es que a la edad de diez años, mientras que Fernando leía perfectamente, escribía con corrección, poseía los primeros principios de matemáticas y lo más notable de la historia sagrada y profana, Gil Gómez, habiendo perdido su tiempo, leía tan cancaneado, deletreando tan a menudo, equivocándose con tanta frecuencia, que era casi imposible entenderle; no era menos con respecto a la puntuación, de la cual tenía ideas tan imperfectas que creía se debía hacer una pausa después de las palabras que tenían acento, y cargar la pronunciación en la letra donde había coma.

Sus planas eran un arlequín, un álbum de historia natural; aquellos signos parecían todos los objetos de la creación, árboles, casas, hombres, y no las letras del abecedario; y no era por torpeza, sino que ni ponía atención a la muestra donde copiaba; además, casi siempre derramaba la tinta sobre la plana, que entonces se hacía más ininteligible, y esto le ocasionaba algunos castigos y reprimendas del bueno y prudente maestro de escuela. En cuanto a la aritmética, hacía números 1 que parecían 9, 2 que parecían 4, y 5 que difícilmente se distinguían de un 8; creía que 4 por 4 eran 8, 6 por 6 12, y que los ceros a la izquierda valían 10. No estaba muy fuerte tampoco en la historia, y respondía con mucho despejo a las preguntas que se le hacían, diciendo que Noé había sido rey de las Galias cuando éstas fueron invadidas por Moisés, y que Nerón, en compañía de Judas, Goliat y la Samaritana, eran los únicos que se habían salvado del diluvio con que Dios castigó el orgullo de los israelitas; pero en cambio, a los doce años Gil Gómez ganaba las carreras a pie y a caballo que se solían apostar algunos domingos, en el gran corral de la hacienda, entre los mozos; montaba a los becerros grandes sólo pasando a su lomo una cuerda; trepaba a los árboles más elevados para coger nidos de esos pájaros de vivos y primorosos colores que tanto abundan en esas regiones; ponía trampas en los bosques a los conejos y las ardillas, y aun alguna vez desaparecía un día entero de la hacienda, volviendo ya al caer la tarde con un saco de red al hombro cargado de peces, a quienes echaba el anzuelo en un sitio en que el río, bastante profundo, los traía en abundancia, pero situado a más de una legua del pueblo.

Estas travesuras, estas excursiones, le ocasionaban grandes reprimendas de don Esteban; pero el regaño pasaba pronto y, en cambio, Gil Gómez en la noche hacía en el portal que estaba delante de la casa, o en los corredores, una lumbrada como las que había visto hacer en los bosques a los pastores y a los arrieros, y allí condimentaba de mil maneras los productos de su cacería o de su pesca, reservando, antes de comer, la mejor parte a Fernando, que aunque generalmente andaba y corría junto a él, no siempre se atrevía, por temor de causar cuidado y pena a su padre, a acompañarle en tan largas y peligrosas excursiones.

Hasta aquí no hemos hecho más que la relación de las travesuras y malas cualidades de Gil Gómez, pero nada hemos dicho de sus buenos instintos y de sus nobles sentimientos. Ninguna ruin pasión había encontrado hasta allí acogida en su alma; no era ni envidioso, como es tan común que lo sean todos los niños de esa edad, ni vengativo, ni apegado al interés, ni adulador con sus mayores, defectos que son igualmente generales en la infancia; por el contrario, Gil Gómez se contentaba con lo que se le daba y lo recibía sin murmurar, sin comparar si era inferior a lo de Fernando, sin enorgullecerse si era superior; una travesura o una mala partida que le hiciesen los demás muchachos de la hacienda o del pueblo, entre los cuales tenía por otra parte una gran popularidad, la pagaba con la indiferencia o con una buena acción; era muy poco apegado al dinero, y del que solía recibir de don Esteban, reservaba una pequeña parte para sus gastos menores, tales como recomposición de sus redes, honorarios al herrero de San Roque por la compostura de su escopeta, por la hechura de anzuelos, por clavos, municiones y pólvora; regalando el resto a los demás muchachos o distribuyéndolo a los pobres, tales como el baldado que se ponía todos los domingos en el cementerio de la iglesia, la ciega que venía en las mañanas a pedir limosna a la hacienda, o el viejo soldado cojo que tocaba la vihuela y refería escenas de batallas, o reservando su pan cuando carecía de reales. En las riñas y cuestiones de los demás muchachos, él era siempre llamado como juez, tomando siempre la parte del que tenía más justicia, o en igualdad de circunstancias del débil contra el fuerte; los contendientes se mostraban generalmente contentos de su fallo, pero si alguna vez un rebelde desconocía a la autoridad o se desmandaba en palabras injuriosas contra su representante, entonces el juez, dejando a un lado la gravedad del magistrado, se convertía en ejecutor de la ley, arrancando de las manos del rebelde litigante el objeto causa de la riña, y pasando de las razones a las obras, aplicaba una dolorosa corrección al mal ciudadano, que se levantaba del suelo lloroso pero convencido.

Gil Gómez ponía en todos estos actos tal sello de grandeza, aplicaba el castigo con tanta sangre fría, sin encolerizarse, sin que los insultos lo hiciesen parcial, sin humillar al vencido, que éste no se creía con derecho para odiar a un vencedor tan magnánimo, y al reconocer en él la superioridad que dan la fuerza y la justicia, acababa por ser su mejor amigo.

Pero entre los nobles sentimientos que se albergaban en el corazón de Gil Gómez había uno mil veces más desarrollado que los demás; era un amor entrañable, una adhesión profunda a Fernando, su compañero de infancia, su hermano querido.

Un deseo de éste era para Gil Gómez una orden impuesta por él; asimismo no había placer completo si Fernando no participaba de él; no podía vivir un momento separado de él; en las excursiones que ambos hacían algunas veces con peligro de una caída, Gil Gómez temía por la seguridad del joven y velaba por ella como lo haría una madre con un hijo pequeño.

Por otra parte, estaba pródigamente recompensado, pues Fernando le amaba con el mismo cariño; desde la infancia ambos habían dormido en un mismo lecho, habían participado de las mismas alegrías o pesares de niños, habían llevado unos mismos vestidos, iguales juguetes; si uno era tímido, estudioso y naturalmente melancólico desde niño, si el otro era travieso, alborotador y alegre, ambos tenían iguales buenos sentimientos.

Gil Gómez, hijo privilegiado de la naturaleza, seguía en todo las leyes de ésta. Se levantaba al rayar el día, cuando en la hacienda todo el mundo dormía aún; tomaba el desayuno, que consistía en una enorme taza de leche, al aire libre, entre los vaqueros ordeñadores y las vacas que llenaban el patio de la hacienda, y la mayor parte de la mañana la pasaba en compañía de Fernando, ya en excursiones a pie o a caballo a las cercanías, ya en sus juegos en la huerta; distribuía él mismo el maíz y el grano a las palomas y demás animales domésticos, que estaban tan acostumbrados a su vista que luego que se presentaba en el patio destinado para ellos corrían a él, y le rodeaban sin desconfianza; estaba muy al tanto de los animales muertos o nacidos el día anterior, recogía los huevos y vigilaba a las gallinas encluecadas, eliminando del resto de sus compañeras a las que estaban afectadas de algunas de las enfermedades que él conocía ser contagiosas, y que distinguía perfectamente bien.

Sabía el número existente de vacas de ordeña, de becerros, de bueyes para el arado, de caballos, de perros, de palomas, que había en la hacienda, dando siempre importantes noticias de todo esto a don Esteban y al mismo administrador; conocía todos los animales dañinos a los plantíos de tabaco y maíz y el modo de destruirlos o librarse de ellos, las horas en que éstos acostumbraban caer sobre las siembras para hacer sus estragos;

entre los infinitos ruidos que pueblan el aire, sabía distinguir el grito del águila, del gavilán y de todas las aves que giran en derredor de los sembrados; de manera que, advertido de la proximidad de éstos y conociendo los plantíos objeto de su codicia, corría a ocultarse entre ellos, con su escopeta y correspondiente provisión de pólvora y municiones, causando graves estragos sobre las bandadas de tordos y haciendo importantes capturas de algunas aves grandes y de variados colores; en la era distinguía sobre la tierra las huellas de los conejos, de las liebres, de los topos y de las ardillas; disecaba todos estos animales perfectamente, de manera que su cuartito parecía un gabinete de historia natural, un museo zoológico; había allí, en efecto, desde el águila caudal, cuya pupila atrevida parece formada para graduar a su antojo la intensidad de los rayos solares, hasta el ligero y gracioso colibrí, el pájaro o galán de las rosas; desde el gavilán de corvo pico, terror de las palomas, hasta la tortolilla y el rojo cardenal, sorprendidos en su nido al nacer. Pocos libros, muchos instrumentos de herrero, carpintero y disecador, algunas redes descompuestas o en recomposición, anzuelos, municiones, pólvora, ese *pêle-mêle* que indica los hábitos y las inclinaciones del hombre; he aquí el conjunto del cuartito de Gil Gómez.

Hasta las doce, diez minutos antes de la llegada del maestro, solía Gil Gómez, cuando solía, leer precipitadamente la lección señalada, o hacer su borroneada plana, para cumplir con los mandatos de aquél, y durante la hora que duraba la lección en todo pensaba menos en atender a la explicación, cansadísima generalmente y siempre poco inteligible.

A la una en punto se comía en la hacienda, y Gil Gómez se deleitaba profundamente viendo que casi todo lo que se servía era producto de la misma hacienda, desde la carne hasta el fríjol y las verduras de la huerta; es decir, había en él una eterna admiración a los objetos maravillosos y provechosos de la creación; cada una de sus palabras era un himno al Autor de la naturaleza; su alegría nunca se había turbado; amado por don Esteban y Fernando, popular entre los criados, libre a su antojo, teniendo todo lo necesario, el cielo de su vida no se había enlutado con las nubes del dolor, a pesar de que ya había llegado a la adolescencia. Solamente un día en que el maestro, al ver que no sabía una lección atrasada de una semana, le dijo por estimularle:

-Pues, ciertamente, no sé en qué piensas con no querer aprender. Don Esteban puede morir de un día a otro, y tú, siendo huérfano, nada posees. Entonces ya no tendrás quien te mantenga.

Gil Gómez, al oír aquellas palabras, se echó llorando en los brazos de Fernando, que también lloraba al ver el dolor de su hermano, por más que el maestro arrepentido procuraba suavizar la dureza de su reprimenda con expresiones de consuelo y ternura. Aquellas palabras se grabaron profundamente en el corazón del joven, y durante un mes casi olvidó sus juegos y sus correrías para estudiar, poniéndose casi al nivel de Fernando. Pero poco a poco se fue borrando de su ánimo aquella impresión de tristeza, y la alegría recobró su imperio en su alma naturalmente expansiva.

Pero Fernando había ya cumplido quince años, y era imposible que continuase aquella vida casi ociosa; así es que don Esteban determinó, después de consultar con el cura de San Roque y el maestro de escuela, enviar a Fernando al colegio para que se instruyese en la filosofía y en las ciencias metafísicas, o siguiese, si para ello tenía inclinación, una de las dos únicas carreras literarias que entonces se podían seguir en la Nueva España, la del claustro o la del foro; quedando Gil Gómez, cuya poca inclinación al estudio era proverbial, al cuidado y al manejo de la hacienda en compañía de don Esteban.

Había entonces en la Puebla de los Ángeles un seminario, dirigido por los religiosos de la Compañía de Jesús, que gozaba de una gran reputación en toda la Nueva España, viniendo a instruirse a él jóvenes de los confines más remotos de la colonia. En ese establecimiento pensó don Esteban para Fernando, el cual, deseoso de instruirse, y siguiendo los impulsos de esa ambición que alimentan todos los jóvenes de provincia de habitar en la ciudad, se alegró verdaderamente de aquel pensamiento de su padre, sintiendo solamente que Gil Gómez no le acompañase, y sólo consintiendo en esta separación en el supuesto de que éste iría a la ciudad en compañía de don Esteban una vez al año, viniendo él mismo a pasar en su compañía el tiempo de las vacaciones. Pero el hacendado había contado, como dicen, «sin la huéspeda», porque luego que a los oídos de Gil Gómez llegaron los rumores de aquel viaje, luego que sus ojos comenzaron a ver los preparativos, luego que su corazón midió el sentimiento de una vida pasada lejos de Fernando, se rebeló contra las disposiciones tomadas, renunció el empleo que sin su conocimiento se le había señalado, y rogó, lloró, habló tanto diciendo que ya que se le creía inepto para los estudios no se le podría impedir acompañar a Fernando siquiera en calidad de criado, que don Esteban, viendo su obstinación y al mismo tiempo el deseo de su hijo, consintió por fin en enviarle también al colegio, bondad que estuvo a pique de volver loco a Gil Gómez, que por un momento había creído verse separado de su hermano querido. Además, prometió solemnemente que estudiaría con empeño y que ¿quién sabe si algún día llegaría a ser una de las lumbreras de la Iglesia, o la gloria del foro?

La partida se verificó por los últimos días de diciembre de 1804; el mismo don Esteban quiso acompañar a los jóvenes para ponerlos bajo la dirección y la tutela de un lejano pariente suyo que habitaba en Puebla y era al mismo tiempo su corresponsal en esta ciudad. A tiempo que partían, saludó el hacendado a un señor de fisonomía noble y respetable que llevaba del brazo a una hermosa jovencita de doce años, pareciendo dirigirse ambos al centro de la aldea.

-¿A quién saluda usted, padre mío? -preguntó con indiferencia Fernando, que como todas las naturalezas melancólicas sentía la tristeza en su corazón al abandonar aquel hogar querido, asilo de su infancia y relicario de sus recuerdos de niño.

-A uno de mis antiguos amigos, a quien he conocido en Veracruz, el doctor extranjero Fergus, que después de haber habitado algunos años aquella ciudad se viene a vivir en compañía de su hija en esta aldea.

-¿Y desde cuándo ha llegado? -volvió a preguntar Fernando-. Con los preparativos del viaje hace ya algunos días que no salgo de la casa.

-Hace sólo una semana -se apresuró a responder Gil Gómez-, y habita en una casa muy bonita que hace más de dos meses han estado construyendo, al final de la arboleda que sale del río.

Y continuaron su camino.

Don Esteban, después de haber arreglado lo concerniente a los gastos de los jóvenes, regresó a su hacienda.

La llegada de Gil Gómez causó sensación en el colegio; aquel muchacho, flaco, largo y huesoso, a quien el traje talar hacía más exagerado en todo, era necesario que llamase notablemente la atención de sus concolegas, y no habían transcurrido ocho días desde el de su entrada, cuando en junta de colegiales viejos se determinó dar un «capote» al recién venido.

Consiste este acto en esperar a la víctima designada y, sorprendiéndole, caer sobre ella un número considerable de ejecutores, a golpes con capotes, almohadas y aun palos, hasta dejarla tendida en tierra, molida y atolondrada. Pero Gil Gómez, por una conversación oída una de las noches anteriores, y por algunas palabras sueltas escapadas de la boca de sus compañeros de dormitorio, que eran los que habían recetado la medicina, en el momento en que roncaba estrepitosamente, fingiéndose dormido, había escuchado todo el plan.

El dormitorio donde el acto debía tener lugar la noche siguiente era una vasta sala en que habitaban más de veinte colegiales; se trataba de esperarle, cuando se retirase a acostar, después de haber paseado en los corredores, como acostumbraba, hasta oír el toque de silencio; se apagarían las luces que había en la sala, dejando sólo el gran farol suspendido de las vigas en medio de la pieza para distinguir a la víctima; luego que entrase, se atrancaría la puerta a fin de impedirle la salida, y después cada uno sabía su obligación. Pero ya hemos dicho que, por una casualidad, Gil Gómez había descubierto todo el plan, y en vez de ir a quejarse con el superior, lo cual le hubiera valido la fea nota de «chismoso» o «soplón», en el lenguaje de la universidad, determinó luchar cuerpo a cuerpo con sus improvisados enemigos y vencerlos si era posible, para lo cual fraguó también su plan.

Se armó de un largo y grueso bastón que ocultó todo el día, y en la noche, después de haber estado observando todos los preparativos desde que salieron de refectorio, requirió su arma; pero en vez de entrar al dormitorio al oír el toque de la queda, como lo acostumbraba, se retiró cinco minutos antes de que la campana sonase a silencio y aun cuando aún no se le esperaba con atención; cuando los contrarios atrancaron la puerta, ya Gil Gómez estaba en medio de la sala, y antes de recibir el cuarto golpe dio un fuerte garrotazo al farol, sumergiendo la pieza en una profunda oscuridad, y deslizándose sin pérdida de tiempo casi por debajo de las camas hasta la puerta, quitó sin ruido la tranca, corriendo con la misma precaución a refugiarse al rincón en que se hallaba su lecho; los estudiantes se precipitaron primero en medio de la obscuridad en la dirección en que Gil Gómez había desaparecido, pero sólo dieron golpes al aire; después se confundieron entre sí y cerraron unos sobre otros sin verse. Gil Gómez, desde su rincón, sólo oyó golpes, quejidos, gritos de cólera, pataleos, sin que a él le tocase nada de aquello. El ruido del farol al romperse y el de la lucha atrajeron al padre maestro y los superiores.

La puerta se abrió repentinamente, la sala se inundó de luz, y los contendientes, cogidos *in fraganti delito*, armados de almohadas, turcas y palos, fueron a pasar el resto de la noche, después de haber sido contundidos y molidos, a dormir sobre las duras losas del calabozo sin abrigo. Sólo Gil Gómez fue encontrado sobre su cama, dormido profundamente, dormido en medio de aquella gresca con el sueño de la inocencia. El angelito fue el único que, exceptuado del castigo, durmió aquella noche en blando. Este acto de audacia, y algunos otros ejemplos semejantes a los que había aplicado a los rebeldes en San Roque, le dieron gran popularidad entre los estudiantes, y el que primero había sido designado como víctima, fue considerado como caudillo en todas las travesuras y motines.

No es necesario decir que Gil Gómez jamás cumplió lo que había prometido, y la lumbrera de la Iglesia sólo fue, en los cuatro años que permaneció en el colegio, lo que allí se llama un estudiante perdido, ganando al cabo de ello, después de haber sido reprobado dos veces, el curso de artes, como se dice en el lenguaje de las universidades, «en recua».

Pero, lo mismo que Fernando, que por otra parte había seguido los cursos con provecho, Gil Gómez no tenía inclinación a la Iglesia, y ambos jóvenes volvieron al hogar al cabo de cuatro años. Gil Gómez volvió más largo, un poco serio y hablando en latín, acaso para justificar aquel proverbio, ya popular en la época, de «perritiquis miquis, no me conosorum?», arguyendo en forma silogística, y con cierto aire doctoral que, unido a sus conocimientos en el latín, le hicieron ser solicitado por el cura de San Roque para ayudar la misa y atender a la administración interior del templo.

Si, como ya sabemos, en los dos años transcurridos antes de que tomásemos el hilo de esta historia se había verificado un cambio notable en el corazón de Fernando, nada había sucedido con respecto al de Gil Gómez, que era tan niño y casi tan travieso como antes; lo único que había dado un poco más de gravedad a su carácter eran las confidencias de los amores de Fernando; pero, por otra parte, había vuelto a sus antiguas costumbres, a sus cacerías, a sus excursiones, lanzando a los aires papalotes de diversas dimensiones, casi fabulosas, y mientras refiriendo escenas de colegio a los azorados muchachos, que le rodeaban considerándolo como un ser extraordinario, como un personaje de los que habían admirado en los cuentos.

Además de su empleo de sacristán, desempeñaba también el de practicante de medicina, para no decir el de flebotomiano; acompañaba, en efecto, al doctor Fergus en las visitas que éste hacía en la aldea o en las rancherías inmediatas, montado en una jaca, conduciendo los instrumentos, las medicinas, las sanguijuelas, y sabía ya muy regularmente sangrar, curar los cáusticos y aun las heridas.

¿Y no se había albergado alguna vez un amor en aquel corazón de diez y ocho años? No se puede dar este nombre al episodio que vamos a referir.

Gil Gómez había notado que, al volver de sus excursiones, siempre encontraba en la ventana a la Manuela, la hija del tío Lucas, linda, robusta y colorada moza de diez y seis años. Gil Gómez la veía con timidez; Manuela le lanzaba ternísimas miradas. Sea casualidad o hecho pensado, el caso es que Gil Gómez comenzó a pasar por su casa con más frecuencia; después vio y le vieron, tosió y le tosieron, hizo señas y sonrieron, enseñó una carta y bajaron la cabeza en señal de asentimiento; marcó la hora de una cita con los dedos de su mano derecha, presentada por la palma y por el dorso para indicar las diez, y después de haberle respondido afirmativamente con la cabeza, se retiraron de la ventana, enviándole con la mano una graciosa despedida.

Gil Gómez corrió a la casa, buscó el escritorio de Fernando, el papel de color azul más subido, le pintó dos corazones inflamados y atravesados por una flecha, y con su letra grande y gruesa escribió la siguiente carta, no sabemos si inocentemente o por burlarse de la aldeanita.

«Señorita Manuela:
Nadie diga: "de esta agua no beberé", como dijo el otro, pues no sé qué fue primero, si verla o amarla, como el chupamirto a los mirtos. Es usted más hermosa que una mazorca en sazón; dígame si por fin me ha de querer de veras, o si nada más hemos de estar embromando. Mañana en la noche vengo por la respuesta. Piénselo usted bien antes de resolverse, no luego salgamos con un domingo siete y...

Yo le juro amor eterno
sin andarme con rodeos,
pues si son así los diablos,
aunque me vaya al infierno.

Quien usted sabe.
Posdata.- No se le vaya a olvidar a usted que a las diez de la noche he de venir a recoger la razón.
El mismo.»

Hemos visto que Gil Gómez había apurado su elocuencia oratoria y poética en su misiva, que fue entregada aquella misma noche; a las diez de la noche siguiente recibió la siguiente contestación en letra casi ininteligible:

«Señor don Gil Gómez:
Si lo que dice es cierto, me alegro mucho; pero siempre, como luego ustedes son tan malos, no le quiero responder todavía si "sí" o "no". A la otra sí ya le digo con seguridad lo que haya. Viva usted mil años, como lo desea su criada.
María Manuela Tiburcia de la Luz Sánchez».

La segunda carta de Gil Gómez contenía sólo estas palabras:

«Señorita doña Manuela:
¿Qué hay por fin del negocio que traemos entre manos? Lo que ha de ser mañana, que sea de una vez.
El mismo.»

La contestaron así con el mismo laconismo:

«Señor don Gil Gómez:
Muy señor mío y de todo mi aprecio. Pues siempre me resuelvo que "sí", pero no se lo vaya usted a decir a nadie, porque donde lo sepa mi padre, quedamos frescos, y es muy capaz de darle una paliza.
Quien de veras le quiere.»

Gil Gómez volvió a escribir esta carta a fin de romper aquellos prosaicos amoríos:

«Señorita doña Manuela:
Pues si de veras me quiere usted, deme una prenda, como un mechoncito de su cabellos, una tum-

baga, o lo que fuere más de su gusto. Cuando yo veo a usted, todo mi corazón late, porque me parece que veo a la burra de Balaam. El de siempre.»

Esta galantería nada debió agradar a la señorita Manuela, que por ignorante que fuese, siempre conocía el *simile*, pues ya no volvió a presentarse en la ventana a las horas que pasaba Gil Gómez, ni a aceptar ninguna carta suya.

Gil Gómez, por otra parte, que no tenía por norma la constancia, en vez de llorar aquel desvío repentino, se rió de él y no volvió a pensar más en la señorita Manuela.

Así acabaron al nacer estos poco espirituales amores.

V Un despacho del virrey Venegas

-¡Diablo!, repito que te vendría a las mil maravillas un uniforme de Teniente en los Dragones de la Reina, sobrino Fernando -dijo una mañana el brigadier don Rafael, que durante los cuatro días que habían transcurrido desde su llegada no había hecho otra cosa que pasear, cazar y armar gresca todo el día en compañía de Gil Gómez, a quien había tomado una fuerte afición-. ¿Qué dices tú de eso, Esteban?

-Me alegraría demasiado que el pobre Fernando, en vez de consumirse aquí en el tedio y la melancolía, disfrutase algo y conociese un poco el mundo, pues al fin mientras yo viva no tiene otra cosa en qué pensar -respondió don Esteban, a quien lisonjeaba la idea de que su hijo alcanzase un grado, que en aquella época valía tanto como hoy un generalato.

-¿Qué dices tú de eso, sobrino?

-Daría yo gusto a mi padre -respondió Fernando, que, por mucho que sintiera abandonar a Clemencia, no podía menos de lisonjearse, como todos los jóvenes, con una distinción que era tan honorífica en aquella época.

-¿Y si supieras -continuó el Brigadier- que ese soldado, uno de los asistentes que me acompañaban y que ha partido al día siguiente de mi llegada a esta aldea, ha conducido a Jalapa una carta dirigida al señor virrey don Francisco Javier Venegas?

-¿Por qué?

-¿Y si pudieras adivinar lo que contenía esa carta?

-Ciertamente que no es muy fácil -dijo Fernando.

-Pues mira, voy a decírtelo en dos palabras -prosiguió el Brigadier-. El día en que he llegado, en que he vuelto a ver a mi querido hermano después de una ausencia de treinta años, me he sentido rejuvenecer; he creído volver a los días felices de otra edad, y me he puesto a pensar de qué manera recompensaría el placer que me ha causado esa vista, diciendo para mis adentros: Vamos, Rafael, ya que no tienes otro bien que una espada, siempre desenvainada en defensa de la justicia y la buena causa; ya que no puedes en nada favorecer a tu querido hermano Esteban, puesto que él es diez mil veces más rico que tú, haz a lo menos algo por tu sobrino, ese bello muchacho Fernando, tan simpático y de una figura tan interesante, alguna de esas cosas que no siempre se consiguen con dinero, y que al mismo tiempo halagan tanto a la juventud; después he pedido a ese locuelo de Gil Gómez papel y plumas, he subido a su cuartito y he escrito una carta al señor Virrey, incluyendo dentro de esa carta, ¿a que no adivinas qué cosa, sobrino mío?

-No, ciertamente.

-Un despacho en toda forma de Teniente en el mejor cuerpo que hay ahora, según noticias, en la Nueva España, el de Dragones de la Reina.

-¿Y en favor de quién era ese despacho? -preguntó Fernando con una ansiedad que ciertamente no se podrá decir a primera vista si era causada más por el sentimiento que por la alegría.

-¡Cómo! ¿Aún no adivinas? -preguntó el Brigadier.

-¡Ah!, sí, ya comienzo a entender -murmuró el joven en voz baja.

-Pues eso es, a favor del joven don Fernando de Gómez, cuyo buen nacimiento, excelente conducta, buena presencia, corteses modales, etc., etc., se han anunciado en la carta solicitud, que firmó su tío, el brigadier don Rafael de Gómez.

-¿De manera que esa carta...? -murmuró Fernando.

-De manera que esa carta y ese despacho deben haber sido leídos ya por el señor Virrey, que al momento pondrá su firma al pie del segundo, y como el conducto va advertido de que son papeles interesantes, cuya contestación importa demasiado, acaso a estas horas ya haya salido de Jalapa para volver aquí.

-Pero acaso el Virrey se niegue a firmar ese despacho, así sin ninguna fórmula, con una solicitud que ni el mismo solicitante ha presentado -observó don Esteban.

-El señor virrey Venegas nada negará al hombre que ninguna gracia le ha pedido todavía, a pesar de sus ofrecimientos; y más cuando ese hombre le ha salvado la vida en la malograda batalla de Almonacid, libertándole del furor de los soldados de Sebastiani, cuando todos los generales y hombres que le rodeaban habían huido cobardemente, dejándole aislado a los esfuerzos de la compañía del capitán don Rafael de Gómez, que protegió su retirada por un estrecho, en el que indudablemente habría perecido sin ese auxilio a manos de los rabiosos soldados franceses que le perseguían -dijo el Brigadier con ese orgullo del militar honrado y valiente que, sin jactarse de los servicios prestados a sus jefes, ni hacer mérito de ellos, los recuerda, sin embargo, cuando se presenta la ocasión.

Fernando permanecía silencioso.

-Vamos, ven a mis brazos, sobrino querido -continuó el Brigadier jovialmente estrechando al joven con efusión en sus brazos-. Ya verás, partiremos juntos, y al mes de haber permanecido por mera fórmula en las milicias, serás nombrado oficial de la corte del señor Virrey, y entonces vivirás a mi lado, te cuidaré como a un niño, serás el oficial más elegante y más mimado de la corte; suspirarán por ti las damas, y de tiempo en tiempo vendremos a pasar algunas semanas en la hacienda; cada vez que vuelvas, vendrás con una graduación más. ¡Bravo! Viva la vida de militar, que por más cosas que se digan es lo mejor que hay.

Los tristes pensamientos que Fernando había experimentado al sentimiento de una separación de Clemencia se disiparon al aspecto de aquel porvenir tan brillante, tan color de rosa, que su tío le presentaba; después, en su corazón de amante había también encontrado siempre un hueco la vanidad y la ambición del hombre. Además, ¿acaso perdía a Clemencia? Por el contrario, luchando con las seducciones del mundo iba a hacerse más digno de ella, en pocos años adquiriría un nombre, distinciones, méritos que poner a sus pies, y entonces se uniría a ella para no volverse a separar más; la ausencia encendería y avivaría más el fuego de su pasión, que tal vez la costumbre, y las pocas dificultades, podrían llegar a entibiar, si no a apagar completamente.

Así pensó Fernando.

¡Dulce privilegio de la juventud, que entre cien esperanzas halagadoras que le sonríen a la vez, bien puede dejar perder una, segura que antes que las espinas del desengaño lastimen su planta todavía encontrará muchas flores en el camino de la vida!

¿Qué pasó aquella noche entre Fernando y Clemencia?

¡Quién sabe! Nosotros no podemos decir más que la niña entró llorando a su habitación, y que Fernando y Gil Gómez volvieron a la hacienda a las dos de la mañana, es decir, dos horas más tarde de lo que acostumbraban hacerlo en las citas en el jardín del doctor.

En la mañana del 3 de septiembre, es decir, dos días después de la conversación que hemos referido, se oyeron en el patio de la hacienda las pisadas de un caballo que entraba precipitadamente y el ruido de un sable sobre las losas.

Don Rafael, al ruido aquel que tan bien conocía, salió a los corredores y vio apearse del caballo al soldado que hacía sólo tres días había enviado a Jalapa con la carta del Virrey, y que sin desmontar al animal subió, sudoroso y pálido por la precipitación y la fatiga, y puso violentamente en sus manos un pliego que extrajo de su piqueta, donde parecía haberlo ocultado.

Don Rafael lo tomó con violencia. Decía el sobre:

«Al señor Brigadier de las milicias de la Nueva España, don Rafael de Gómez ("Urgente")».

Rompió el sello, y al leer en el primer renglón «Reservada», dejó al soldado, que casi próximo a desmayarse esperaba de pie y descubierto delante de su jefe.

-Retírate un momento a descansar; pero, ¿cuándo has salido de Jalapa?

-Ayer en la tarde -respondió el soldado-, pero he corrido noche y día sin parar.

-¿Por qué?

-Porque el mismo señor Virrey ha hablado conmigo y me ha dicho que importaba que su merced leyese ese pliego lo más pronto posible.

-Está bien, ve a descansar -dijo don Rafael retirándose a su habitación, y cerrando la puerta por dentro se acercó a la ventana, separó después de haberlo recorrido ligeramente el segundo pliego que dentro del papel venía, y leyó lo siguiente:

«Muy estimado señor Brigadier:
Por los señores don Juan Antonio Yandiola y don José Luyando he tenido aviso de la conspiración que ha sido descubierta en Querétaro, y en la cual está interesado el corregidor Domínguez y algunas otras personas influyentes; parece además que esta conjuración tiene ramificaciones extensas en las provincias de Guanajuato y Querétaro, y mucho me temo un alzamiento en toda la Nueva España. En mal tiempo hemos llegado a este país; pero ya no hay más que luchar con las circunstancias y vencerlas, si es posible. Yo estoy resuelto a todo, y en este mismo instante salgo de esta ciudad para ponerme de acuerdo en Puebla de los Ángeles con el señor intendente Flon. Pero, como no tengo ninguna confianza en las personas que me rodean, desearía, mi amado Brigadier, que me sacrificaseis, como tantas veces lo habéis hecho, el tiempo de descanso que os he concedido, y que os unieseis a mí antes de llegar a la capital, adonde me debo

encontrar del 13 al 14 de este mes. Quiero tener a mi lado en circunstancias tan difíciles a un militar tan leal y tan valiente como vos. En cuanto al despacho para vuestro sobrino, ya va firmado, como veis; sólo algunas semanas hará su noviciado en las milicias, y después le haré venir a formar parte de mi guardia de honor; pero, para que no se califique este acto de favoritismo, haced que al momento se dirija a su destino, que según me han informado es en San Miguel el Grande, en la provincia de Guanajuato, en la compañía de guarnición que está a las órdenes del capitán don Miguel de Allende, a quien se deberá presentar con su despacho, y a quien en este momento se libran las órdenes convenientes.

Jalapa, 1810.

Francisco Javier Venegas».

Al acabar de leer el Brigadier la carta del Virrey, la guardó con precaución; tomó el despacho de su sobrino y salió al corredor. El soldado que los había conducido no había tenido fuerzas más que para descender la escalera y dejarse caer en un corredor del piso bajo, donde dormía profundamente; su compañero desensillaba su fatigado caballo.

-¡Hola, cabo! Llama a uno de los mozos de la hacienda para que cuide de ese animal, y tú en el momento ensilla mi caballo y el tuyo; pon a la grupa mi maleta; pero todo como un rayo, porque dentro de un cuarto de hora partimos. En cuanto a ese soldado -dijo don Rafael-, le dejarás dicho que luego que haya descansado parta a unirse con nosotros en México.

-Está muy bien, mi jefe -dijo el soldado corriendo a ejecutar lo que se le mandaba.

Don Esteban, Fernando y Gil Gómez habían salido al ruido de los corredores.

-¡Cómo! ¿Por qué vas a partir? -dijo don Esteban, que había escuchado las órdenes de su hermano.

-¡Hermano mío! Los dos meses se convirtieron en cuatro días; pero ese soldado me ha traído una carta del señor Virrey, en la cual me ordena que parta inmediatamente a unirme con él. Ya lo ves, sobrino, como era cierto cuanto te había dicho -continuó el Brigadier, poniendo en manos de Fernando el despacho que dentro de la carta había venido.

Mientras que Fernando y Gil Gómez leían el despacho, don Esteban preguntó a su hermano:

-¿Por qué causa quiere el señor Virrey tenerte a su lado?

-¿No te lo había dicho ya, Esteban? -respondió el Brigadier en voz baja-. Se ha descubierto una conspiración en Querétaro, y el señor Virrey teme también un alzamiento en todo el país.

-¡Dios nos valga! -exclamó el hacendado.

-Siento que Fernando entre a la milicia bajo estas circunstancias; pero en el último caso yo conseguiré su retiro, como he conseguido su nombramiento. Además, el señor Virrey me dice que, para que forme pronto parte de su guardia de honor, es necesario que inmediatamente se dirija a San Miguel el Grande, donde es su deseo que sólo permanezca unas semanas, para salvar las apariencias y acallar la maledicencia; de manera que ya no puede ir conmigo en este momento, haz que parta mañana mismo o pasado.

-¡Oh! -exclamó don Esteban-, luego que Fernando esté a tu lado en México, ya nada temeré por él, porque tú lo cuidarás mucho, ¿no es verdad?

-Como a un hijo, acaso más que tú -respondió el Brigadier enternecido, y luego, para disimular su emoción, continuó dirigiéndose a Fernando-. Conque, ¿qué dices tú de eso, sobrino?

-Está muy bien, tío mío; y ¿cuándo debo partir? -dijo Fernando.

-Mañana mismo te dirigirás a San Miguel el Grande, en la provincia de Guanajuato, y entregarás ese despacho a... ¿a quién? -dijo el Brigadier abriendo la carta del Virrey para volver a leer el nombre designado-. Al capitán don Miguel de Allende, a cuya compañía vas destinado por un poco tiempo; después yo te escribiré cuando el señor Virrey determine que vayas a nuestro lado.

Fernando apuntó en un papel el nombre del pueblo y el del militar, y guardó cuidadosamente su despacho.

-Pues ahora -dijo el Brigadier con un acento jovial para ocultar la emoción-, ahora, hermano mío, ¡quién sabe hasta cuándo nos volvamos a ver! ¡Quién sabe lo que va a pasar en este país! Yo, mexicano por nacimiento y por afecciones de familia, español por costumbre y por gratitud, me encuentro en una posición harto aflictiva; pero de cualquiera manera mi espada no se desenvainará sino para defender la buena causa, la causa de la justicia y del honor, y creo que nuestro cariño nunca se debilitará por rencores de partido, ¿no es verdad, Esteban?

El hacendado no respondió, y los dos hermanos se abrazaron en silencio, conteniendo los sollozos que estaban a punto de estallar.

El asistente subió a avisar que ya todo estaba pronto.

Don Rafael se desprendió de los brazos de su hermano; estrechó igualmente entre los suyos a Fernando, recomendándole el cumplimiento en el servicio, y sobre todo su pronta partida; y luego, dirigiéndose a Gil Gómez, le dijo:

-Amiguito, mil gracias por las compañías y los buenos consejos de cacería; no sé por qué me parece que nos hemos de volver a ver muy pronto; pero de todos modos, estreche usted esta mano y cuente conmigo para siempre.

-Mil gracias, señor Brigadier -dijo Gil Gómez.

-Pues ahora, ¡hasta otra vista!

-¡Adiós! -respondieron todos.

Y cinco minutos después el Brigadier y su asistente galopaban en dirección a la capital de Nueva España.

-¡Qué franco y qué valiente! ¡De buena gana combatiría yo bajo sus órdenes! -exclamó Gil Gómez entusiasmado.

-Si tú amaras como yo -dijo Fernando en voz baja-, no sería tan grande tu alegría.

Aquella tarde, mientras que Fernando disponía con una triste lentitud los preparativos de su viaje, mientras que Gil Gómez se paseaba por los corredores de la hacienda triste y pensativo, acaso por primera vez en su vida, don Esteban se dirigía a la casa del doctor Fergus, llamaba a la puerta de su estudio y, después de haberse saludado cordialmente y tomado asiento, se entablaba entre ambos el siguiente diálogo:

-Doctor, dispénseme usted que le interrumpa en sus estudios, viniéndole a visitar a una hora no acostumbrada entre nosotros.

-Nunca interrumpe ni es molesto un amigo como usted, señor don Esteban.

-Además, esta visita tiene mucho de negocio, doctor.

-Me alegraría de poder servir a usted en algo, mi querido amigo.

-Mi hijo Fernando parte mañana a San Miguel el Grande, al ejército donde va destinado -dijo don Esteban.

El doctor Fergus miró fijamente a su amigo, y su mirada de costumbre, radiosa e inteligente, se veló con una nube de tristeza; como padre, temió por su hija; como filósofo y observador del corazón humano, sabía lo que es una ausencia en materia de amor; y como hombre, sabía que la mujer lleva la peor parte en esas separaciones; pero, como caballero y hombre de honor, no quiso hacer comprender, aun a su mejor amigo, que aquellos pensamientos habían cruzado por su mente, y se limitó a decir con un acento en el que mal se ocultaba el desconsuelo:

-¡Ah! ¿Conque Fernando parte mañana?

-Sí, doctor; ya usted ve que ha cumplido veintiún años y que, teniendo algunos recursos con que poder vivir descansadamente el resto de su vida, aun cuando yo le falte, es necesario que deje esta vida casi ociosa que aquí lleva; que se enseñe a luchar con las circunstancias, a sufrir un poco; en fin, es necesario que adquiera algún mundo, que sea menos niño, para no poder ser engañado con tanta facilidad el día que se encuentre ya sin mi consejo.

-Mal consejero es el mundo para un joven de veinte años, separado del hogar paterno -observó el doctor.

-Pero reflexione usted, amigo querido, que si yo faltase de un día a otro, como es necesario que suceda, ¿qué sería de ese niño, dueño de algunos intereses, ciego al deslumbramiento de la pompa del mundo, no sabiendo cerrar sus oídos a los sonidos engañosos de la adulación y de pasiones interesadas? ¿No cree usted acaso que se lanzaría ávido de gozar de esos halagüeños placeres, cuyas delicias nunca probadas tanto le brindaban? ¿Que teniendo en sus manos el medio de comprar goces que no conocía, en un instante dilapidaría su patrimonio en la prostitución, para caer después en la degradación y la miseria? Yo he observado ese resultado en todos los jóvenes que han quedado entregados a esas circunstancias.

El doctor iba tal vez a desvanecer este segundo argumento, pero se detuvo, por temor de hacer creer que el interés de su hija le movía a ello, y sólo dijo:

-En fin, usted, como padre, sabe mejor que yo lo que debe hacer, pero...

-No prosiga usted, doctor, ya comprendo todos sus justos temores; Fernando y Clemencia se aman.

-Eso no es un secreto para nosotros, amigo mío.

-Usted teme, y con razón, por su hija, doctor.

-Me ha evitado usted la pena de decirlo.

-Pues, ¿qué piensa usted de esta partida?

-Creo que hasta cierto punto es necesaria, pero auguro mal de ella.

-¿Por qué?

-Por la experiencia, tal vez por un presentimiento; pero no creo que a un simple presentimiento se le dé tanta importancia cuando se trata acaso de la felicidad de un hombre.

-¿No cree usted, doctor, que tres o cuatro años de ausencia avivarán más el fuego de esa pasión?

-¿Me pide usted francamente mi opinión, don Esteban?

-Francamente.

-Pues bien, creo que ese amor morirá con la ausencia.

-¡Oh, Dios no lo quiera!

-Creo que esa muerte será en mal de mi pobre hija. Fernando, además de ser hombre, va a encontrar nuevos objetos, a recibir nuevas impresiones, a contraer tal vez nuevos afectos; pero

Clemencia es mujer, y se queda aquí aislada con sus recuerdos, que se avivarán más y más con la contemplación de los mismos objetos, se queda aislada sin que su pasión imposible se borre por otras impresiones.

-Pienso que son algo infundados los temores de usted, doctor.

-Permítalo el cielo.

-Hagamos entonces otra cosa.

-¿Cuál?

-Si esa niña Clemencia sufre demasiado, como usted lo cree, esa ausencia cesará, y mi hijo se vendrá a unir a ella, tal vez antes del tiempo en que ese matrimonio debía haberse verificado, con lo cual habrán ganado ellos, y nosotros también.

-Es el único recurso que queda. ¿Me da usted palabra de que así lo hará, don Esteban?

-Palabra de caballero, doctor.

-Está bien, esa promesa me consuela un poco.

Y después de haber conversado otro rato de diversos asuntos, los dos amigos se despidieron cordialmente, prometiendo volverse a ver muy pronto.

-¡Oh! -dijo el doctor dejándose caer abatido en su sillón, después de haber acompañado a don Esteban hasta la puerta-. ¡Necia humanidad! ¡A la calma del placer le llamas ociosidad! ¡Te hastía que los pesares del mundo no hayan desgarrado tu corazón, dejas el fértil vergel y corres alegre a precipitarte en el abismo! ¡Mísera humanidad! ¡Mal te comprendes todavía!

VI ¡Adiós!

Si el lector tiene buena memoria, recordará que hemos dejado en el capítulo primero a Gil Gómez, después de haber vencido a «Leal» en lucha de astucia, corriendo a dar parte a Fernando del resultado de su misiva.

Era la media noche; la luna, después de haber luchado durante algún tiempo con las nubes que intentaban velar su brillo, había aparecido por fin, fulgorosa y radiante, iluminando con su, cuanto pálida, suavísima luz la extensión de los silenciosos campos de San Roque; Fernando y Gil Gómez, después de haber descendido del ventanillo del aposento del último, salvaron con precaución la pequeña tapia que limitaba el jardín de la casa de Clemencia, y se deslizaron sin hacer el menor ruido hasta una especie de cenador, o más bien invernadero, que el doctor había hecho construir allí. Más de un cuarto de hora esperaron sombríos, preocupados, sin hablarse una palabra, hasta que por fin Fernando interrumpió el silencio, diciendo a Gil Gómez:

-Son cerca de las doce y media, ¿qué habrá sucedido a esa pobre niña?

-Acaso le sea imposible salir al jardín todavía -respondió Gil Gómez.

-¿Dices que le has entregado mi carta en su propia mano?

-Por supuesto, y por cierto con algún trabajo.

-¿Y nada te dijo?

-Nada, porque por ese bribón de perro me dejó con la palabra en la boca. Sólo me dio cortésmente las gracias.

-¡Oh!, ¡cuánto la amo! -exclamó Fernando con entusiasmo, siguiendo esa vaguedad del pensamiento de los amantes al hablar del objeto amado.

-Sí, lo creo -murmuró lacónicamente Gil Gómez.

-¿Y qué harás tú? ¿Qué haré yo? ¿Qué haremos, hermano mío, separados? -dijo Fernando con expresión de angustia.

-En cuanto a lo que haré yo, bien me lo sé, porque desde ayer tengo formado mi plan.

-¿Qué plan es ése?

-Ya lo sabrás en el camino -respondió Gil Gómez con expresión de misterio.

-¿En el camino?

-Sí, en el camino.

-¿Y cómo?

-¡Oh!, eso es cuento mío -dijo Gil Gómez.

-Misterioso cual nunca estás esta noche conmigo.

-Un poco.

-Es extraño, cuando nunca hemos ocultado el uno al otro ni un pensamiento.

-Sí, es extraño. Pero ese franco y buen Brigadier, tu tío, ha venido sin intentarlo, creyendo por el contrario hacer un bien, a trastornarlo todo en la hacienda.

-¡Oh!, sí. Sus palabras lisonjeras han despertado en mi corazón, y en el de mi padre, la ambición, el deseo de brillar, el tedio de esta tranquila vida que hasta aquí había llevado.

-Pero, ¿hay cosa más fácil que desistir de este fatal viaje? -dijo flemáticamente Gil Gómez.

-¿Y la orden del señor Virrey, y el compromiso contraído con mi tío, y el deseo de mi padre, y...?

-Y tu deseo también, Fernando.

-Gil Gómez, tú tienes algo esta noche. Si te he ofendido, perdóname -exclamó Fernando al oír las últimas palabras de su hermano.

-No, Fernando, nada tengo más que el temor de perderte; nada tengo más que un presentimiento de fatal agüero para este viaje

-dijo Gil Gómez enternecido-. Pero, ¿has oído? -continuó al percibir un ruido ligero, como el de una reja que se abre a lo lejos.

-Sí, y es Clemencia que se acerca -dijo Fernando al distinguir entre el follaje de los árboles del jardín el vestido de la niña, alumbrado por los rayos de la luna.

Gil Gómez se retiró discretamente del cenador, yendo a sentarse en un tronco que estaba debajo de la tapia y a alguna distancia.

Fernando, loco, apasionado, salió al encuentro de la niña, conduciéndola al cenador, donde ambos se sentaron.

-Clemencia, ¡por qué triste causa nos juntamos! -exclamó el enamorado joven.

-Sí, para vernos acaso por la última vez -dijo la hermosa niña con tristeza y con un acento dulcísimo y vibrador.

-¡Oh!, no lo digas. ¿Por qué para siempre? Si así fuera, no partiría, te lo juro. ¡Clemencia de mi vida!

-La ausencia es el sepulcro del amor -murmuró la niña con desconsuelo.

-Clemencia, ¿lo dices acaso por ti? -exclamó Fernando con acento de reproche.

-¿Por mí? ¿Por mí? ¿Puedo yo acaso olvidar? Mira, mira, hace seis horas que he recibido tu carta, y en este corto tiempo he envejecido de seis años por tanto sufrimiento y tanta lágrima.

-¡Clemencia, te adoro!

-¡Te idolatro, Fernando!

-¡Jamás te olvidaré!

-Mi amor morirá contigo.

Y los dos jóvenes se estrecharon, sintiendo exhalar toda su vida en un beso silencioso que resonó en su corazón.

-Mira -continuó Fernando-, si es cierto que nos dejamos de ver un poco de tiempo, en cambio nuestro corazón se purifica más con la concentración de un pensamiento solo, fijo, eterno, de un pensamiento que es vida de la vida, y al mismo tiempo alimento de la llama inextinguible que nos consume.

-¡Oh!, ¿me amarás mucho? ¿Me amarás en cualquier lugar donde el destino te arroje, como yo te adoro en este momento, como te adoraré en silencio todo el tiempo que dure esta fatal ausencia?

-Te idolatraré con toda mi vida, pensaré en ti a todas horas, y aspiraré a la gloria, a los honores, a las distinciones, para venir a ofrecerlas a tus plantas.

-¡Quién sabe! Tú vas al bullicio del mundo. Allí tal vez te cegará la ambición de gloria, allí encontrarás otras mujeres que te ofrecerán encantos que no tengo yo, pobre huérfana, educada en la soledad, sin conocer más amor que el tuyo. ¡Oh!, ¿para qué te conocí, si había de perderte tan pronto, cuando mi felicidad había durado tan poco, cuando apenas por la vez primera se confundía mi vida con la tuya? -y al decir estas palabras la niña rompió a llorar amargamente, ocultando su rostro entre las manos.

-Clemencia -dijo con apasionada exaltación Fernando-, por el recuerdo siquiera de esos días tan felices que hemos pasado juntos, si algo te vale el juramento del hombre que te adora, no despedaces mi corazón de esa manera tan dolorosa con tu llanto.

-Ya no lloro, no, mira -continuó la niña después de un rato, procurando borrar en vano las huellas de sus lágrimas-; mira, ya estoy tranquila acerca de tu amor. Un presentimiento me hacía llorar, pero tus palabras me vuelven la calma y la confianza.

-¡Gracias, Clemencia! ¡Gracias! Me acabas de quitar un peso que oprimía dolorosamente mi corazón.

-Tú serás bueno, ¿no es verdad? Tú siempre me amarás al través de la distancia que nos separe; pensarás en mí, en las alegrías como en las tribulaciones; mi recuerdo será tu consuelo; y yo esperaré en silencio, sufriré con resignación tu separación; pero si ésta durase mucho tiempo, entonces, no lo dudes, Fernando, entonces moriré -dijo la niña con inocente candor.

-Mira -exclamó el joven abriendo su camisa y enseñando a Clemencia un medallón suspendido a su cuello de un cordón de seda-, ¿ves este retrato que formó la primera página del libro de nuestro amor?

-¡Oh!, ¡qué triste recuerdo!

-Hace dos años lo he llevado sobre mi corazón, y te juro no apartarlo jamás de él mientras esté lejos de ti. ¿Quieres un juramento más sagrado aún?

-Basta, basta, Fernando, perdóname si he podido dudar un momento de tu amor.

Y los jóvenes se acercaron hasta juntar sus manos, hasta tocar sus labios, hasta cerrar sus ojos con sus ojos, hasta confundir su aliento, hasta escuchar los latidos de su corazón agitado por el amor, pero por el amor casto, todo espiritualismo, todo poesía, todo silencio, todo resignación.

¡Dormid, jóvenes, en el silencio de la noche! ¡Dormid despiertos y soñando! Soñad por la última vez, adormecidos por ese éxtasis divino en que los labios se cierran sin exhalar una sola palabra, porque el fuego del interior las vaporiza y las confunde con el aliento de la persona amada; en que los ojos no miran, pero derraman lágrimas; en que el oído, cerrado a todos los ruidos verdaderos del mundo, sólo escucha músicas lejanas que modulan un nombre, un nombre querido, tantas veces repetido en el delirio de la pasión.

¿Qué pensamiento ocupa vuestro corazón? ¿Acaso un recuerdo? ¿El poema del pasado? ¿Aquellos paseos solos, debajo de la bóveda espesa de los árboles, cuando el brazo se apoyaba indolentemente en el brazo; cuando la dulce atmósfera del presente, serena porque las sombres del pasado habían desaparecido, porque ni la lontananza del porvenir se presentaba aún; solo, mentira, campos, luz, cielo, aves, música, misterios; cuando veíais retratada una imagen adorada en las aguas, la imagen de la realidad que a vuestro lado os miraba amorosa; cuando las aves y las brisas pasaban murmurando a vuestro oído en son de música el nombre de la imagen de aquella realidad; cuando la naturaleza toda os decía: «ama y goza»?

¿Soñáis en aquella mirada lánguida, prolongada, adormecedora, que se humedecía al fijarse en la vuestra?

¿Soñáis en aquella sonrisa que el fluido del amor formaba graciosa y melancólica a la vez?

¿Aspiráis todavía el perfume de aquellas flores que os dio una mano trémula que llevasteis a vuestros labios?

¿Escucháis de nuevo los acentos de aquella música que un indiferente no hubiera comprendido, pero que para vosotros decían tanto, porque cada una de aquellas vibraciones formaban el eco de un sentimiento, la expresión de una esperanza, el aliento de un suspiro, la traducción de una dulce palabra, y esos sentimientos, esas esperanzas, esos suspiros, esas palabras, formaban el poema de vuestra felicidad; porque vosotros siendo dos os habíais convertido en uno, porque de dos criaturas humanas se había formado un ángel?

¡Soñad y no despertéis, porque al fin sueño es la vida! ¡Soñad y no despertéis, porque al despertar hallaréis la fría realidad, el desengaño descarnado, la duda, la separación dentro de pocas horas, el olvido, el llanto, el adiós!

¡Soñad y no despertéis, porque a la amarilla luz de la verdad se desvanecerá el encanto de la ilusión, y los recuerdos felices del pasado vendrán, torcedor del corazón, a escarnecerle con una perspectiva de amor que ya no existe, porque el cielo que creísteis hallar en el suelo se trocará en árido y obscuro yermo de pesar, porque las palabras de amor se trocarán en palabras de despedida; el silencio de la fruición, en el silencio del desconsuelo y el marasmo; las esperanzas, en dudas; los suspiros en que exhalabais el aliento aspirado del ser amado, en suspiros de despecho; las lágrimas tibias de entusiasmo y felicidad, en lágrimas abrasadoras de martirio!

¡Soñad despiertos a la ilusión y dormidos a la realidad!

A las cuatro de la mañana los jóvenes se dieron el último adiós, y entre lágrimas, promesas, juramentos y suspiros, se arrancaron de los brazos el uno del otro.

Fernando y Gil Gómez volvieron a la hacienda; mientras que el último se paseaba silencioso en los corredores, el primero se encerró en su cuarto para acabar de arreglar su maleta de viaje, pues dentro de dos horas debía partir. Luego que hubo cerrado con cuidado la puerta, como temeroso de ser sorprendido en lo que iba a ejecutar, abrió un cajón de su guardarropa, el más escondido de todos, y comenzó a extraer lentamente los objetos que en él se contenían.

Era uno de esos cajones, relicario de nuestros recuerdos más queridos, que todos nosotros, jóvenes, siempre tenemos; allí están reunidas las dulces reminiscencias de la infancia, y las aspiraciones de la juventud; allí los rosarios, los juguetes de niños, y todos esos objetos en cada uno de los cuales encontramos la mano amorosa y la cariñosa previsión de nuestra muerta madre; allí las memorias más dulces de nuestro país natal, de ese país querido que dejamos para buscar fortuna, nombre, gloria, y que nunca hemos vuelto a ver; allí las impresiones más gratas de la juventud; flores ya secas, que nos dio una mano temerosa; rizos de cabellos que todavía esparcen su suave perfume; cartitas primorosamente dobladas, cuyas palabras escritas apresuradamente con el fuego de la pasión y el temor de una sorpresa apenas podríamos deletrear, si no comprendiésemos de antemano el pensamiento encerrado en cada una de ellas; pañuelos con una cifra; recuerdos de amigos que se han muerto, se han ausentado o nos han olvidado; fragmentos de versos; diarios de memorias y confidencias interrumpidas; recuerdos de viajes, de bailes, de días de campo; retratos, y, en fin, ese conjunto que revela todas las esperanzas, los deseos, las ilusiones, las lágrimas de un corazón de veinte años; un guante que nos dejaron como recuerdo de un baile, todavía manchado ligeramente con el vino que formó el juramento de un amor que se disipó en sus vapores; una flor que cortamos en la mañana de un día de campo, y que, después de haberse prendido todo el día en un seno, se nos dejó caer en la mano a una simple insinuación; un anillo que cambiamos por otro con un juramento, hoy ya olvidado; el amor bajo todas sus fases, el amor embellecido, porque ya ha pasado y lo perfuman los recuerdos.

Fernando no podía referir todos estos objetos más que a un solo amor, el único que había sentido en su vida, pasada lejos de la bacanal del mundo.

Vosotros, jóvenes de las ciudades, habéis experimentado en vuestra vida muchos sentimientos que se parecen al amor; a los seis años ya jugabais a los esposos con una niña de igual edad; a los diez amasteis a vuestra hermosa prima, a quien ibais a esperar a la salida de la escuela para hablarle furtivamente, sin ser visto; a los catorce os quemabais en dulce fuego por una amiga de vuestra casa, que era ya una joven completa, puesto que tenía cuatro años más que vosotros; a los diez y seis fueron unos amorcillos democráticos, porque a esa edad domina el deseo animal; y a los veinte, ¡oh! a los veinte, son veinte amores a un tiempo: en la mañana vais a ver a la iglesia a vuestra vecina; en la tarde corréis delirante detrás de un carruaje; en la noche vais al teatro para no apartar las miradas de un palco, adonde os miran también y os envían graciosos saludos y sonrisas; después en vuestro sueño continúa el delirio y veis pasar a un tiempo mil imágenes brillantes, que todas hablan a vuestro corazón.

O bien, es una pasión desgraciada, amáis a una joven orgullosa y más rica que vosotros, y que os desprecia, y la amáis, la adoráis desde el rincón de vuestro aposento de colegio, y a ella sacrificáis vuestro amor propio, vuestra dignidad, vuestra reputación, y pasáis una semana entera delirando para salir a recoger el domingo una mirada de desprecio o una sonrisa de odio, y después, cuando os habíais resignado a esperar un título, una reputación, un nombre que os hiciese superior a ella para ponerlo todo a sus plantas, entonces ella se casa, y entonces el desengaño, ocupando vuestro corazón, roe y carcome vuestros buenos instintos y vuestros nobles sentimientos, y os hacéis hombres de teorías, y comenzáis a dudar del amor y a cerrar vuestra alma a las dulces afecciones de la vida.

O bien, es un amor dulce, sereno, sin grandes tempestades; vais a pasar una temporada en el campo y allí hay una joven que os mira, que os conduce a los sitios hermosos, que sólo vuestro brazo acepta en los paseos, que os regala flores mirándoos con particular expresión de ternura, que os da celos con vuestras conocidas de la ciudad, que casi llora cuando habláis de partir, y a quien conocéis que habéis amado sólo cuando la distancia y las conveniencias sociales os separan ya de ella.

Y sin embargo, todos esos recuerdos ocupan a la vez vuestra memoria, y pensáis al través de los años con la misma ternura en la niña de seis años que en vuestra prima, y guardáis con igual cuidado el velo de la amiga de vuestra casa que el anillo de la costurerita, que las flores de la aldeanita, que las cartas vuestras que os devolvió despedazadas la orgullosa cortesana, que el pañuelo que os dieron en el baile. Pues bien, si habéis podido amar igualmente a veinte mujeres, con un amor de un día, de un mes, de un año a lo más, y si lloráis al separaros de los objetos que os conservan el recuerdo de esos veinte amores, pensad cuánto sufriría, cuánto lloraría el pobre Fernando, al ver pasar ante su vista todas aquellas prendas de un solo, de un único, de un purísimo amor de dos años, pensad cuántas ardientes lágrimas caerían sobre aquellas flores secas, sobre aquellas cartas que sólo le hablaban de Clemencia, y sólo de Clemencia, a quien iba a perder. Le pareció que aquellos objetos no debían quedar allí abandonados, y los ocultó en el rincón de su maleta para poder al menos pensar siempre en el amor de Clemencia, para poder llorar con los testigos de su dicha en cualquier sitio que el destino le arrojase.

Porque así es el corazón humano; Fernando lloraba por una partida que bien podía, si él quisiese, dejar de verificarse; pero habría llorado más si esto hubiera sucedido. Porque así es el corazón: un abismo impenetrable, fábrica de todo lo bueno y de todo lo malo a la vez; hoy se encuentra la ilusión donde mañana el desengaño; ayer lágrimas, hoy sonrisas, mañana tal vez más lágrimas.

A las seis de la mañana llamaron a la puerta del aposento; Fernando se apresuró a ocultar en su maleta los últimos objetos, compuso su cabello desordenado, procuró borrar de su rostro las últimas huellas de sus lágrimas, y abrió al que llamaba. Era su padre, que le dijo con emoción:

-¡Buenos días, hijo mío! ¿Cómo has dormido esta noche?

-Bien, padre mío -dijo Fernando ruborizándose ligeramente al tener que decir una mentira a su padre.

-¿Has arreglado ya tu maleta de viaje?

-Sí, padre mío.

-¿Has puesto en ella el despacho del señor Virrey, y el papel en que apuntaste el nombre del pueblo donde vas y el del Capitán de tu compañía?

-Esos papeles los llevo en mi cartera para más seguridad.

-¿Y el dinero?

-Aquí -dijo el joven extrayendo de su gabán un bolsillo lleno de oro-, además de las monedas de plata que tengo conmigo.

-Está bien -dijo el hacendado-, con ese dinero te alcanza para los gastos del viaje y para tus necesidades durante algunas semanas, mientras envío más a mi hermano para que te entregue.

-¡Mil gracias, padre mío!

-Pues ahora ya todo está listo, y es tiempo de que partas.

-¿Han ensillado ya el caballo?

-Sí, y llevas el mejor y más fuerte que hay en la hacienda.

-¿Es acaso el «Huracán»?

-No, porque está enfermo de la vista hace algunos días, y sería expuesto caminar en él. Sólo Gil Gómez se ha atrevido a montarlo en ese estado.

-¿Dónde está Gil Gómez?

-Ha ido a un negocio que le he encargado -dijo don Esteban.

-¡Oh, padre mío!, lo ha querido usted alejar de mí en este último instante.

-Pues bien, así ha sido, porque considero imposible que ese niño pueda sufrir el verte partir.

-Pero, ¿le dirá usted que me he acordado de él hasta el último momento? -exclamó el joven enternecido.

-Le diré todo, y durante tu ausencia no haremos otra cosa que hablar de ti, que rogar al Señor por tu felicidad, que esperar tu vuelta, hijo de mi corazón -exclamó el hacendado casi entre sollozos-. Nada tengo que añadir a lo que ayer te he dicho: hazte digno de la estimación del mundo, aprende a luchar con las circunstancias y a vencerlas, piensa mucho en mí, y ya sabes, ya te he dicho el premio que te aguarda a tu vuelta.

-¡Clemencia!

-Sí, Clemencia y el amor de tu padre. Ahora abrázame por último, toma tu maleta y parte.

-¡Adiós, padre mío! Y dé usted mi adiós a mi hermano.

-¡Adiós, hijo de mi vida!

Y los dos, después de haberse abrazado, se separaron.

Fernando, en vez de seguir la ruta que debía sacarle al camino real, quiso hacer un pequeño rodeo para pasar por detrás de la casa de Clemencia, acaso para verla por última vez. Pero la puertecilla del jardín estaba cerrada, y al través del enverjado no se distinguía ninguna persona en él.

Por consiguiente, el joven no vio a Clemencia, que oculta detrás de un bosquecillo le siguió con la vista durante algún tiempo hasta que le hubo perdido.

-Y ahora -exclamó la niña con acento desgarrador, tendiendo los brazos en la dirección en que el jinete había desaparecido-, ahora, amor mío, ¡adiós! ¡Adiós! ¡Adiós para siempre!

Y al decir estas palabras cayó desmayada sobre el frío y duro suelo del jardín.

SEGUNDA PARTE

VII Del ventajoso cambio que hizo Gil Gómez con un religioso de la orden de San Francisco

Si el lector recuerda lo que le hemos dicho acerca del intenso amor que Gil Gómez profesaba a Fernando, le parecerá ciertamente muy inverosímil la manera tan sencilla con que fue alejado al tiempo de la partida del joven Teniente. Pero esta inverosimilitud cesará para el lector cuando sepa dos cosas: la primera, que Gil Gómez había formado su plan, que consistía en seguir a Fernando y servir en clase de soldado en la compañía a que éste fuese destinado; y la segunda, que había sido encerrado en el pajar, lo mismo que si fuera un niño de ocho años, encerrado por medio de un ardid ingenioso, que consistió en enviarle el hacendado por un objeto y echar la llave por fuera, conociendo que éste era el único medio de impedir un lance desagradable. Para poner en planta su plan, contaba primero con su amor entrañable a Fernando, que le hacía insoportable la vida lejos de él; después con un caballo ciego que le pertenecía exclusivamente y algunos reales que formaban sus ahorros de un año. Por consiguiente, cuando comprendió el ardid de que había sido víctima, primero golpeó la puerta y las paredes, dio gritos espantosos y se desesperó verdaderamente; pero al cabo de un momento permaneció silencioso y se consoló, considerando que de todas maneras le habría sido imposible partir junto con Fernando, porque el hacendado y los criados habrían impedido su fuga, la cual se verificaría a la primera oportunidad, acaso en la misma noche, y lo único que había resultado era una diferencia de horas, y por consiguiente de distancia, diferencia que desaparecería con la precipitación en la carrera, o en el último caso ¿qué importaba llegar a San Miguel el Grande uno o dos días después de Fernando? Consolado con estas ideas, el futuro soldado se tendió primero sobre la paja a descansar, después la naturaleza y la desvelada de la noche anterior lo dominaron y se durmió profundamente, tan profundamente que ni sintió que al medio día abrieron la puerta con precaución, y al verle dormido dejaron junto a él una comida completa, volviendo a cerrar la maciza y sólida puerta con menor precaución y más ruido. De cuando en cuando el joven se estremecía en medio de su sueño, ejecutaba algunos movimientos o articulaba algunas palabras o gritos de guerra, tales como: «a ellos», «adelante», «avancen». Era que estaba soñando; se soñaba en medio de una batalla, pero no en clase de simple soldado, sino de Brigadier nada menos, y por consiguiente con una gran responsabilidad encima; a su lado combatía Fernando; el zumbido de un moscón que giraba en derredor de las paredes de su encierro le parecía el estruendo de los cañones, y los ruidos levísimos que el movimiento de su respiración producía en la paja sobre la que estaba durmiendo, los gemidos de los heridos y moribundos; pero era una batalla de un éxito muy dudoso para él, puesto que los enemigos eran en número cuatro veces mayor que sus soldados, y veía a éstos sucumbir, defendiendo el terreno palmo a palmo; por último, los pocos que quedaban en pie huyeron y se dispersaron al ver cargar a sus contrarios, dejando solos a él y a Fernando, que, viendo que no había otro partido que tomar ya, se pusieron también en fuga; Gil Gómez picaba en vano a su caballo, pero éste no avanzaba y parecía clavado en tierra; ya se oía el galope de los soldados y los gritos de furor de sus perseguidores, y su montura no avanzaba; quiso echarse a tierra y huir por su pie, pero nada, parecía también clavado en la silla; ya se oían los gritos más cercanos y hasta disparaban tiros al percibirle; quiso defenderse al menos para vender su vida lo más caro posible; pero imposible, parecía una estatua de panteón; sintió el frío de una pistola sobre su sien; hizo un esfuerzo supremo, dio un grito de terror y despertó sobresaltado. Cerca de dos minutos permaneció todavía con los ojos abiertos, sin poder darse cuenta del lugar en que se hallaba y por qué casualidad había escapado de aquel peligro inminente que le había amenazado; por último, poco a poco fue reconociendo las localidades y recobrando la memoria; se acordó de cómo había sido encerrado y por qué motivo, y se incorporó, quedando no poco asombrado al encontrar junto a sí varios platos con alimentos; satisfizo el hambre imperiosa que le dominaba, tomando algunos bocados, y se acercó a la puerta para espiar por una hendedura lo que afuera de su prisión pasaba; el corral hacia el que ésta daba estaba desierto completamente; el sol comenzaba a caer, debiendo ser ya lo menos las cinco de la tarde; había dormido, por consiguiente, la friolera de diez horas, y de nuevo se desesperó, volviendo casi a la misma exaltación de la mañana; pero después reflexionó que no debía pasar mucho tiempo prisionero, y que acaso dentro de un momento se le devolvería su libertad querida; por consiguiente, comenzó a pasearse a lo largo de su encierro, silencioso y preocupado, acaso por los preparativos de su fuga. Al anochecer sintió que la puerta se abría, dando paso a don Esteban, que le dijo con acento afectuoso:

-Gil, ya puedes salir. Siento haberme tenido que valer de esta estratagema para alejarte de mi hijo; pero, como eres niño y tan caprichoso, es necesario tratarte como tal, puesto que no te convences con razones.

-Ha hecho usted perfectamente, padre mío -dijo Gil Gómez con tono compungido-. Ahora me alegro, porque indudablemente me habría sido imposible ver partir a mi hermano, sin acompañarle; mientras que ahora, viendo que yo no hay remedio, comienzo a consolarme.

-¡Oh!, sí, ¡hijo mío! Ya sabes que siempre vivirás a mi lado, porque te he amado con el mismo cariño que a Fernando. Ahora los dos esperaremos su vuelta, ¿no es verdad?

Gil Gómez no respondió, porque se le hizo escrúpulo dar en su corazón, tan franco y tan generoso, cabida a dos pasiones que aborrecía, la mentira y la ingratitud.

-¡Bueno, bueno! -continuó el hacendado-, ahora vamos a cenar, porque según veo nada has comido y todo el día lo has pasado durmiendo.

Y los dos salieron de la improvisada prisión.

Las primeras horas de la noche las pasó Gil Gómez en compañía de don Esteban, permaneciendo ambos tristes y pensativos. A la hora de retirarse cada cual a su aposento para dormir, Gil Gómez [...] abandonar a aquel hombre honrado que durante tantos años le había amparado con un cariño verdaderamente paternal; sintió que su corazón se despedazaba al dar cabida en él a la ruin pasión de la ingratitud y tal vez iba a arrepentirse de su resolución; pero también pensó en Fernando, consideró el horrendo vacío de una vida pasada lejos de él, y se sintió débil para sufrir esa existencia, resultando de esta lucha que tuvo lugar en su alma durante un momento que en sus ojos apareciesen dos lágrimas que rodaron silenciosas a lo largo de sus mejillas, y que estrechase besando la mano de don Esteban.

-Hasta mañana, hijo -dijo éste con cariño.

-¡Adiós! ¡Adiós, padre mío! -murmuró Gil Gómez saliendo violentamente de la pieza, porque sentía que los sollozos que le estaban reventando el pecho iban a estallar; y luego que se halló en su habitación dio libre curso a sus lágrimas, librándose así de un peso con que se sentía ahogar. Después abrió su cómoda, extrajo de ella su maleta de viaje ya preparada de antemano, y que contenía, además de dos o tres vestidos, un bolsillo lleno de monedas de plata, que según hemos dicho formaba sus economías de un año. Escribió durante un rato el siguiente papel, que dejó sobre su mesa, y que iba dirigido al hacendado:

«¡Padre mío!

»Soy un ingrato, soy un infame en pagar con una villanía los inmensos beneficios que de su mano de usted he recibido durante diez y nueve años. Pero, ¡ay!, me es imposible vivir separado de mi hermano y corro a alcanzarle, a cuidarle, a vivir a su lado, aunque sea en clase de soldado.

»¡Perdón! ¡Perdón, padre mío! ¡Adiós le dice a usted su hijo!

»Gil Gómez».

Luego extrajo de un cajón de su mesa un par de pistolas que, a pesar de las composturas que Gil Gómez les había hecho varias veces, mal ocultaban su origen antiguo, pues databan nada menos que de la invasión de Lorencillo en Veracruz; las ató a su cintura, después de haber probado el gatillo; tomó de un rincón una larga espada forrada de cuero, y cuyo orín, depositado por el tiempo, apenas había desaparecido a fuerza de frotamientos y limaduras; se la ciñó y esperó a que todo estuviese en silencio en la hacienda. A la media noche abrió con sigilo su puerta, y al ver la quietud que en los corredores y patios reinaba, comprendió que ya todo el mundo dormía profundamente, bajó de puntillas con su maleta al hombro hasta el corral en que se encontraban los caballos, y desató uno de ellos después de haberle reconocido y colocado una montura medio vieja que en un cuartito junto al pesebre se hallaba tirada en el suelo.

Era un caballo que, aunque en otro tiempo había sido el primero de la hacienda, ahora había cegado completamente, aunque conservando sus ojos en el estado natural y todo su brío y movimientos primitivos, exponiendo, por consiguiente, al audaz jinete que osase montarle a todos los peligros posibles.

¿Y por qué entre cien caballos que había en la caballeriza escogía Gil Gómez este que era indudablemente el más malo de todos?

Por un sentimiento de nobleza, porque le parecía que el crimen que a su entender cometía con fugarse se haría más horrible tomando una cosa que no le perteneciera tan directamente como el mueble de que se iba a servir.

Después de atar a la grupa del animal su maleta, le tomó por la brida y le condujo con precaución hasta la puerta del corral, cuya tranca quitó con el mismo silencio, y después de haberle montado, murmuró casi llorando: «¡Adiós, casa querida en que yo, pobre huérfano, he encontrado abrigo, pan y cariño! No sé qué presentimiento me dice que ya nunca he de volver a habitar en tu seno. ¡Que siempre las buenas gentes que te habitan sean tan felices como yo lo he sido hasta aquí!».

Y después de haber sollozado esta despedida, picó a su peligrosa cabalgadura y desapareció violentamente en la obscuridad de la noche, a tiempo que la campana del reloj de San Roque sonaba la una. Casi toda la noche galopó con igual ímpetu, escapando mil veces, gracias a su astucia y a su buen conocimiento de la brida, de una caída indudablemente mortal, de manera que al amanecer se encontraba a doce leguas de la aldea; y el resto de la mañana anduvo casi con igual precipitación, gracias a la fuerza de su montura, que hacía un mes estaba en completo reposo; al mediodía se detuvo en una venta para tomar un bocado y dar un pienso a su caballo; pero con sentimiento tuvo que prescindir de la primera idea, pues le dijeron que hacía sólo dos horas se había dado lo último que quedaba a un religioso y a su criado que viajaban.

-¿Pero no hay siquiera huevos, fríjoles o tortillas? -preguntó Gil Gómez, que hacía cerca de veinte horas no probaba bocado.

-Nada, señor -le respondió el posadero-, el padrecito ha comido lo que quedaba, y podía alcanzar muy bien para cuatro pasajeros; pero parecía tener un apetito voraz.

-Bribón padrecito -dijo Gil Gómez a media voz, alejándose de aquella inclemente posada.

Al caer la tarde distinguió por fin una casa, que por su aspecto y el portalejo que le formaba frente indicaba desde luego ser un mesón; se acercó a ella violentamente, y con gran satisfacción, porque ya el hambre se le hacía insoportable, leyó encima de la puerta con letras enormes y casi ininteligibles:

Mesón del buen socorrro
Se hacen almuerzos, comidas y cenas.
Se venden pulques y
pastura para los animales.

-¡Bueno! -dijo Gil Gómez- esta venta sí, no se parece a la de esta mañana, y me voy a desquitar, porque hace veinticuatro horas no pruebo bocado y tengo una hambre horrible.

Y frotándose las manos entró al patio de aquella hospitalaria mansión.

El posadero, viejo, alto y seco, que era la personificación más viva del hambre, salió a recibirlo.

-Buenas tardes, huésped. A lo que veo no hay muchos cuartos vacíos en este magnífico mesón -dijo Gil Gómez con acento de franqueza y cordialidad, procurando ganarse la estimación del posadero.

-Se engaña usted, señor mío -respondió éste con acento agrio, como hombre que está acostumbrado a ejercer un dominio absoluto-, se engaña usted, porque sólo uno está ocupado.

-¡Ah!, conque hay esta noche pocos pasajeros. ¡Es raro, porque la venta tiene fama en todos estos alrededores!

-Sí, uno solamente.

-Acaso un...

-Un venerable sacerdote -interrumpió el huésped llevando su mano al sombrero en señal de respeto.

-¡Ah!, un frai... -dijo Gil Gómez visiblemente contrariado por la presencia de aquel viajero que llegaba antes que él a las posadas, y que le recordaba el lance de la mañana.

-¿No desmonta usted?

-Sí. Haga usted que me preparen un cuarto, que le den un pienso a mi caballo colocándole en el mejor establo, porque aquí pienso dormir esta noche. Pero, sobre todo, dígame usted lo que hay preparado de comida, porque tengo un apetito como el que puede despertar el aspecto de esta venta.

-¿Cómo? ¿Lo que hay de comida? -preguntó el posadero.

-Sí, cualquier cosa. Me conformaré con un pollo, unos huevos, un plato de «mole», otro de fríjoles, y... y nada más.

-Pues es muy extraño que no sepa usted que aquí no se vende comida, sino solamente pasturas para los animales -dijo impasible el posadero.

-¿Cómo, cómo? ¿Qué está usted diciendo? ¡Ah!, sí, ya comprendo. Es usted hombre de buen humor y se quiere chancear conmigo al ver el terrible apetito que traigo -dijo Gil Gómez con una sonrisa forzada, queriendo él mismo disminuir el mal efecto de las palabras del posadero.

-No soy hombre que gasto chanzas -dijo éste con sequedad-. Le he dicho a usted que aquí no hay comida y que sólo se venden pasturas para los animales.

-¡Bien, bien! -continuó el hambriento intentando aturdir su dolor y caer en gracia al impasible ventero con una estrepitosa aunque falsa carcajada-, ¡bien! Veo que sabe usted llevar la broma hasta el fin. Así me gusta, yo también soy hombre de ese mismo genio.

-Vaya, pues veo que está usted loco, caballero, y nada tenemos que hablar -murmuró el posadero volviendo las espaldas a Gil Gómez.

Entonces el joven viajero comprendió la realidad de las terribles palabras de su huésped, y vio que no se prestaba mucho a la conversación y la fraternidad.

-Pero, ¿y ese letrero que está a la puerta no me da acaso derecho a pedir una comida? -preguntó con un acento que no se podía saber si era una disculpa o un reproche.

-Este letrero, caballero, hoy no tiene ya valor, puesto que el mesón ha cambiado ya de dueño, y que si a mi predecesor le convenía tener aquí una fonda, a mí no me acomoda más que pasturas.

Gil Gómez iba tal vez a observar que se habría debido borrar el letrero para evitar equívocos; pero reflexionó que en las circunstancias en que se hallaba debía procurar no atraerse la enemistad del huésped al menos, ya que no había podido atraerse su amistad, de manera que sólo dijo con tono humilde:

-¡Está bien! Pero usted me hará favor de darme alguna cosa de su comida, porque hace veinticuatro horas que no pruebo alimento, habiendo atravesado todo el día llanuras desiertas.

-Pues tengo que desairar a usted, porque el sacerdote que ha llegado hace media hora me ha hecho la misma súplica, y le he dado cuanto había reservado para mi cena.

-¡Maldito fraile! -dijo Gil Gómez exasperado al ver cerrado por aquel enemigo invisible el único puerto de esperanza que le quedaba.

-¡Silencio, joven libertino! -gritó el posadero insolentado al ver el aspecto humilde y catadura pacífica que el viajero había tomado para congraciarse con él.

Gil Gómez sintió hervir su sangre a este grito insultante y altanero, y sacudiendo fuertemente el brazo del posadero, que sentía apretar por una tenaza de fierro, con su mano izquierda, mientras que con la derecha se apoyaba sobre el puño de su espada, le dijo con acento reconcentrado de desprecio:

-¡Insolente! Si vuelves a levantar la voz para mí, tendrás que arrepentirte muy de veras. Quítate de mi presencia y haz cuidar de mi caballo y disponer mi cuarto.

A este acento y a esta amenaza, el posadero cambió como por encanto; bajó la cabeza y fue a ejecutar lo que se le había mandado.

Gil Gómez comprendió que al romper con el posadero no le quedaba ya más puerto de salvación, para satisfacer su apetito, que la clemencia de su desconocido enemigo el sacerdote, y tomada su resolución por esta parte, preguntó a un criado que atravesaba el patio, conduciendo un caballo, que aunque de mal aspecto a primera vista, desde luego pareció al joven, que era una autoridad en esta materia, un excelente y fuerte animal para el camino:

-¿A quién pertenece ese magnífico animal?

-Al señor sacerdote que se ha alojado en el número cuatro -respondió el criado, admirado que alguno pudiese llamar a aquella cabalgadura de tan ruin aspecto con el título de «magnífico animal».

«Con ese caballo podría uno atravesar toda la Nueva España, y su dueño no sabe lo que tiene», pensó Gil Gómez, y después de haber permanecido un momento silencioso, como si fraguase algún plan atrevido, se dirigió al cuarto número cuatro que le habían designado como habitación del digno sacerdote, y llamó tímidamente a la puerta.

-¡Adentro! -dijo una voz destemplada y vinosa.

Gil Gómez abrió la puerta y se encontró frente a frente de un frailecito rechoncho y colorado, de ojillos pequeños y vivarachos, de frente estrecha, y que vestía el traje de los viandantes de la orden de San Francisco; estaba sentado a una mesa, encima de la cual se veían algunos platos con alimentos, una torre verdadera de «tortillas» y un vaso enorme de color verde, que, aunque debía haber estado lleno de pulque, ahora sólo lo estaba en la cuarta parte, merced a las libaciones del frailecito.

Gil Gómez saludó cortésmente al reverendo, tomando el aspecto más compungido y más mustio que pudo.

-Buenas tardes, amiguito, ¿qué se ofrece? -preguntó el frailecito después de haber alzado los ojos para ver a Gil Gómez, y vuelto a bajarlos para continuar comiendo, o más bien devorando lo que tenía delante.

-Como su paternidad y yo somos, según parece, los únicos huéspedes que debemos alojarnos esta noche en la venta, he pasado a visitarle y a gozar un rato de su conversación -respondió el hambriento viajero, admirado de ver desaparecer como por encanto la torre de «tortillas», quedando ya casi reducida a sus cimientos.

-¡Bueno, bueno! Pues siéntese usted y hablaremos.

-¡Buen apetito!, según parece -continuó el joven, viendo que si no se apresuraba iban a salir fallidas las esperanzas que había concebido.

-¡Oh!, sí, con razón, como que hace día y medio que no he probado bocado -dijo el sacerdote hablando con dificultad, porque tenía la boca llena.

Gil Gómez iba tal vez a desmentirle, pero consideró que, en vez de perder un tiempo precioso en inútiles discusiones, debía lo más pronto posible ganarse la voluntad de su paternidad, y se limitó a decir tímidamente:

-Yo también hace veinticuatro horas que no como.

-¡Ah!, sí, ya comprendo; ha hecho usted que le sirvan su comida en mi cuarto, para que comamos juntos y al par conversemos. Bien hecho, perfectamente, a mí me gusta la sociedad.

-Nada de eso, señor, nada de eso, porque en toda la venta no se encuentra más comida que la que su reverencia tiene delante.

-¡Oh!, sí, estos caminos son malísimos, y estas posadas muy inclementes. Le aseguro a usted, amiguito, que en los ocho días que hace que me ausenté de mi convento he pasado unos trabajos que sólo puedo sufrir esperando que Su Santísima Majestad me los tenga en cuenta -dijo el fraile, alzando hipócritamente los ojos al cielo, a tiempo que engullía un enorme bocado con que cualquier otro que aquel insaciable gastrónomo se habría satisfecho muy regularmente.

Gil Gómez sintió impulsos de arrojarse sobre el fraile que tan hipócritamente mentía y que, a pesar de haber comido perfectamente ahora y en la mañana, se negaba a participarle de una pequeña cantidad de alimento con que el joven habría satisfecho la imperiosa necesidad que lo devoraba; pero pudo contenerse y decir:

-El convento ha hecho muy bien en elegir para sus negocios a una persona tan digna como su paternidad, que lleva por norma la caridad que se encierra en esas hermosas palabras de las obras de la misericordia: «Dar de comer al hambriento».

Esta vez el tiro era demasiado certero.

-En efecto, «amarás al prójimo como a ti mismo» -dijo el padrecito recalcando la pronunciación sobre las dos últimas expresiones, y sin dejar un momento de engullir-. Siempre he llevado yo por norma esas expresiones de los mandamientos de la Ley de Dios.

Gil Gómez conoció que por aquellas indirectas tan directas no podía sacar ningún partido del franciscano, y se dio prisa a declarar resueltamente su intención, porque nada más quedaban dos platos, que aunque podrían muy pasablemente haber satisfecho el hambre de cuatro personas racionales, no podían, sin embargo, parecer gran cosa al ruin engullidor franciscano, de manera que dijo:

-Pero, ¿no podría su reverencia darme aunque sea una tortilla, unas cucharadas de ese inmenso plato de fríjoles y un poco de ese mole con que ahora se está deleitando?

-Parco es usted en el pedir, caballerito. Pero con sentimiento le digo que, como yo soy hombre que viajo por la voluntad de Dios y para el bien de los pecadores, necesito conservar mi salud, que con nada se altera más que con la falta de alimento, y como probablemente voy a dejar de comer otro día y medio, como ahora me ha sucedido, quiero de una vez prevenirme para todo ese tiempo.

Y al decir estas palabras, el padre pasaba limpio ya el plato del mole, preparándose a engullir con la misma precipitación el último que quedaba de los cuatro.

Gil Gómez sintió un movimiento de profundo desprecio hacia aquel hombre que se negaba a hacer lo que él y cualquier otro habrían hecho en circunstancias semejantes. Pensó que en la mañana había hecho, aunque sin saberlo, lo mismo, y un pensamiento de violencia cruzó por su imaginación exaltada por el hambre. Era más fuerte, tenía justicia, estaba en una pieza encerrado con el franciscano y podía obligarle por la fuerza a ejecutar lo que debía haber hecho por la caridad y el derecho de gentes; pero él era grande y generoso, y hubiera puesto en práctica su pensamiento sólo con un hombre más fuerte que él, y no con aquel endeble e inofensivo fraile. Así es que desechó sus ideas siniestras y determinó tomar una venganza de igual especie que el pequeño mal que se le había hecho, y, ¡cosa rara!, para ponerla en ejecución pensó en el magnífico, aunque de ruin aspecto, caballo de su enemigo, que él, en calidad de buen conocedor, había calificado a primera vista de excelente para correr sin fatigarse, que era lo que necesitaba, para lo cual le era completamente inútil su caballo ciego, que, además de exponerlo a mil peligros, había podido correr sólo el primer día, gracias al reposo en que hacía un mes estaba, pero que al día siguiente se negaría a galopar una sola hora.

Esta lucha y este plan que se forjó en su imaginación le tuvo absorto cerca de cinco minutos, tiempo durante el cual el padrecito hizo pasar al inmenso abismo de su estómago hasta el último fragmento de comida, dejando los platos tan limpios que ya no tenían necesidad de ser lavados.

-¡Vamos! ¿Por qué está usted tan triste? -dijo éste mirando a Gil Gómez con ojos medio dormidos, merced al inmenso vaso de pulque, cuyos vapores comenzaban a subir a su cerebro desde su estómago.

-Es que aún tenía yo que pedir a su reverencia otro favor, pero no me atrevo... -dijo el joven tomando el aire más cándido que pudo.

-A ver, diga usted, si es posible...

-He visto el caballo de su paternidad y...

-¡Ah!, sí, un caballejo que he comprado ayer en un mesón y que no sabe más que ir a galope todo el día, tan feo como tan manso.

-Es que, con todo y eso, puede tener admiradores -observó tímidamente Gil Gómez.

-Pues no sé cómo sea, ni quién...

-Yo, por ejemplo.

-¿Es posible... usted?

-Señor, le diré a su reverencia con franqueza lo que hay. Yo soy un joven a quien envían sus padres al colegio. Pero, como siempre he vivido en la ciudad y jamás he caminado, no sé absolutamente montar a caballo, y por consiguiente he venido con mucho miedo por todo el camino, porque el caballo que me dieron mis padres es el mejor de su hacienda, y está valuado en trescientos pesos; ya se figurará su paternidad qué clase de animal será. Él, por otra parte, parece bastante dócil a la rienda; pero yo, sin embargo, prefiero tener uno mansito, aunque sea feo, y le propongo a su paternidad un cambio.

-Pero yo no conozco al animal, ni lo he visto andar -dijo el franciscano procurando disimular la codicia que sentía de poseer aquel caballo que valía trescientos pesos.

-Si su reverencia quiere pasar a la cuadra para que lo veamos... -dijo Gil Gómez.

-Vamos -continuó el franciscano.

Y los dos salieron de la pieza, dirigiéndose a la cuadra. Ya era completamente de noche, de manera que pidieron un farol para alumbrarse por el obscuro corral y poder reconocer al famoso animal. Gil Gómez le ensilló y le montó lo más torpemente que pudo, a fin de hacer creer al religioso lo que acerca de su habilidad en equitación le acababa de decir; después, tomando el farol, anduvo por toda la extensión de la caballeriza, teniendo buen cuidado de alzarle la rienda a fin de que tomara un paso airoso y sin tropiezos.

El franciscano, que contempló aquel animal de tan bellas formas, de tan hermoso color, de tan nobles movimientos y de tan gallardo andar, no pudo menos de felicitarse interiormente de la casualidad que le había hecho encontrar un colegial, que tal vez con una friolera de ribete le cambiaría por el suyo indudablemente inferior.

-¿Qué tal? -dijo Gil Gómez, que, al descuido, había observado los menores movimientos del franciscano.

-No es muy bueno el animal, pero, sin embargo, haremos trato. ¿Cuáles son las condiciones?

-El caballo de su paternidad y cien pesos de ribete -dijo el joven.

«Ya es mío ese magnífico animal de a trescientos pesos, y he ganado ciento cincuenta lo menos, porque mañana mismo lo vendo en la primera parte que se me proporcione, pues en cualquier mesón me lo compran por ese precio, estoy seguro», pensó para sus adentros el franciscano.

«¡Ah!, pícaro fraile, ya caíste. Y aunque me ofrezcas la mitad, siempre habré ganado cincuenta pesos que tú habrás perdido en unión de tu caballo, porque mañana o pasado tendrás que dejar en el primer mesón ese inútil mueble», pensó a su vez Gil Gómez.

El franciscano, para disimular su alegría, tomó el farol y reconoció, según es costumbre, el colmillo; pero se pudo alegrar más, porque estaba mirando que era joven, demasiado joven todavía.

-¿Se resuelve por fin su reverencia? -preguntó el primero Gil Gómez.

-Es demasiado caro, porque es mucho lo que quiere usted de ribete.

-¡Ah!, pues entonces no hablemos más -dijo el joven descontento y volviendo las espaldas.

-No, no, aguarde usted; veremos si siempre nos arreglamos. Daré cincuenta pesos y mi caballo.

-Es muy poco.

-Sesenta.

-Todavía es poco.

-Setenta.

Gil Gómez pareció ablandarse.

-Aumente otro poco su paternidad y queda cerrado el trato.

-Vaya, setenta y cinco -dijo el franciscano, que sentía renacer la alegría que por un momento había perdido, al sentir que se le escapaba de las manos negocio tan productivo.

-Pues de una vez ochenta, y no hablemos más -dijo Gil Gómez.

-Vaya los ochenta -murmuró contentísimo el padrecito.

Y después de haber dado orden a su criado el franciscano, con un tono casi burlesco, que pusiera a disposición de Gil Gómez su caballo y que cuidase del que acababa de venderle, los dos se dirigieron al despacho del posadero, a fin de extender y recoger mutuamente un contrato del cambio.

-¿A qué hora parte mañana su reverencia? -preguntó el joven.

-¡Oh!, no soy muy madrugador, porque mi salud se quebranta, de manera que saldré a las ocho de esta posada -respondió el alegre frailecito.

-Pues siento no acompañar a su paternidad, porque debo partir a las seis cuanto más tarde.

-Pues entonces vamos de una vez a mi cuarto para que le entregue a usted su dinero.

-Vamos.

Y los dos se dirigieron al cuarto, donde el franciscano contó al joven ochenta pesos en oro y plata que extrajo de un cinto que debajo de los hábitos llevaba.

-Pues ahora, ¡buenas noches!, mi padre -dijo Gil Gómez besando con hipocresía la mano del franciscano.

-Adiós, hijo -respondió éste con tono burlesco.

«Tonto muchacho, has vendido tu caballo de a trescientos pesos en menos de cien, porque el que llevas no vale treinta», pensó uno cuando el otro hubo salido.

«Bribón fraile, me has pagado el mal rato y el hambre que me has hecho sufrir en más de cien pesos, porque dentro de dos o tres días no te dan por la maula que llevas ni veinte», pensó a su vez el otro cuando se encontró fuera del cuarto.

Gil Gómez corrió a su aposento, guardó cuidadosamente su dinero en su maleta, después se dirigió a la cocina, consiguió con mil trabajos un pedazo de pan y una taza de pésimo y negruzco chocolate con el que apenas satisfizo el hambre que le devoraba; pagó al huésped adelantado el precio del cuarto y de la pastura de su nuevo caballo, al que hizo dar un buen pienso, y se tendió sobre el durísimo y estrecho jergón que habían bautizado con el nombre de colchón, adonde no tardó en dormirse profundamente.

A las cuatro de la mañana se levantó, ensilló su nueva cabalgadura, atándole a la grupa su maleta, y la sacó en silencio al camino.

-Pícaro fraile, tú no debes partir hasta las ocho, y por consiguiente te llevo cuatro horas de ventaja. Cuando conozcas el chasco que te he pegado, ya será demasiado tarde -dijo Gil Gómez lanzando su caballo a galope.

A las diez almorzaba perfectamente en un mesón del camino real, desquitándose del hambre del día anterior, y al despedirse preguntaba a la posadera:

-¿No ha pasado por aquí un joven alto, pálido, que monta un caballo negro?

-Aquí ha dormido cabalmente esta noche, pero ha partido al amanecer -le respondieron.

-Está bueno, tú también me llevas cuatro horas de ventaja; pero con este caballo hoy mismo me uniré contigo, hermano mío -pensó Gil Gómez.

Y de nuevo lanzó su caballo al galope, siguiendo la dirección del camino real.

VIII Del estado de la Nueva España en 1810

Dejemos a Gil Gómez corriendo detrás de Fernando, acercándose ambos al Estado de Guanajuato, y tendamos una mirada al estado de la Nueva España en la época de nuestra narración, que, como el lector recuerda muy bien, es en los primeros días de septiembre de 1810. No podemos menos para trazar este cuadro de repetir lo que otra vez hemos dicho en una tribuna popular.

Era el año de 1810; habían transcurrido tres siglos desde que Anáhuac, la perla más preciosa del mar de Colón, había ido a adornar el florón de la corona de Castilla. Ruinas, ¡ay!, ruinas morales quedaban de la nacionalidad de los aztecas; ya no la alegría de la libertad, sino el silencio de la esclavitud; triste y espantador silencio, sólo interrumpido de cuando en cuando por el sofocado gemido de la pesadumbre del esclavo.

La diferencia inmensa de riquezas, estableciendo una diferencia espantosa de clases; el español acumulando inmensos tesoros, el mexicano empapando con el sudor de su frente y las lágrimas de sangre de sus ojos su profanada tierra, la tierra de sus padres, y con el sentimiento de un pasado de libertad y un porvenir de servilismo, llorando, pero llorando con ese llanto del hombre esclavo que ahoga sus sollozos y sus suspiros, que cubre la desesperación de su vergüenza con el manto engañoso de la conformidad; la hipocresía llevando su aliento de veneno hasta el rincón más apartado del hogar doméstico, ahogando todos los sentimientos espontáneos del corazón y marchitando en flor las esperanzas de la vida; el sacerdote indigno, órgano de los virreyes, apoderándose de los secretos de las familias, especulando con su llanto, dominando con el poder de la conciencia, enseñando por credo una obediencia ciega al Virrey; los privilegios y concesiones para el español bien nacido, el tributo y la extorsión para el indio; la inquisición con sus sombras, sus venganzas y sus martirios; los fueros de una nobleza que no era nobleza; una nación inerme, sin comercio, una nación que no progresa, porque aún no comprende ni anhela comprender el espíritu civilizador del siglo; una nación asida y arraigada a los ridículos fueros del siglo XV y a las viejas preocupaciones del XVIII; una gran nación, en fin, que parece un gran convento.

He aquí el estado de la Nueva España, estado funesto de despotismo del que parecía casi imposible salir. Sin embargo, un trono perfectamente consolidado en España se había abismado a los esfuerzos de un coloso, y el estruendo que produjo al caer y el clamoreo de los vencedores habían llegado a la Nueva España como un eco perdido, eco que los dominadores intentaban apagar con el ruido de dobles y más pesadas cadenas. Pero los mexicanos comenzaban a comprender que el edificio monárquico más sólidamente construido cede a los esfuerzos de un gigante, y que muchos hombres unidos con el lazo de un martirio común, una igual voluntad, un mismo deseo y sufrimientos semejantes, bien pueden formar ese gigante. El sol de la libertad recientemente conquistada en los Estados Unidos había lanzado débiles pero claros destellos sobre la noche de la esclavitud mexicana, alumbrando la inteligencia del hombre servil y haciéndole ver que también la dominación adquirida sobre un pueblo por el derecho de la fuerza, de la resignación necesaria, del tiempo y la costumbre, se pierde por los esfuerzos de ese mismo pueblo que tiene la conciencia de un existir social independiente y que en el espíritu mismo, eminentemente progresador del siglo, encuentra una palanca con que auxiliarse; diversos movimientos insurreccionarios en algunas provincias de la dominada América Meridional, y aun en la misma Nueva España, con motivo del ataque de los comerciantes dirigidos por don Gabriel del Yermo contra el virrey Iturrigaray, que había sabido ganarse el cariño de la masa general de los mexicanos, aunque con descontento de la clase privilegiada, habían comunicado su oscilación a todo el país, y habían venido por fin a hacer comprender a sus desdichados hijos que también podía lucir para ellos en el horizonte de las edades un día en que la vida de tres siglos de despotismo se tornara en encantadora vida de libertad; en que el sol, que hasta allí había alumbrado humildes frentes inclinadas a la tierra bajo el peso del sufrimiento, lanzara sus consoladores rayos sobre la erguida y serena frente de hombres libres. Pero, ¿quién podría proferir esta palabra «libertad» fuera del círculo del hogar doméstico sin temer que el viento del espionaje y la denuncia la llevase hasta los oídos del orgulloso dominador? ¿Qué mano se alzaría armada de una espada sin que dos cadenas la sujetasen? ¿Qué pecho lanzaría un grito de guerra sin que mil puñales lo atravesaran? ¿Qué voz de desesperación podría llegar a unos labios sin ser antes ahogada en una garganta? ¿Qué ojos húmedos por las lágrimas del desconsuelo brillarían con la expresión del entusiasmo varonil sin ser cerrados a la luz purísima de Dios? ¿Qué cabeza podría alzarse erguida al cielo sin rodar ensangrentada a la tierra?...

Éste era el estado de la Nueva España en la época de nuestra narración. ¿Qué podríamos añadir a lo que han dicho escritores tan eminentes como Alamán y Bustamante? Sin embargo, nosotros, jóvenes sin distinciones, ni honores, y por consiguiente imparciales, nos atrevemos a hacer un reproche a estos grandes hombres de México. Nos parece que el extranjero que desde lejanas tierras, y por consiguiente ignorante de nuestro carácter y de nuestros instintos, lea la historia de nuestra revolución por don Lucas Alamán, no puede menos de indignarse contra una colonia tan ingrata como México, que, recibiendo, según este autor, toda clase de beneficios, de garantías, de civilización de la España, osó rebelarse contra ella. Nosotros hemos derramado lágrimas al ver tratados por él, a los hombres que iniciaron nuestra independencia, como hombres vagos, ladrones, tahures, ingratos o asesinos; mientras que se trata a los dominadores como hombres clementes, bondadosos, nobles, que pagaban con actos de generosidad los crímenes y los actos de atrocidad. Es cierto que muchos de los hombres que trabajaron en la obra de nuestra independencia eran salidos de la hez de nuestra sociedad; es cierto también que entre los españoles había hombres notablemente benéficos; pero eso no forma una regla general y, ¡ay!, nunca un escritor debe valerse de su reputación para calumniar y poner a los ojos del extranjero, como indigno, a un país ya desdichado y ya calumniado sin culpa; nunca debe desmoralizar al pueblo, hoy desmoralizado ya, mostrándole los crímenes consiguientes a una guerra casi de castas, y no el noble principio que causó su emancipación. El cuadro histórico de México que trazó el eminente patriota don Carlos Bustamante, a pesar de estar escrito en un estilo sublime que verdaderamente encanta y arrebata, tiene sin embargo el defecto de caer en el extremo opuesto de exagerar y dar un tinte novelesco a hechos demasiado sencillos, de pintar con colores demasiado vivos una crueldad en los dominadores que no siempre existía. Don Lorenzo Zavala es el escritor más imparcial y más exacto que hemos tenido, y sin embargo hay en él un espíritu de parcialidad muy ligero, tan leve solamente como el que puede traslucirse en un libro escrito en un destierro, en climas extranjeros, con el recuerdo y las impresiones recientes de persecuciones injustas por enconos de partido.

Nosotros no profanamos la memoria santa de los muertos. Esos hombres eminentes ya no existen. Nosotros veneramos su recuerdo siempre tierno a nuestro corazón; como escritores los admiramos y los hemos estudiado; como hombres públicos los hemos respetado; cuando existían los amamos con ternura; pero, desnudados de todo espíritu de partido, amantes patriotas por corazón y por juventud, escritores desinteresados que nunca hemos manchado la limpia reputación de los hombres de mérito por adular un partido y crearnos así una popularidad ficticia, creemos y nos atrevemos a decir que el principal dote de un historiador es la imparcialidad, y más nosotros mexicanos, que necesitamos desvanecer las malas ideas que acerca de nosotros se tienen en Europa, ideas esparcidas por ingratos literatos extranjeros, que después de recibir en nuestro país una franca y generosa hospitalidad, nos han vendido como villanos al volver a su patria.

Como hemos dicho ya, los mexicanos, al ver el estado de duda y aun de temor del gobierno, comprendían que era necesario que se efectuase un cambio, aunque no sabían de qué especie, y acaso el más remoto de todos les parecía el sacudimiento del yugo de la península, puesto que no había unidad de pensamientos desde el gobierno de Iturrigaray, que, como hemos dicho, era el ídolo de los mexicanos que formaban la clase mayor y más miserable, y había sido detestado por casi todos los españoles, que casi constituían la clase privilegiada; el arzobispo don Francisco Javier Lizana y Beaumont, que había sido elevado al virreinato verdaderamente por los comerciantes o «parianistas», no fue amado ni odiado, puesto que era un anciano pacífico y rezador que no hizo ni bien ni mal, permaneciendo una gran parte del tiempo de su gobierno postrado por sus enfermedades y achaques en una cama donde no hacía más que firmar las órdenes y disposiciones dictadas por los oidores e intendentes y que necesitaban el sello virreinal. En lo único que había unidad de pensamientos entre españoles y mexicanos era un amor entrañable a don Fernando VII, Rey de España, a quien se llamaba con cariño y respeto «El deseado», y una aversión y odio profundo a Bonaparte, a su hermano José y a Joaquín Murat, a quienes se pintaba con los colores más negros, prodigándoles los epítetos más injuriosos en anónimos versos que se imprimían sueltos, y aun en el *Diario de México*, periódico que daba todas las importantes noticias que se tenían de la península acerca de la invasión del ejército francés. De aquí comenzó a resultar una división de opiniones y un germen de discordia que, casi desde la famosa conjuración del Marqués del Valle, no se había notado, habiendo frecuentes disputas y aun riñas entre los adictos al rey Fernando, que, como hemos dicho, formaban la mayor parte, y los adictos a Bonaparte o «Napoleonistas»; por consiguiente, en las provincias de Veracruz, Puebla y México, que estaban en comunicación más directa con la península, estaban los ánimos preocupados con la invasión francesa. No sucedía lo mismo en las de Querétaro, Guanajuato, Valladolid y otras de «tierra-adentro», donde se trataba del gobierno de la Nueva España, y en donde comenzaba a notarse una división bastante marcada entre españoles y mexicanos, tal vez a causa de la diferencia de riquezas, que allí más particularmente se podía notar, siendo los primeros los poseedores de inmensas haciendas que, aunque empleaban un gran número de indios, les trataban, sin embargo, de un modo demasiado cruel y tiránico.

Finalmente, pocos días antes de la llegada al país del virrey Venegas, se había descubierto una conspiración en Querétaro, en la cual estaban interesados el Corregidor de la ciudad, Domínguez, y su esposa, mujer varonil, emprendedora, que aborrecía a los españoles y amaba entrañablemente a los criollos; que mantenía numerosas relaciones con personas eminentes de todas las clases de la sociedad, como militares, sacerdotes, grandes empleados y aun hombres del pueblo. Esta conjuración se ramificaba extensamente en casi toda la provincia de Guanajuato; se trataba de dar el golpe, que consistía en apoderarse de todos los empleados de categoría de la ciudad en la noche del 22 de agosto; de sobornar a la guarnición, muchos de cuyos oficiales estaban comprometidos en la conspiración, y así que se contara con todos esos elementos, de pedir un cambio completo en el personal del gobierno. Pero los conjurados, que se reunían en la casa del Corregidor algunas noches, bajo el pretexto de una tertulia literaria, fueron demasiado torpes, y la conspiración, por consiguiente, fue descubierta, habiéndose cateado la casa de dos de los principales personajes de ella, los hermanos González, y encontrado papeles importantes, armas, provisiones de guerra, a pesar del retardo en obrar del mismo corregidor Domínguez, que fue el que recibió la orden del intendente de prender a su cómplice.

El virrey Venegas, que era el que substituía a Lizana y Beaumont, había desembarcado en Veracruz el 25 de agosto, y había recibido la noticia de esta conspiración en Jalapa dos días después, con la cual siguió su camino para la capital, adonde llegó el 14 de septiembre. Este personaje, que el Rey de España enviaba a México para desembarazarse de él, según decían, siéndole inútil como Brigadier, puesto que había obrado torpemente en la batalla de Almonacid, adonde fue derrotado por el general Sebastiani, que mandaba una fuerza tres veces menor que la suya, pero hombre sagaz y astuto en el gabinete, dotado de una gran sangre fría en las circunstancias más difíciles y apuradas, llegaba ciertamente en muy mala época, en época en que, como hemos dicho, se habían generalizado las ideas de rebelión y aun de independencia; además, fue bastante mal recibido, puesto que se creía era partidario de Bonaparte, y que en la batalla de Almonacid había obrado por soborno y acuerdo con los franceses; de manera que el descontento era ya general en la Nueva España. Recordamos la terminación de unos versos anónimos que se imprimieron en la capital el día de su llegada, aludiendo al traje con que se presentó, que era muy semejante al que usaban los generales de Bonaparte:

> Sombrero, solapa, cuellos,
> las botas y el pantalón,
> todo nos viene anunciando
> la hechura de Napoleón.

La conjuración de Querétaro, como hemos dicho, se ramificaba extensamente, siendo uno de sus principales caudillos don Miguel Hidalgo y Costilla, cura del pueblo de Dolores, en la provincia de Guanajuato, que estaba además de acuerdo con la mayor parte de los oficiales del Regimiento de Dragones de la Reina, y más principalmente con los capitanes don Ignacio Allende, don Juan Aldama y don Mariano Abasolo, y el paisano don José Santos Villa, que vivía con él en el curato.

Era Hidalgo un anciano de más de sesenta años, de genio afable, aunque naturalmente melancólico; había hecho sus estudios con muy buen provecho en el Colegio de San Nicolás de Valladolid, pasando a servir al curato de Dolores por muerte de su hermano don Joaquín, adonde se ocupaba los ratos que le dejaba libres su ministerio en el cultivo y cuidado de viñedos y moreras, en proyectos de mejoras materiales en el pueblo, fundando varias escuelas, una fábrica de teja y ladrillos, otra de pólvora y fundición; era también muy afecto a la música, y había creado una escoleta, a la cual él mismo solía asistir algunas noches. Hacía frecuentes viajes a Guanajuato, adonde tenía estrechas relaciones con el Intendente de esta provincia, Riaño, y su familia; hacía cuatro meses que estos viajes eran demasiado frecuentes, sin que se supiese el objeto; solamente se conocía que andaba triste y preocupado por algún grave cuidado.

A mediados del mes de agosto se despedía de sus amigos en Guanajuato con las siguientes palabras:

-Creo que en los primeros días de septiembre volveré bastante acompañado.

¿Qué idea triste le preocupaba de esta manera tan notable?

¿Qué pudo hacerle pensar en la independencia de la Nueva España?

Difícil es saberlo. Sus enemigos han dicho que la ambición, que la envidia que le causaba el ver que los religiosos americanos nunca podían llegar a las elevadas categorías de la Iglesia, como los españoles que desempeñaban constantemente las canonjías y los obispados. Otros han dicho que el simple deseo de hacer independiente del yugo de la península a su patria.

Lo primero es una calumnia.

Lo segundo es una exageración.

No podía pensar él, que era naturalmente pacífico y bondadoso, en conseguir una dignidad por medio de una revolución de tan dudoso éxito.

No podía creer posible en aquella época, o si lo creyó fue un Dios, en sacudir un yugo de tres siglos, que contaba en su apoyo la costumbre, el tiempo, los lazos de familia, las preocupaciones, la ignorancia, la poca extensión de las ideas de libertad, hoy tan generalizadas.

No... Hidalgo al principio pensó en la felicidad de la clase indígena, a quien amaba; después, cuando pudo notar el efecto que su movimiento había producido en todo el país, pensó en legar a la generación venidera una libertad que él no podría gozar, porque debió presentir lo que le esperaba; pero hizo el sacrificio de su vida en las aras de la patria.

Entre las muchas anécdotas que hemos oído referir acerca de las causas que motivaron la resolución de Hidalgo, no podemos menos de contar a nuestros lectores una que hemos oído relatar siendo niños, en nuestro país natal, a las nodrizas y gente del vulgo.

Hidalgo dormitaba una tarde, a las tres, en un sillón de su sala; un antiguo amigo (cuyo nombre no refiere la crónica) que había venido a pasar con él una temporada en el curato, hacía lo mismo en un canapé. Un ruido demasiado ingrato, el de varias cornetas y atambores que aprendían a tocar en la plaza hacia la que daba el curato, unos soldados de un regimiento de tropas que últimamente había venido a acantonarse en el pueblo, llegaba hasta los oídos de los dos amigos impidiéndoles conciliar el sueño.

-¡Cuánto ruido hacen esas cornetas y esos tambores! -murmuró Hidalgo-. Renunciemos, amigo mío, a dormir la siesta, porque no podremos conseguirlo.

-Malditos «gachupines», ni descansar me dejan -murmuró el soñoliento huésped con descontento.

-Somos, en efecto, víctimas de su orgullo y de su tiranía -continuó el cura levantándose de su sillón y paseándose por la sala con una triste lentitud.

-Ya ve usted, don Miguel, de qué modo tratan a nuestros pobres indios, que son por derecho los únicos dueños de este rico y fértil suelo. Se han apoderado de nuestras riquezas, son los poseedores de todo lo que nos debía pertenecer, y nos tratan como esclavos, dejándonos sumidos en la ignorancia y el servilismo -dijo el huésped con acento reconcentrado de cólera y desprecio.

De repente el cura se quedó parado en medio de la pieza con los ojos clavados en el suelo, con las manos sobre su frente, como si un pensamiento dominador, una idea gigantesca lo avasallase. Después cerró con precaución las puertas y se acercó lentamente al canapé en que reposaba su amigo, mirándole fijamente y diciendo en voz baja, tan baja como si temiese ser escuchado:

-¿Vamos haciéndonos independientes de ellos y arrojándolos de nuestra patria?

-Silencio, don Miguel, ¿quiere usted acaso morir? -dijo el huésped con muestra visible de espanto.

-¿Qué importaría la muerte si yo consiguiese la felicidad de los indios?

-¿Pero está usted loco acaso, amigo mío? ¿No se imagina que destruir un yugo de tres siglos es un sueño de febricitante?

-¿Y si lo llegase a realizar?

-Si lo llegase usted a realizar, lo consideraría como a un dios.

-¿A cuántos estamos hoy? -preguntó el cura visiblemente conmovido.

-A 21 de marzo de 1810.

-¿Me promete usted, amigo mío, juntarse conmigo precisamente dentro de un año, para que hablemos de este mismo asunto, y entonces se convencerá de si es posible lo que acabo de decir? -dijo el cura.

-Si Dios me presta vida, le juro a usted, don Miguel, que nos juntaremos; si, por otra parte, aún no ha sido usted muerto.

Un año y medio después de esta conversación, precisamente el primero de agosto de 1811, un gran acontecimiento preocupaba a los vecinos de la villa de Chihuahua: los insurgentes habían sido derrotados, y su principal caudillo, el que había iniciado la revolución, el cura de Dolores, don Miguel Hidalgo y Costilla, había caído prisionero, e iba a ser fusilado dentro de muy pocas horas. Momentos antes de ser conducidos al patíbulo, un hombre se presenta, suplicando que se le permita hablar algunas palabras con el cura, porque éste debe hacerle algunos encargos postreros. El jefe español Salcedo se niega primero abiertamente a conceder esta entrevista, pero por fin, viendo que nada hay ya que temer de un hombre a quien se conduce al patíbulo, accede a la petición del solicitante, que es llevado delante del reo.

-Don Miguel, ¿se acuerda usted de nuestra promesa de hace un año? -le dice el amigo estrechándolo entre sus brazos y sollozando silenciosamente.

-En eso pensaba nada menos hace un momento, y aun creía que faltase usted a ella, porque el plazo ha pasado ya hace algunos meses -le responde el cura tranquilamente, como si le esperase para una fiesta.

-¡Ay!, amigo querido, es cierto que ha cumplido usted lo que pensó, pero también es cierto que se ha realizado lo que le pronostiqué.

-¿Qué importa la muerte cuando la conciencia está tranquila, cuando se ha legado a un país su libertad? Porque esta revolución que yo he iniciado, ya no terminará sino con la independencia de nuestra patria.

-¡Oh!, no, no terminará, mientras haya corazones nobles y honrados de mexicanos, don Miguel, se lo juro a usted, mientras cada hombre tenga un amigo, un hermano a quien vengar -exclama el valeroso y honrado insurgente.

IX DE LO QUE PASABA EN EL PUEBLO DE DOLORES LA NOCHE DEL 15 DE SEPTIEMBRE DE 1810

Eran las once de la noche. Reinaba un profundo silencio en toda la extensión del pueblo de Dolores. Ni un rumor, ni una luz, ni nada que indicase que alguno de sus habitantes estuviese despierto. Sin embargo, en una de las ventanas del edificio más vasto, cuyas sombras se destacaban algo más imponente sobre el techo de las demás casas, se veía brillar una luz tenue, vaga, como la que produciría una lámpara próxima a extinguirse.

¿Qué escena alumbraba aquella modesta luz?

¿Quién velaba a horas tan avanzadas de la noche en aquel aposento del pobre curato?

De repente la profunda calma de la noche fue turbada por las pisadas de un caballo que se acercaba, interrumpiendo la solemne monotonía de las calles.

¿Quién tan a deshoras interrumpía el silencio?

Si era un viajero, debía ciertamente seguir adelante su camino, porque nada indicaba que en aquel miserable pueblo hubiese una posada, y en todas las casas dormían profundamente.

¡Pero es tan triste caminar durante la noche!, sin ver los sitios que atrás se van dejando, sin que las bellas perspectivas que se van contemplando diviertan la amargura del corazón, que a medida que camina se aleja del hogar querido del país natal, donde se quedan madre, hermanos, amigos, cuanto se adora en la inmensa playa de la vida; o bien no se pueden reconocer los sitios queridos que volvemos a atravesar despúes de una larga ausencia, aquellos lugares que nos hablan de un pasado más feliz, de nuestra dulce infancia, recuerdos de objetos queridos, ya perdidos para nosotros, que de su vida sólo han dejado una tumba en la tierra y una eterna imagen en nuestra memoria.

El ruido se fue haciendo más distinto.

Eran, en efecto, las pisadas de un caballo, que conducía un jinete cuya fisonomía no se podía reconocer, porque la velaban las densas sombras que inundaban el espacio.

-¡Qué noche tan obscura! No se ve uno ni las manos, y si no viera yo las sombras y los bultos de las casas, creería que todavía me encuentro en el camino real -murmuró el viajero-. Me he extraviado completamente, no sé si ya he llegado o todavía me encuentro lejos de San Miguel el Grande; este pueblecillo no debe ser, según las señas que ayer me han dado. Pero estoy seguro -continuó el jinete hablando consigo mismo- que he pasado a Fernando ya, porque hace cinco días que me llevaba solamente cuatro horas de ventaja, y yo he corrido día y noche casi sin cesar, siguiendo el mismo camino. ¿Qué le habrá sucedido? En las primeras postas me decían que lo habían visto pasar; pero debe haber cambiado de ruta, porque en aquel pueblecito me dijeron que hacía sólo media hora que había pasado por allí, y yo he lanzado mi caballo al galope, sin que a pesar de ello le haya dado alcance. ¿Cómo se llamará este pueblecito? Debe ser tal vez Dolores. ¿Pero cómo saberlo seguramente para seguir el camino o detenerme? Todos duermen profundamente. ¿Llamaré a la primera puerta que encuentre?, porque mi caballo es imposible que avance más sin caer muerto; ha hecho más de lo que yo me esperaba, y el buen fraile nunca sabrá la clase de prenda que perdió. Mas, ¡ah!, ya distingo allá una débil luz. ¿Pero me da esa luz derecho para procurar penetrar en el aposento que ilumina? Acerquémonos a ese edificio, que debe ser el curato, porque está cerca de una iglesia, y veamos si nos quieren dar posada.

Por este diálogo que el jinete ha sostenido consigo mismo, el lector habrá conocido a nuestro camarada Gil Gómez, a quien dejamos corriendo detrás de Fernando, después de haber hecho pagar demasiado caro al franciscano el mal rato que le dio, haciéndole cargar con el ciego animal y arrancándole además un fuerte caballo y ochenta pesos más de gajes.

Gil Gómez se había detenido precisamente enfrente del edificio donde veía brillar la luz, y se preparaba a buscar su puerta para llamar, cuando se quedó mudo, procurando fijar su atención. Le parecía haber oído un ruido interrumpiendo el quietismo sombrío de las calles.

Era el galope precipitado de un caballo que se acercaba.

Se conocía desde luego que su jinete, aunque le guiaba por la obscuridad, conocía perfectamente el camino y anhelaba acercarse al edificio, cuya luz parecía ser en esta negra noche el faro de los caminantes; parecía que, además de las sombras, una fuerte idea lo preocupaba, porque no distinguió el bulto que formaban Gil Gómez y su caballo, y continuó su precipitada carrera en la dirección y en la misma línea en que éste se había detenido.

Cuando el joven quiso hacer a un lado su caballo ya era tarde, porque el del presuroso incógnito jinete se chocó con él tan violentamente que los dos animales se encabritaron, y los dos jinetes cayeron al suelo, sorprendidos por aquel brusco y violento choque, profiriendo un enérgico voto.

-¿Quién diablos va? -preguntó un acento varonil y colérico, haciendo además llegar a los oídos del molido joven un sonido bastante expresivo, el de un gatillo de pistola que se monta.

-Esa misma pregunta hago yo, ¿quién diablos va que así atropella a los jinetes que están parados? -dijo a su vez Gil Gómez, sacando de la vaina su enorme espada.

-No tengo que dar cuenta a nadie de mis acciones -dijo la misma voz con acento irritado.

-Pues lo mismo digo yo -continuó el joven.

-Pero a mí me toca averiguar qué hace usted en este sitio, o de lo contrario...

-Pero a mí no me acomoda decirlo -interrumpió el joven.

-Pues me lo va usted a decir ahora mismo -continuó el incógnito viajero acercándose a Gil Gómez, y apuntando con una pistola en la dirección en que se encontraba.

-Eso lo veremos -dijo éste poniéndose a su vez en guardia con su aún virgen sable.

¿Gil Gómez era acaso tan valiente que así despreciaba el peligro?

Hasta ahora no lo hemos podido conocer, porque hasta aquí ha sido un niño y no se ha presentado ninguna ocasión en que probarlo; pero indudablemente lo es cuando, conociendo que seguramente lleva la peor parte, espera, sin embargo, sereno a un enemigo que, por su acento y sus modales, indica que debe ser terrible; cuando él espera con una espada a un hombre que lo amenaza con una pistola.

El desconocido iba a hacer fuego y a tender muerto indudablemente a su inexperto enemigo, pero se detuvo, reflexionando tal vez que el ruido del tiro podía causar una alarma que a él, por razones que pronto sabremos, no le convenía de ninguna manera; así es que sacó también su espada y se acercó completamente.

La lucha se trabó en medio de la obscuridad y la calma más profunda.

Gil Gómez conoció al primer tajo que tenía que habérselas con un adversario terrible y muy diestro en el manejo de una arma con que él combatía por la primera vez en su vida; pero la obscuridad de la noche le favorecía, y no cejó ni una pulgada al principio. Las espadas se chocaban de una manera terrible.

El desconocido avanzaba tanto y permitía tan poco que se le acercasen, que Gil Gómez se vio obligado a retroceder primero un solo paso.

-¿Pero qué hacía usted aquí, frente a la casa del señor cura, a estas horas tan avanzadas? -preguntó el desconocido sin dejar de atacar al demasiado atrevido joven.

-¿Qué hacía yo? Pensar si llamaría a la puerta para pedir hospitalidad -respondió el joven defendiéndose lo mejor que podía, pero sin poder atacar a aquel enemigo tan vigoroso.

-Eso no es cierto.

-Yo nunca miento.

Y siguieron batiéndose con doble encarnizamiento.

¿Qué va a ser de ti, pobre niño, que por primera vez en tu vida te defiendes de un adversario tan terrible, que quién sabe por qué casualidad providencial no te ha destrozado ya completamente?

¿Qué va a ser de ti, que no has cometido más crimen que atravesarte en el camino de un hombre que corre con precipitación; de ti, pobre niño, lleno de ilusiones y esperanzas, que te sacrificas gozoso en las aras de la amistad y de la fraternidad?

¡Adiós, hermosos sueños de la juventud! ¡Adiós, hermano Fernando! Ya no me podré unir a ti, ni servir en tu compañía como obscuro soldado.

Pero, ¿por qué no iba a huir? ¿Por qué no rendirse?

¡Oh!, no, ¡imposible! Primero morir que hacer un acto de cobardía.

¡Bien! ¡Muy bien! ¡Pobre niño! ¡Honor a los nobles sentimientos!

Por fin, Gil Gómez sintió un agudo dolor en la muñeca derecha, y exhaló a su pesar un ligero grito. Sin embargo, continuó defendiéndose; pero de repente su mano falseó, y su adversario, al notarlo, giró un quite que lanzó su espada a algunos pasos de distancia.

Gil Gómez podía entonces haber huido o haber suplicado, porque esta fuga o esta súplica estaban hasta cierto punto justificadas, porque estaba herido y desarmado a merced de la cólera de su adversario. Pero esta determinación sólo podía caber en un corazón menos noble, menos valeroso que el suyo, así es que se quedó de pie con los brazos cruzados sobre el pecho, esperando sereno al desconocido.

Pero éste, por otra parte, a pesar de que en la lucha había desplegado un furor extraordinario, parecía un hombre igualmente generoso, y al ver desarmado a su enemigo bajó su espada en ademán de tregua.

Los dos permanecieron un momento silenciosos.

El incógnito rompió el primero el silencio, preguntando con un tono verdaderamente amistoso y conciliador:

-Vamos, diga usted por fin qué es lo que hacía en este lugar y a estas horas.

-¿Volveremos de nuevo a las andadas? -respondió el joven con su tono jovial-. ¿No le he dicho a usted ya que me había detenido al ver esa luz pensando si debiera pedir hospitalidad por esta noche?

-Pues cualquiera diría que acechaba usted y espiaba lo que dentro del curato pasaba.

-Maldito si me importa a mí nada de eso, cuando ni sé el nombre del pueblo en que me encuentro.

-¿Es cierto eso?

-Tan cierto como ser de noche. Este pueblo se ha atravesado en mi camino sin que yo haya venido a buscarle. ¿Es acaso San Miguel el Grande?

-No, ciertamente, y si error de tamaña distancia es cierto, no se puede afirmar que haya usted caminado alguna vez por estos países.

-Seguramente que no, puesto que vengo de tierras muy lejanas.

Había tal sello de franqueza en el juvenil acento de Gil Gómez, que el desconocido no pudo menos de convencerse que había obrado con demasiada precipitación con respecto a su juicio.

-¿Me da usted su palabra de caballero de que no es un espía y un denunciante, enviado por el Intendente de la provincia? Piénselo bien antes de hablar; si eso fuese, le perdonaré y le dejaré partir con la condición de no volver a ocuparse del cura Hidalgo; pero si me engaña, ¡oh!, ¡entonces cuidado con el pellejo!

-Le juro a usted que ni sé de qué espionaje se trata, que soy un viajero cansado que anhela llegar a San Miguel el Grande y nada más -respondió Gil Gómez.

-Está bien, joven, le creo a usted de buena fe.

-Gracias, caballero.

-¿Está usted herido? -preguntó el desconocido.

-Muy poco, es un ligero rasguño en la muñeca, según creo, aunque me ha hecho abandonar la espada hace un momento. -Busquemos nuestros caballos y penetremos en esa casa.

Y los dos viajeros, después de haber reconocido sus cabalgaduras, que sea por cansancio, sea por una completa indiferencia, se habían quedado quietas después de haber derribado a sus jinetes, se acercaron a la casa, a cuya puerta llamó el desconocido de una manera particular, como si fuese seña de antemano convenida entre él y los habitantes de ella.

-¿Es decir, que usted se dirigía a esta casa? -preguntó Gil Gómez.

-Sí, y por cierto que me ha hecho usted perder un cuarto de hora de un tiempo precioso en que he contado hasta los minutos.

-¿Quién es? -preguntó al cabo de un momento una voz ya trémula, aunque todavía enérgica, detrás de la puerta.

-Yo, señor don Miguel, yo, el capitán Aldama -respondió el desconocido adversario de Gil Gómez.

La puerta se abrió con dificultad, poniendo a la vista de los desvelados viajeros a un anciano que llevaba un farolillo en la mano.

-Buenas noches, señor capitán Aldama. ¿Qué es lo que pasa? ¿Qué lo trae a usted por aquí a horas tan avanzadas?

El viajero, cuyo nombre acabamos de saber, iba tal vez a responder apresuradamente a la pregunta del anciano, pero se detuvo haciéndole una señal de inteligencia y diciéndole con un acento al parecer perfectamente tranquilo e indiferente, señalando a Gil Gómez, que observaba con atención la noble fisonomía del anciano:

-Me atrevo a presentar a usted este valiente joven, y a demandar la hospitalidad para él en esta casa, porque está levemente herido.

El anciano levantó la cabeza, y a los resplandores de la lámpara lanzó una inteligente y franca fisonomía de Gil Gómez.

Éste sintió sobre sí el magnetismo de aquella mirada ya apagada, aunque todavía ardiente; pero tuvo bastante sangre fría para sostenerla sin turbación.

El anciano debió leer en aquella fisonomía expresiva y juvenil sentimientos nobles que le dieron confianza, porque dijo con un tono de benevolencia que encantó a Gil Gómez:

-Este joven puede alojarse en el curato, y todo el tiempo que quiera, para lo cual voy a hacer que se le disponga una habitación y se le dé algún alimento.

Y el anciano, poniendo la lámpara en las manos del capitán Aldama, se internó en la casa diciendo en alta voz:

-¡Don Santos! ¡Don Santos!

-Mande usted, señor don Miguel -le respondió una voz soñolienta, pero respetuosa.

Mientras que el anciano daba órdenes respectivas al alojamiento de Gil Gómez, el capitán Aldama pudo a su vez observarlo a su sabor, aunque con más imprudencia y detención que aquél, puesto que alzó la linterna a la altura de su cara, mirándole fijamente por algún tiempo.

-Dispense usted, amiguito, que lo haya tomado por un espía y haya pretendido tratarle como tal; pero, como tiene usted la imprudencia de pararse en medio del camino de un hombre que corre precipitadamente en medio de una noche tan obscura...

-Está usted completamente disculpado, señor Capitán; pero creo que su mal juicio con respecto a mí se habrá desvanecido, porque un espía se habría rendido o habría huido.

-Completamente, joven, y en lo sucesivo cuente usted con mi amistad; pero está usted herido, y ya lo habíamos olvidado.

-No es gran cosa, señor Capitán -dijo Gil Gómez dejando ver su puño derecho enteramente ensangrentado a tiempo que el anciano volvía a acercarse.

-¡Cómo! -dijo éste-. ¿Está usted herido?, y yo lo había olvidado.

-¡Oh!, no, señor, es un simple rasguño que nada vale.

-Don Santos, don Santos -volvió a llamar el anciano.

Un hombre ya de edad, tipo medio entre el criado de confianza y el amigo agradecido, se presentó.

-Hágame usted favor de traerme un poco de agua.

El criado se apresuró a ejecutar lo que se le mandaba.

El anciano extrajo de su bolsillo un pañuelo blanco de fina batista, lo desgarró en tres o cuatro jirones, empapando uno de ellos en el agua que el criado le presentaba en una bandeja.

-¿Qué hace usted, señor? -preguntó Gil Gómez, todo cortado al verse atendido de aquella manera tan benévola.

-Ya usted lo ve, joven, curar su herida -dijo el anciano enjugando con delicadeza la sangre que brotaba a pequeñas gotas de su puño, escurriendo por sus dedos.

-¡Oh!, señor, cuánta molestia he venido a causar en esta casa.

-Nada de molestias, joven, por el contrario, yo tengo mucho gusto en aliviar sus padecimientos -dijo el anciano envolviendo cuidadosamente con su desgarrado pañuelo el puño de Gil Gómez.

-Mil gracias, señor, mil gracias -dijo éste.

-Ahora, joven, buen apetito y buen sueño, aunque a su edad de usted nunca falta ninguna de las dos cosas -dijo el anciano indicando a Gil Gómez que siguiese al criado.

-Buenas noches, padre mío -dijo el joven besando respetuosamente la mano del anciano, pero no con aquel beso burlesco que le hemos visto dar en la venta al gastrónomo franciscano, sino con el que marca el sello de un respeto y de un agradecimiento profundo-. Buenas noches, señor Capitán, y siento sobremanera haberme atravesado a mi pesar en su camino y haberle hecho perder un tiempo precioso, según usted dice.

-Adiós, bravo joven -respondió éste con tono afectuoso.

Gil Gómez siguió al criado, volviendo a lanzar una última mirada a aquel anciano religioso de fisonomía tan noble que una vez contemplada no se podía borrar de la imaginación, y preguntando a su conductor:

-¿Cómo se llama este buen sacerdote?

-Se llama don Miguel Hidalgo y Costilla -le respondió.

«No sé qué tiene esa fisonomía que cautiva tanto y causa tan profunda impresión. Sería yo capaz, aunque apenas le acabo de conocer, de dejarme morir por él», pensó Gil Gómez.

Hidalgo y el capitán Aldama penetraron en un aposento que servía de sala al curato; colocó el primero el farolillo sobre una mesa y cerró cuidadosamente la puerta que daba a las habitaciones interiores.

Ahora que ya la doble luz de la linterna y de una lámpara colocada al pie de una imagen de la Virgen de Guadalupe ilumina bastante a ambos, examinémoslos más detenidamente.

Con razón había causado tan profunda impresión en el ánimo de Gil Gómez la fisonomía noble del sacerdote.

Era Hidalgo un anciano que representaba tener más de sesenta años; su frente y la parte anterior de la cabeza, desprovistas enteramente de pelo, estaban surcadas por esas huellas que dejan sobre algunos hombres extraordinarios, más que el tiempo, el estudio y la meditación; su tez era morena, pero extremadamente pálida, con esa palidez casi enfermiza que causan las vigilias y las amarguras de la vida; sus ojos lanzaban miradas ardientes y profundas, que algo amortiguaban, sin embargo, la melancolía y la benevolencia; su nariz recta, su boca pequeña con ese recogimiento particular hacia las comisuras que imprime la fruición interior del alma; y aquel rostro todo tan severo, tan noble, tan profundamente pensador, por decirlo así, estaba inclinado sobre el pecho, como si el peso de la reflexión o del martirio de la existencia lo hubiese doblegado. Su estatura era mediana, delicada, pero vigorosa, como si el espíritu le comunicase una parte de su energía y de su vida. Vestía modestamente una chupa de paño negro sencillo; un chaleco del mismo color se abotonaba gravemente sobre su pecho; unos calzones del mismo paño se continuaban con unas medias de lana negras, siguiendo severamente en el traje la costumbre adoptada por todos los religiosos que pertenecían al clero pobre, que era la que el Arzobispado había establecido.

El capitán don Juan Aldama era joven todavía, de fisonomía franca y expresiva, en la cual se leían a primera vista el valor, la firmeza, la resolución, la franqueza y algo del orgullo militar honrado. Su estatura era fuerte y vigorosa.

Vestía el uniforme de su grado en el Regimiento de los Dragones de la Reina; pendía a su costado un sable algo pesado, como entonces se usaba en el ejército de la Nueva España, y un par de pistolas grandes, llamadas entonces de «chispa», de cañón amarillo, pedernal y llave, se ceñían a su cintura.

Luego que Hidalgo hubo cerrado la puerta, se acercó al Capitán, que se había dejado caer abatido sobre un sillón, preguntándole con interés:

-Ahora que estamos solos, diga usted, por Dios, ¿qué ha sucedido nuevamente?

-¿Me esperaba usted acaso, don Miguel? -interrogó éste-, puesto que aún está en vela a estas horas tan avanzadas.

-Escribía precisamente una carta a la corregidora doña Josefa Ortiz, acerca de nuestro asunto; el capitán don Ignacio Allende, que, como usted sabe, ha llegado anoche y ahora reposa en esa pieza inmediata, me ha informado de lo que ha pasado; pero diga usted, ¿qué es lo que ha sucedido nuevamente, Capitán?

-Que estamos perdidos, completamente perdidos -respondió éste con desconsuelo.

-¿Pues qué es lo que ha sucedido? -interrogó Hidalgo con interés.

-La conspiración de Querétaro ha sido descubierta.

-Ya lo sabía por el capitán Allende.

-Los hermanos González y la Corregidora han sido reducidos a prisión.

-¿Cuándo?

-Ésta última, ayer en la tarde.

-¿Y se ha descubierto algo más?

-La casa de don Epigmenio González ha sido saqueada y se han encontrado en ella armas y unos papeles que ya sabe usted lo que contienen.

-Todo nuestro plan -murmuró Hidalgo.

-Por consiguiente, estamos perdidos completamente. El intendente Riaño ha dado una orden de prisión para usted, y dentro de pocas horas deben llegar a este pueblo los soldados que vienen a ejecutarla.

-Pero usted, don Juan, ¿cómo ha sabido todo esto?

-En su misma prisión la Corregidora ha ganado al alcaide Ignacio Pérez, que ha corrido a avisarme lo que pasaba; me he puesto en camino inmediatamente para venir a comunicar a usted todo, y al anochecer he dejado atrás a los soldados del Intendente, que no deben tardar mucho en llegar, habiendo sufrido un retardo de un cuarto de hora en combatir con ese joven, que estaba parado frente al curato y a quien he tomado antes de verle por un espía.

-¡Oh!, no, es demasiado joven para eso -murmuró Hidalgo.

-Conque no hay ya tiempo que perder, don Miguel, debe usted huir precipitadamente antes que esos soldados lleguen, porque le espera indudablemente la muerte en Guanajuato. Allende y yo nos salvaremos como podamos.

Hidalgo se dejó caer abatido en un sillón, apoyando sobre la mesa sus codos, que sostenían la cabeza; permaneció largo tiempo silencioso; por su noble frente y sus ojos cruzó un velo de amargura; gruesas gotas de sudor inundaban sus sienes, como si la lucha que se efectuaba en su corazón trabajase dolorosamente su organización.

De repente se puso de pie como impulsado por un resorte, irguió su abatida cabeza, su frente iluminada por la luz de una idea gigantesca se volvió al cielo, sus ojos se humedecieron por el entusiasmo, sus labios se abrieron por una sonrisa de superioridad y, volviéndose a Aldama, que de pie en medio de la estancia había observado con silencioso respeto aquella lucha terrible de su corazón retratada en su rostro, le dijo a media voz con un acento trémulo y conmovido:

-¡Oh!, no se ha perdido todo completamente; por el contrario, esta noche se va a poner la primera piedra de un edificio gigantesco.

-¿Qué dice usted, don Miguel?

-Digo que cuando los soldados del Intendente lleguen, ya será tarde, porque el pueblo de Dolores habrá alzado un grito de libertad e independencia que les hará huir como medrosas aves.

-¿Pero con qué elementos, con qué fuerzas cuenta usted para esto?

-¿Con qué elementos? Con la idea, que es el elemento. ¿Con qué fuerzas? Con nosotros dos y el capitán Allende, con don Santos y ese joven que ha venido a hospedarse aquí esta noche.

Aldama no pudo menos de sonreírse con disimulo, creyendo que la funesta noticia y la proximidad del peligro que le había anunciado habían trastornado la razón del noble anciano.

Hidalgo comprendió lo que significaba el silencio de Aldama, porque le preguntó con una triste conformidad:

-Capitán, ¿me ama usted tanto como yo le he amado?

-Desde el día que hablamos por la vez primera he jurado serle a usted un fiel amigo, y servirle leal hasta la muerte -respondió Aldama con entusiasta exaltación.

-¿Desea usted la felicidad de nuestra patria?

-Desde el momento que me he comprometido en esta conjuración he comprendido que debía morir muy pronto, pero he hecho gustoso el sacrificio de mi vida en las aras de la patria.

-¿Hará usted lo que yo le diga esta noche?

-Lo haré, don Miguel, aunque sepa que me precipito en un abismo espantoso.

-Bien, muy bien, mi leal amigo. Acaso sea esta noche la última de nuestra vida, porque vamos a dar un paso que puede precipitarnos en ese abismo, aunque puede acaso conducirnos al templo de la libertad que hemos soñado.

Y los dos amigos se abrazaron en silencio conteniendo sus sollozos.

Era un espectáculo tierno y sublime a la vez ver estrecharse con los dulces lazos de la amistad a aquellos dos hombres que caracterizaban uno la idea que piensa, otro la mano que ejecuta; uno la energía, otro el valor; uno la benevolencia del apóstol, otro la honradez del soldado.

Al cabo de un momento, Aldama interrumpió tan expresivo silencio, diciendo:

-Está bien, ¿qué es lo que debo hacer yo? Porque estamos perdiendo un tiempo precioso.

-Primero, ir a despertar a ese joven y hacerle venir a mi presencia para interrogarle y darle mis órdenes.

-¿Pero qué puede hacer ese joven?

-Mucho, tal vez tanto como nosotros, porque parece muy activo, muy emprendedor y muy valiente.

-Está bien, ¿y después?

-Después nosotros reuniremos primero un número considerable de gente capaz de resistir a las fuerzas del Intendente y obligarles a seguir nuestra bandera; alarmaremos a todos los indios de la población, que se unirán a mí y harán lo que les diga, estoy seguro, porque me aman, y al amanecer nos dirigiremos a Celaya y de allí a Guanajuato.

-Pero, don Miguel, ahora que sabe usted que no le he de abandonar jamás, me atrevo a preguntarle, ¿está usted acaso loco? ¿Quiere usted marchar sobre Guanajuato, cuando no contamos ni con un cañón, ni con un arcabuz, ni con una espada siquiera?

-Dios armará nuestro brazo para defender la causa de la justicia -dijo el anciano alzando sus ojos al cielo con expresión de confianza y enternecimiento.

-Está bien, ¿debo despertar a Allende?

-Sí, en esa pieza reposa. Adviértale usted, Capitán, lo que pasó y lo que hemos pensado últimamente. Él me ha hecho hace un momento un juramento igual al que usted, mi leal amigo, acaba de hacer.

Aldama salió a ejecutar lo que se le mandaba.

-¡Oh!, Madre y Señora mía -dijo Hidalgo dejándose caer de rodillas al pie de la imagen de Guadalupe, que condecoraba y amparaba aquella pobre estancia-, ¿quién sabe lo que va a pasar dentro de poco tiempo? Tal vez a realizarse ese pensamiento que hace tanto tiempo dormita en mi mente. Yo me amparo, ¡Madre mía!, con vuestra protección, y os juro no apartarme jamás de los santos preceptos de la justicia y la religión. Comprendo que debo morir antes de ver felices a mis hermanos; pero entonces, aunque la calumnia ultraje mi memoria, vos, ¡Madre mía!, que habéis visto mis dudas, mis temores y mis esperanzas, sabréis que mi intención ha sido pura y me ampararéis a la hora de la muerte. Yo os nombro Patrona de la santa causa que proclamo.

Y el cura besó humildemente las plantas de la Virgen de Guadalupe.

X De cómo fue interrumpido Gil Gómez en medio de su sueño para contribuir, sin saberlo, a la independencia de la Nueva España

Hacía solamente un cuarto de hora que Gil Gómez dormía, aunque ya profundamente, comenzando a soñar que ya distinguía en el camino a Fernando, acompañado por el venerable sacerdote que con tanto cariño le había curado y dado hospitalidad, y el bravo y franco Capitán que estuvo a pique de impedirle correr más, cuando fue interrumpido en medio de su sueño por éste, que le sacudía rudamente, diciéndole en alta voz:

-Ea, joven, fuerza es levantarse.

-¿Qué hay? -murmuró Gil Gómez despertando sobresaltado a la voz de Aldama-, ¿qué hay, Fernando? Si vieras por alcanzarte de lo que he escapado hace poco...

-Qué Fernando, ni qué peligro -dijo sonriendo Aldama-, vamos, joven, acabe usted de despertar.

-¡Ah!, ¿es usted, Capitán? -dijo Gil Gómez reconociendo la voz que le hablaba.

-Sí, yo soy, amigo mío, levántese usted presto.

-¿Pues qué es lo que pasa? -preguntó el joven sorprendido.

-El señor cura don Miguel necesita inmediatamente de sus servicios, y me envía a rogarle a usted que vaya sin pérdida de tiempo a su presencia.

-Voy inmediatamente -dijo el joven abandonando sin sentimiento el lecho que acababa de brindarle un reposo tan fugitivo, y dirigiéndose al cabo de un momento que tardó en arreglarse ante la presencia del cura.

Éste meditaba con la cabeza entre las manos y de codos sobre la mesa; al ruido que produjo el joven en la puerta, se levantó haciéndole seña de acercarse.

Gil Gómez se aproximó con tímido respeto al anciano.

-Joven -dijo éste mirándole fijamente a la cara, con aquella mirada profunda y pensadora que hacía poco le había conmovido-, va usted a prestar en este momento un servicio eminente a la patria y a la causa de la justicia y la religión.

-No comprendo -murmuró el asombrado joven.

-¿Lo hará usted, cuando yo se lo suplico?

-Lo haré, señor, si es que está en mi mano.

-Pero antes dígame usted con franqueza, ¿qué hacía en medio de las calles a horas tan avanzadas de la noche y a dónde se dirigía? -interrogó el cura con acento paternal.

-Señor, me dirigía a San Miguel el Grande para unirme con un hermano, que ha sido destinado a las milicias de ese pueblo, y lejos del cual me es imposible absolutamente vivir.

El anciano se sonrió encantado de aquella candorosa franqueza.

-Está bien, yo le prometo a usted solemnemente, joven, que mañana a estas horas, si yo no he muerto, se encontrará en San Miguel el Grande -dijo Hidalgo.

-¿Mañana a estas horas, si usted no ha muerto? Ciertamente no comprendo la coincidencia -murmuró Gil Gómez con asombro.

-Pronto sabrá usted por lo que lo digo. Pero antes exijo su promesa de ejecutar fielmente lo que yo ordene.

-Aunque mis servicios no tuvieran una recompensa tan grata, los prestaría gustoso al caritativo sacerdote que con tanto amor y cariño me ha recibido en su casa esta noche -respondió Gil Gómez con una exactitud de buen soldado, de que nuestros lectores, que hasta aquí sólo han mirado en él un niño voluntarioso y travieso, sin más sentimiento desarrollado que su amor a Fernando, le hubieran creído indigno, si ignorasen cuánto avaloran los sentimientos, las impresiones profundas que sobre algunos corazones ejercen algunos hombres y las circunstancias solemnes y difíciles de la vida.

El joven, en efecto, había amado al verle a aquel anciano, y ahora éste le pedía un servicio muy importante, según parecía, servicio que por otra parte le recompensaba, prometiéndole no impedir su viaje y aquella unión con su hermano tan deseada. Además, es demasiado lisonjero para un joven verse solicitado por un anciano.

-Está bien, joven, yo hago a usted, independiente de ésta, otra promesa.

-¿Cuál promesa, señor?

-Dentro de pocas horas será usted nombrado Capitán de una compañía en las milicias de San Miguel el Grande.

A estas palabras Gil Gómez no pudo menos de perder su gravedad, dando un salto y estrechando entre sus brazos a Hidalgo, al mismo tiempo que le decía:

-¡Oh!, señor, ¿no es una chanza lo que está usted diciendo? ¿Será cierto que en lo sucesivo podré vivir en compañía de mi hermano? ¡Gracias, mil gracias! El Señor le recompense a usted tanta bondad hacia mí.

-Pero, antes de eso -continuó Hidalgo sonriendo del juvenil entusiasmo de Gil Gómez-, necesito de usted un juramento y una promesa bastante solemnes.

-Aunque expusiese mi vida a un riesgo espantoso, juraría cuanto usted desee, señor.

-Joven, es usted demasiado niño todavía para comprender el tamaño de la empresa a que me lanzo; pero, si bien no puede ser la cabeza que piensa y dirige, sea usted al menos el brazo que ejecuta. Yo le aseguro que no será un ciego instrumento del crimen ni de venganzas villanas; por el contrario, defiende usted la causa de la patria, de la religión y de la justicia -dijo Hidalgo con acento de solemnidad.

-Así lo creo, señor, porque todo en usted me lo está revelando. ¿Cuál es ese juramento?

-Arrodíllese usted delante de esa imagen de Nuestra Señora de Guadalupe -dijo Hidalgo.

Gil Gómez ejecutó con una devoción de niño lo que se le mandaba.

-¿Jura usted defender la santa causa de la independencia de la Nueva España contra los tiranos europeos que la esclavizan?

-Sí, juro.

-¿Jura usted obrar siempre en acuerdo con los sentimientos de la religión, la fraternidad y la justicia? -continuó el anciano con su misma solemnidad.

-Lo juro con todo mi corazón -exclamó el joven.

-Pues ahora levántese usted, porque desde este momento pertenece completamente a la causa de los americanos.

-¿Qué debo hacer? -preguntó Gil Gómez respetuosamente poniéndose de pie.

-Alarmar a los habitantes de este pueblo y hacer que antes de una hora se encuentren reunidos en la plaza.

Era tan ardua la empresa, que Gil Gómez no pudo menos de hacer una exclamación de sorpresa; pero reflexionando que ya no era tiempo de retroceder, y pensando en su juramento, pudo aparentar indiferencia y decir, aunque en voz baja, inclinándose respetuosamente en señal de obediencia:

-Se hará así, y dentro de una hora los habitantes estarán reunidos en la plaza del pueblo de Dolores. ¿Hay algo más?

-No, basta eso solamente.

-¿Se me permite usar de cualquier medio para conseguirlo? -interrogó el joven, con su mismo respeto, al cabo de un momento de reflexión.

-Puede usted usar de todos los medios que le parezcan necesarios, en el concepto de que habrá procedido con arreglo a su comisión -le respondió Hidalgo.

Gil Gómez se inclinó profundamente y salió de la sala a tiempo que Aldama y otro Capitán, que según sabemos ya era don Ignacio Allende, entraban a ella perfectamente armados y como dispuestos a entrar en campaña si era posible.

Dejémosles obrar por su lado y sigamos a Gil Gómez, que, después de haberse ceñido su mohosa espada y sus clásicas pistolas, salió a la calle para alarmar a los habitantes del pueblo de Dolores.

Daban las dos de la mañana en el reloj de la parroquia, y, ¡cosa extraña!, este ruido de la campana despertó al joven de la meditación en que había caído, pensando cómo poner en planta tan ardua empresa y con tal premura de tiempo.

Pero él era hombre de recursos, como sabemos, y no podían faltarle ahora que se trataba de una capitanía nada menos; así es que casi a tientas, guiándose por las paredes, se acercó a la torre, cuya sombra cercana se veía destacarse sobre el resto de los edificios, y cuya puerta encontró abierta, como si el cielo favoreciese sus proyectos.

Comenzó una ascensión demasiado peligrosa, murmurando:

-¡Ah!, señor Gil Gómez, creo que se acerca usted a la capitanía y a su hermano Fernando.

Luego que hubo llegado al término de su aeronáutica carrera, ató fuertemente, formando un solo haz, las cuerdas que terminaban los badajos de todas las campanas y, reuniendo sus fuerzas en una impulsión suprema, comenzó el repique más desesperado y más desacorde que los habitantes de Dolores habían podido oír en aquellas horas tan desusadas.

Como un cuarto de hora campaneó sin fatigarse, abriendo sus brazos exageradamente, corriendo de un lugar a otro de la torre, valiéndose de cada uno de sus dedos, como si fuesen otras tantas manos, de sus dientes y hasta de sus uñas, pero sin observar un efecto notable que le indicase cesar. Por fin, al cabo de un rato comenzaron a brillar algunas luces detrás de las ventanas; algunas caras tímidas de soñolientos vecinos se asomaron a ellas, interrogando al silencio de las calles la causa que producía aquel escándalo y aquel campaneo tan terrible y tan desusado.

Cuando Gil Gómez comenzó a notar los efectos de su repique, comprendió que era necesario rematar la obra, y mientras que con una mano continuaba haciendo gemir a las campanas, con la otra disparó sus dos pistolas sucesivamente, dejando de intervalo entre cada tiro dos minutos. Esta vez sí, la curiosidad, llegando a su colmo, estalló completamente, y desde su altura el joven, sin dejar de repicar, pudo notar movimiento de luces que iban y venían precipitadamente en todas direcciones; oyó voces y gritos de alarma, notó grupos que comenzaban a formarse en la plaza; llegaron también a sus oídos tres o cuatro disparos de armas de fuego; y así que se satisfizo completamente del buen éxito de su plan, bajó precipitadamente a riesgo de una caída evidentemente mortal, corriendo a mezclarse con esos grupos que más notablemente se habían formado delante del curato. Ya ni tuvo necesidad de más, porque en aquel momento Hidalgo, acompañado de los capitanes Allende y Aldama, les arengaba con las siguientes palabras:

-Os he llamado, hijos míos, para haceros saber que he pensado sacudir el yugo que pesa sobre vosotros hace tres siglos. De hoy en más, si la Virgen de Guadalupe ampara nuestra causa, saldremos de ese estado terrible de esclavitud en que hasta aquí hemos vivido. Decid conmigo: ¡Viva la América! ¡Viva la Virgen de Guadalupe!

Hidalgo pudo escuchar, dominando los gritos de entusiasmo que acogían sus palabras, uno de él ya conocido, que exclamaba también: ¡Viva la América! ¡Viva la Virgen de Guadalupe! ¡Viva el cura Hidalgo! ¡Viva el capitán Aldama!

-¿Y ahora qué debo hacer? -dijo el joven al oído del cura, acercándose a él no sin algún trabajo.

-Correr al cuartel del Regimiento de la Reina, reunir y armar los soldados que allí hay, ponerse a la cabeza de ellos y volver aquí.

-¡Diablo! Esto sí es un poco más difícil -murmuró el joven confundiéndose entre la multitud que vitoreaba a Hidalgo y corriendo al cuartel después de haberse informado hacia qué parte se hallaba, a fin de ejecutar lo que se había mandado.

Pero debió emplear una lógica muy elocuente, porque en vez de ser fusilado, como en sus adentros había temido, un cuarto de hora después volvía a la cabeza de un grupo de cerca de dos-

cientos soldados armados de espadas y arcabuces, que exclamaban con entusiasmo: ¡Viva la América! ¡Viva Nuestra Señora de Guadalupe! ¡Viva el cura Hidalgo!, y se ponía a la disposición de éste, preguntando con su mismo acento respetuoso:
-¿Hay algo más que hacer?
-Sí, bravo joven, darme un abrazo, y colocar sobre esos hombros dos divisas de Capitán -respondió el anciano estrechándole paternal y afectuosamente entre sus brazos.

Cuando los soldados del Intendente llegaron a ejecutar su orden, ya era tarde, porque el pueblo de Dolores presentaba el aspecto imponente de un campo de batalla, y sea de grado, sea por fuerza, se adhirieron al plan que se acababa de proclamar.

Dos horas después una masa de hombres armados de espadas, fusiles, palos y aun flechas, a cuya cabeza marchaban Hidalgo, Allende y Aldama a su lado, y cuya marcha abría Gil Gómez, conduciendo un estandarte en cuya extremidad se ostentaba un cuadro pequeño que representaba una imagen de la Virgen de Guadalupe, se dirigía hacia San Miguel el Grande, poblando el aire con los gritos de: ¡Viva la América! ¡Viva el cura Hidalgo! ¡Mueran los españoles!

¿A dónde vas, huracán humano, rugiendo como si se aproximase la tempestad? ¿Piensas acaso derribar el sólido edificio de una dominación de tres siglos? ¡Detente, por Dios!, que es empresa inútil que sólo en la imaginación de un débil anciano febricitante ha podido nacer y desarrollarse. ¡Detente!, porque te opondrán por valladar la crueldad, y un mural de pechos humanos henchidos de orgullo, de rencor, respirando el odio de tirano ofendido. ¡Detente!, que te aguardan las tropas llenas de recursos de que tú careces, y la Inquisición con sus sombras y martirios. Mas no, ¡paso a la libertad! ¡Paso a la regeneración! ¡Atrás! ¡Atrás la dominación y las viejas preocupaciones! ¡Ay de vosotras, flores impuras de la monarquía, si creéis embriagar con vuestros falsos perfumes a esa avalancha de hombres que avanza y más avanza destruyendo cuanto intenta detener su paso de gigante! ¿Qué, son éstos acaso aquellos indios tímidos, que inclinaban humildes y resignados su frente a la tierra al sentir el látigo sobres sus espaldas? ¿Son aquellos que se humilla-ban cuando pasabais cerca de ellos con la mirada altanera, con la frente erguida, con la sonrisa del desprecio, insultando con vuestro lujo su miseria, escarneciendo con vuestra nobleza de favoritismo y de crimen su nobleza de mérito y de raza? Ya veis cómo esa humildad y esa resignación eran fingidas por la impo-tencia, ya veis cómo esa humillación era la de la vergüenza de su afrenta. Miradlos, cada hombre es un coloso; miradlos rugir, enfurecidos al recuerdo de sus afrentas; miradlos moverse como impulsados por un resorte a la débil voz de un trémulo anciano que ha comprado gustoso con su vida el noble orgullo de profe-rir una palabra que hace tres siglos no se profería en el Anáhuac. Pero esa palabra no se borrará ya de los corazones que la han escuchado, aunque su nombre se borre del catálogo de los vi-vientes, porque la música de esa palabra ha llegado al abismo de las dolientes almas esclavas, como el dudoso, pero vivificador, rayo de sol que penetra al través de las estrechas ventanas de la prisión a calentar los ateridos miembros del pobre prisionero.

Por todas las haciendas y aldeas que aquella reunión de hom-bres atravesaba se le unían nuevos combatientes, armados de palos, flechas y hondas, pero rejuvenecidos, alentados por aquel grito supremo de ¡Viva la Virgen de Guadalupe! ¡Mueran los españoles!

El ejército naciente dejó atrás el santuario de Atotonilco, lle-gando al anochecer a San Miguel el Grande, que los recibió con los brazos abiertos, uniéndoseles allí todo el Regimiento de Caballería de la Reina, del cual, como ya sabemos, eran ca-pitanes Allende, Aldama y, además, Abasolo. Los vecinos que veían alegres desfilar por las calles a aquel ejército, a quien vi-toreaban, podían notar a un joven alto, flaco, de cara travie-sa, conduciendo un estandarte con una imagen de la Virgen de Guadalupe y gritando con toda la fuerza de sus pulmones: ¡Viva el cura Hidalgo! ¡Viva el Regimiento de la Reina! ¡Mueran los españoles!

Pero cuando la multitud que obstruía las calles se hubo disi-pado, si algún curioso le hubiese seguido, le habría observado correr al cuartel de los Dragones de la Reina, recorrer todas las casas de los soldados, preguntar a cuantos encontraba si aún no había llegado el teniente don Fernando de Gómez, y al oír una respuesta negativa, correr con desesperación para hacer la misma pregunta en todos los mesones y una gran parte de las casas del pueblo, sollozando casi al oír en todas partes la misma negativa respuesta. A la media noche se retiraba a su cuartel, disculpándose de su ausencia diciendo que había trabajado en asuntos del servicio, y se dejaba caer sobre un banco, exclamando con desconsuelo:

-¡Ah!, no ha llegado aún, y tal vez con lo que aquí ha pasado ya no venga. Mas, ¿qué haré entonces, Dios mío?

Pero como a los veinte años la naturaleza impera siempre sobre el sentimiento, no tardó en quedarse profundamente dormido, a pesar de la grita y estruendo que armaban los improvisados soldados del cura Hidalgo.

Cuatro días después, el ejército libertador, considerablemente engrosadas sus filas por hombres de los campos y por los soldados de las guarniciones de las aldeas, se presentaba delante de Celaya. Pero como esta villa aparecía con un aspecto algo hostil, porque en las torres y edificios elevados se veían grupos de soldados, Hidalgo entró en conferencia con los capitanes Allende y Aldama, que habían sido elevados por él al rango de Tenientes Coroneles, a fin de determinar lo que se debía hacer para evitar una matanza terrible, que podían verificar los soldados de una villa rebelde a recibirlos que, por muchos esfuerzos que hiciese para resistir, no podía dejar de sucumbir al número.

Se determinó hacer una intimación que amedrentase a los vecinos y les hiciese rendirse pacíficamente, aunque tal vez no se tuviese intención de cumplir las amenazas que en ella se hiciesen.

Por consiguiente, Gil Gómez, en su calidad de Capitán de confianza y secretario, fue llamado a la presencia de los jefes, adonde escribió la siguiente intimación que le dictó Hidalgo:

«Intimación al Ayuntamiento de Celaya.
Nos hemos acercado a esta ciudad con el objeto

de asegurar las personas de todos los españoles europeos; si se entregan a discreción, serán tratadas sus personas con humanidad; pero si por el contrario se hiciese resistencia por su parte y se mandara dar fuego contra nosotros, se tratarán con todo el rigor que corresponde a su resistencia.

Dios guarde a ustedes muchos años.

Campo de batalla.- Septiembre 19 de 1810.- Ignacio Allende, etc., etc.».

-¿Qué os parece la intimación, señores? -interrogó Hidalgo a los jefes.

-Creo -observó Aldama- que es poca cosa la amenaza que se les hace y que se debería añadir otra que los amedrente más.

-¿Cuál es?

-La de pasar por las armas a los europeos que traemos prisioneros, si es que piensan resistir.

-Pero, don Juan, eso es terrible y no me puedo resolver a semejante cosa -observó Hidalgo, que odiaba la crueldad.

-¿Es acaso cierto que lo vaya usted a ejecutar?

-Pero una mentira insubordinará a nuestro ejército, que lo que más necesita es la moralidad y la disciplina.

-Pero puede también evitar la efusión de sangre.

-Dice usted bien, don Juan, eso sobre todo -dijo Hidalgo, que para gran general tenía el defecto de ser demasiado humano, guardando hasta su último momento la benevolencia del sacerdote.

Y después de reflexionar un momento, añadió a la intimación las siguientes palabras que Gil Gómez escribió:

«Posdata: En el mismo momento que se mande dar fuego contra nuestra gente, serán pasados por las armas setenta y ocho europeos que traemos a nuestra disposición.- Hidalgo, Allende, Aldama.

Señores del Ayuntamiento de Celaya».

Hidalgo mandó venir a su presencia a todos los oficiales del nuevo ejército para hacerles saber la disposición tomada. Pero se trataba de lo más importante, de hacer llegar aquella intimación a la ciudad que tan hostil parecía mostrarse.

Era tan atrevida la comisión, corría tan grave peligro de ser fusilado sin piedad el que se encargase de ella, que no pudo menos de notarse un movimiento de irresolución entre los oficiales, a quienes la insinuación parecía dirigirse más directamente.

Hidalgo lo notó, pero antes de verse obligado a nombrar tal vez uno que la desempeñase, salió de entre aquel grupo un joven que en él se había confundido, y dijo inclinándose respetuosamente:

-Yo suplico que se me conceda el honor de encargarme de esa importante comisión.

-Está bien, señor capitán Gil Gómez, se concede a usted lo que solicita, en atención a los méritos y servicios que ha prestado por su valor y actividad a la santa causa de la libertad -respondió Hidalgo con la gravedad de un jefe, pero sintiendo impulsos de estrechar contra su corazón a aquel joven tan noble y desinteresado, que parecía destinado por el cielo para salvarle en los lances más difíciles, haciendo gustoso el sacrificio de su vida.

Gil Gómez salió para ejecutar su peligrosa comisión, murmurando:

-Tal vez Fernando, no queriendo adherirse a nuestra causa, se encuentra entre los soldados que defienden al Virrey, y entonces podré estrecharlo entre mis brazos y acaso persuadirlo a unirse con nosotros.

Y el joven recalcaba la pronunciación sobre la palabra «nosotros» con una sonrisilla de orgullo y satisfacción, muy disculpable a su edad por la prueba de confianza con que se veía honrado.

Pero mucho debió amedrentar a los habitantes de Celaya la intimación del cura Hidalgo, porque al momento depusieron su aspecto hostil y la ciudad fue ocupada en buen orden por las tropas americanas.

XI Lo que valía la cabeza de Hidalgo

Un rayo fue para el virrey Venegas la noticia de la insurrección de Hidalgo. Conoció desde luego que aquel grito de libertad, lanzado desde el rincón de un pueblo miserable por un modesto párroco, había encontrado un eco de música en todos los corazones de los buenos mexicanos. Hombre previsor y acostumbrado a conocer a primera vista las grandes catástrofes políticas por sólo sus anuncios, comprendió que estaba perdido completamente, porque la debilidad o la crueldad de sus predecesores en el virreinato habían preparado aquellos sucesos, que tarde o temprano debían ser coronados del éxito deseado. Pero si Venegas valía poco como general, no sucedía lo mismo como hombre político. Contaba, por otra parte, en su apoyo con la costumbre de la dominación y los lazos de familia que unían con dulces vínculos a una gran parte de españoles y americanos, con el influjo del clero y las clases privilegiadas y, en fin, con el mismo sublime atrevimiento de aquella empresa gigantesca de Hidalgo.

De manera que, comprendiendo que la actividad podría tal vez conjurar aquella terrible tempestad que rugía sordamente en lontananza, amenazando destruirlo todo en su justo enojo, tanto tiempo comprimido, determinó luchar hasta el último momento, no perdonando medio de ninguna clase para conseguir su fin.

Así es que el día 25 de septiembre, mientras el ejército insurgente se dirigía sobre la ciudad de Guanajuato, hacía proclamar a son de música y fijar en todas las esquinas de la capital de la Nueva España el siguiente bando, que los vecinos atemorizados leían con júbilo interior:

«Don Francisco J. Venegas de Saavedra Rodríguez de Arenzana, Güemes, Mora, Pacheco, Daza y Maldonado, Caballero de la Orden de Calatrava, Teniente General de los Reales Ejércitos, Virrey, Gobernador y Capitán General de esta Nueva España, etc.

Los inauditos y escandalosos atentados que han cometido y continúan cometiendo el cura de los Dolores, doctor don Miguel Hidalgo, y los Capitanes del Regimiento de Dragones provinciales de la Reina, don Ignacio Allende y don Juan Aldama, que, después de haber reducido a los incautos vecinos de dicho pueblo, los han levantado tumultuariamente y en forma asonada, primero a la villa de San Miguel el Grande, y sucesivamente a la villa de Chamacuero, a la ciudad de Celaya y al valle de Salamanca, haciendo en todos estos parajes la más infame ostentación de su inmoralidad y perversas costumbres, robando y saqueando las casas de los vecinos más honrados para saciar su vil codicia, y profanando con iguales insultos los claustros religiosos y los lugares más sagrados, me han puesto en la necesidad de tomar prontas, eficaces y oportunas providencias para contenerlos y corregirlos, y de enviar tropas escogidas al cargo de jefes y oficiales de muy acreditado valor, pericia militar, fidelidad y patriotismo, que sabrán arrollarlos y destruirlos con todos sus secuaces, si se atreven a esperarlos y no toman antes el único recurso que les queda de una fuga precipitada para librarse del brazo terrible de la justicia, que habrá de descargar sobre ellos toda la severidad y rigor de las leyes, como corresponde a la enormidad de sus delitos, no sólo para imponerles el castigo que merecen como alborotadores de la quietud pública, sino también para vindicar a los fidelísimos españoles y americanos de este afortunado reino, cuya reputación, honor y lealtad inmaculada han intentado manchar osadamente, queriendo aparecer una causa común contra sus amados hermanos los europeos y llegando hasta el sacrílego medio de valerse de la sacrosanta imagen de la Virgen de Guadalupe, patrona y protectora de este reino, para deslumbrar a los incautos con esta apariencia de religión, que no es otra cosa que la hipocresía impudente.

Y como puede suceder que, arredrados de sus crímenes y espantados con sólo la noticia de las tropas enviadas para perseguirlos, se divaguen por otras poblaciones, haciendo iguales pillajes y atentando contra la vida de sus mismos paisanos, como lo hicieron en el citado pueblo, dando inhumanamente la muerte a dos americanos y mutilando en San Miguel el Grande a otro, porque fieles a sus deberes no quisieron seguir su facción perversa, he tenido por oportuno que se comunique este aviso a todas las ciudades, villas, pueblos, reducciones, haciendas y rancherías de este reino, para que todos se preparen contra la sorpresa de esos bandidos tumultuarios y se dispongan a rechazarlos por la fuerza, procurando su aprehensión en cualquier paraje donde pueda conseguirse, en el concepto de que a los que verificaren la de los tres principales cabecillas de la facción, o les dieran la muerte que tan justamente merecen por sus horrorosos delitos, se les gratificará con la cantidad de diez mil pesos inmediatamente y se les distinguirá con los demás premios y distinciones debidas a los restauradores del sosiego público, y en inteligencia de que se dará también igual premio y recompensa con el indulto de su complicidad a cualquiera que desgraciadamente los haya seguido en su partido faccionario, y arrepentido loablemente los entregue vivos o muertos.

Y para que llegue a noticia de todos, mando que, publicado por bando en esta capital, se circulen con toda prontitud y con los mismos fines los correspondientes ejemplares a los tribunales, magistrados, jefes y ministros a quienes toque su promulgación, inteligencia y cumplimiento.

Dado en el Real Palacio de México a 27 de septiembre de 1810.- Francisco Javier Venegas.- Por mandato de su excelencia José Ignacio Negreiros y Soria».

Como se ve, Venegas era demasiado astuto, y después de haber pintado con los colores más negros a Hidalgo y a los suyos, echándoles en cara el haber dado muerte a dos americanos, número considerable en una guerra que comenzaba y que se podía considerar como de castas, procuraba aterrorizarlos, haciéndoles cuenta de las numerosas tropas que había enviado, en efecto, a batirlos.

Excitaba, además, la codicia y estimulaba la traición ofreciendo una suma considerable por sus cabezas; con su misma política sagaz y previsora, hacía aparecer aquel levantamiento como un ataque igualmente terrible a la vida y bienes de españoles y mexicanos, y no como una causa que trataba de hacer independientes de los primeros a los segundos.

Pero esta vez la sagacidad de Venegas se había estrellado contra la justicia de una causa tan noble; porque, si bien los mexicanos temían los horrorosos estragos de una guerra, no por eso dejaban en el fondo de su corazón y en el silencio de la noche, cuando no podían temer que sus pensamientos se revelasen en su rostro, o se tradujese por una palabra de la que inmediatamente se apoderaría el viento de la calumnia y del espionaje que se había establecido, para llevarla a los oídos del Virrey o de la Inquisición, de adherirse a una causa que era la suya necesariamente.

Mientras esto pasaba en la capital de la Nueva España, otros acontecimientos tenían lugar en la ciudad de Guanajuato. Sabedor el Intendente de la provincia, Riaño, de que el ejército insurgente avanzaba y se dirigía sobre la ciudad, hizo publicar un bando, a fin de hacer saber al pueblo lo que pasaba y excitarle a que contribuyese a la defensa de la ciudad, ayudando a trabajar en las fortificaciones que a toda prisa se iban a construir.

El pueblo supo con indiferencia y aun con alegría lo que había pasado pocas noches antes en el pueblo de Dolores, y tal vez desde ese momento se preparó para hacer lo contrario de lo que el Intendente ordenaba.

Era el intendente Riaño uno de esos hombres grandes verdaderamente, que no comprenden ni admiten más nobleza que la del corazón y la honradez, uno de esos hombres que se dejarían hacer pedazos por sostener un punto de honor, intransigentes con el vicio, fiel a sus principios, humano y tolerante con los criminales a pesar de su acendrada virtud y su carácter severo.

El mundo levanta estatuas o conserva los nombres de los hombres de genio, aunque les haya dejado morir en la desgracia; pero a menudo se olvida de esos hombres ejemplares que por su honradez y sus virtudes sociales bien merecían ambas cosas.

Riaño, antiguo amigo de Hidalgo, republicano por instintos, puesto que aborrecía la tiranía y despreciaba las ridículas pretensiones de la aristocracia de oropel de esa época, no pudo menos de regocijarse interiormente de la proclamación de la más justa de las causas. Pero como magistrado íntegro y caballero a toda prueba, le correspondía sostener a un gobierno cuyo pan había comido por más que este gobierno fuese tiránico; así es que se apresuró a reunir el cabildo y las autoridades eclesiásticas, que en aquella época intervenían, sin corresponderles, en todos los negocios de la política, para participarles la resolución que había tomado de fortificar la ciudad lo mejor posible, a fin de resistir mejor en ella a los asaltos y dirigir en persona la defensa, pues no había ya otro recurso que tomar, en atención a la premura del tiempo, mientras llegaban los recursos que había solicitado ya del Virrey y del Comandante de San Luis Potosí, don Félix María Calleja.

Pero las personas que lo escuchaban, la mayor parte hombres acaudalados, atendiendo más a su interés personal que al público, expusieron a Riaño, a nombre de éste, que debía procurar, ante todo, poner en salvo sus personas y sus bienes, para lo cual les debía encerrar en un edificio vasto, como la Alhóndiga de Granaditas, y defenderlos hasta el último momento.

Este proyecto absurdo, dictado sólo por la conveniencia y la codicia, vino a hacer patente a Riaño que estaba perdido; pero tal vez se alegró interiormente de ver castigados por su misma necia ambición a aquellos a quienes había querido defender a su pesar. Así es que, después de hacer justas objeciones a tan extravagante petición, tuvo que acceder a ella, para no hacer creer lo contrario de lo que con nobleza ejecutaba, ordenó que las barras de plata, el azogue de las minas, todos los víveres, armas y hombres que se pudieran reunir, fueran trasladados al sitio que se le había designado.

El viernes 28 a las doce del día se presentaron en la calle de Belén unos hombres que traían una bandera blanca. Eran el coronel del ejército de Hidalgo don Mariano Abasolo, el teniente coronel don Ignacio Camargo, y un joven alto, delgado, que representaba tener veinte años a lo más, llevando sobre su traje de paisano las insignias de Capitán, acompañándoles dos dragones del Regimiento de la Reina. Pidieron ser llevados a la presencia del Intendente, y luego que ante ella se hallaron, entregáronle un papel que de parte de Hidalgo traían. Leyolo el Intendente con notable emoción. Era una intimación que el cura de Dolores le hacía para que depusiese las armas y entrase en arreglos pacíficos, a fin de evitar el derramamiento de sangre que inevitablemente tendría lugar si persistía en defender la injusta causa de la dominación europea.

-Digan ustedes a mi caro amigo el cura Hidalgo -dijo el Intendente muy pálido, guardando el papel que los oficiales le acababan de entregar- que no necesito ni pensar ni vacilar en la respuesta, porque mi resolución es vencer o perecer, aunque esta ciudad sea convertida en escombros.

Y saludándoles cortésmente se volvió de espaldas para dictar sus últimas disposiciones de defensa.

Los oficiales insurgentes no pudieron menos de inclinarse ante un valor y una firmeza tan notables en medio de una muerte casi segura.

El más joven abrió tamaños ojos de sorpresa, murmurando:

-¡Diablo! Tiene el señor Intendente en este momento más energía que yo cuando fui a proponer a los soldados insurreccionarse en el pueblo de Dolores hace pocas noches.

Y se retiraron silenciosos y preocupados.

La Alhóndiga de Granaditas, aunque el único por su extensión, era el peor punto por su posición que se podía haber escogido para una defensa. Dominada por los cerros del Cuarto y del Venado, situada en medio de la hacienda de Dolores y de la calzada de las Carretas, defendida por una corta fuerza que veía con terror el populacho, sentado tranquilamente en las calles y azoteas, sin ofrecer su auxilio u ofreciéndolo por fuerza, y como esperando la llegada del ejército asaltante para unirse a él y aprovecharse de su victoria con el saqueo, no debía resistir mucho tiempo.

Sin embargo, el intendente Riaño recorría todas las fortificaciones exhortando y animando a los soldados a la defensa, conduciendo él mismo armas y víveres a donde se necesitaban, vigilando los últimos trabajos que se ejecutaban y dando él mismo con su serenidad ejemplo a su tropa, compuesta la mayor parte de españoles particulares acaudalados de la ciudad, que, comprendiendo que corrían el peligro de perder su vida, trataban de venderla lo más caro posible y resistir hasta el último momento.

A las dos de la tarde, una turba de quince mil hombres, que componía poco más o menos el ejército de Hidalgo, armada de palos, hondas, flechas, espadas y algunos fusiles, se precipitó como una avalancha desde la altura de los cerros del Cuarto y del Venado sobre la hacienda de Dolores y la Alhóndiga, que, semejando un monstruo gigantesco que vomitaba llamas y plomo por su boca, ojos y narices, hacía estragos horrorosos sobre aquella masa indisciplinada que o no comprendía el peligro, o lo despreciaba osadamente. La necesidad hizo inventar a los sitiados un nuevo género de proyectil; los tubos de fierro que contienen el azogue fueron, por medio de la pólvora, convertidos en una especie de rayo que despedazaba montones de asaltantes.

-¡Viva la Virgen de Guadalupe! ¡Mueran los españoles! -gritaban unos precipitándose frenéticos sobre aquella fortaleza que parecía contener hombres de fierro.

-¡Viva España! ¡Muerte a los traidores! -aullaban otros, defendiéndose con el aliento terrible de la desesperación.

Y aquellos hombres delirantes por la cólera, embriagados por el olor de la sangre y de la pólvora, irritados al ver morir a sus hermanos, se amenazaban convirtiéndose de hombres en gigantes, profiriendo gritos de odio, de impotencia, de resentimiento, al no poder juntarse para combatir cuerpo a cuerpo, para golpearse con los puños, para morderse a la cara y beber la sangre caliente de sus contrarios después de haberlos matado. Dos sentimientos profundos movían a aquellos hombres a una lucha tan espantosa: en unos el instinto de la propia conservación y el resentimiento del orgullo ofendido y el amor a su patria; en los otros la venganza de afrentas de tres siglos, la codicia de poseer los inmensos caudales que dentro aquella fortaleza suponían naturalmente encerrados y el deseo de su independencia.

Las piedras que el populacho, que como es de suponerse se había unido a los soldados de Hidalgo, arrojaba formaban una verdadera nube encima de las cabezas de los combatientes, e iban a estrellarse con una fuerza terrible contra las puertas y ventanas de aquel impasible edificio, causando no pocos estragos en sus serenos defensores.

Un joven, jinete en un caballo de color claro que lo exponía como blanco a los tiros de los sitiados, el mismo que acompañaba hace poco a Abasolo conduciendo la intimación de Hidalgo, y a quien nuestros lectores habrán conocido probablemente, por ser Gil Gómez, corría de un lugar a otro, exponiéndose a mil peligros en un solo minuto, para llevar las órdenes que dictaba Hidalgo tranquilamente en medio de un grupo formado por algunos jefes, y poniéndose él mismo a la cabeza de las columnas para dirigirlas, ganando terreno a cada instante hasta encontrarse al pie de la fortaleza.

Pero las horas pasaban, la mortandad en las filas de los insurgentes era horrorosa, y era preciso tomar un partido: penetrar en aquella impasible fortaleza y diezmar a sus heroicos defensores, que parecían resueltos a morir entre sus escombros antes que rendirse; hombres de fierro en quienes la muerte no hacía mella, puesto que mientras más disminuía su número, más aumentaba su resistencia.

Pero era una empresa tan difícil la de salvar el pequeño foso que se encontraba delante de la puerta para llegar a ella, que muchos que ya lo habían intentado habían caído despedazados en mil fragmentos al dar el primer paso por el número incontable de proyectiles que vomitaba aquel monstruo de piedra, y formaba un círculo terrible que impedía acercársele.

Sin embargo, un hombre resuelto podía brincar el foso y llegar a la puerta, con una probabilidad de escapar de una contra noventa y nueve; los demás seguirían su ejemplo y todo estaba concluido. Pero, ¿dónde hallar un hombre tan deseoso de morir?

Hidalgo recorrió con la vista las diferentes columnas que componían su ejército, y vio a Gil Gómez sobre su caballo claro, corriendo en todas direcciones para alentar a los asaltantes a avanzar. Un pensamiento cruzó por su imaginación, e iba a hacerle venir; pero, en el poco tiempo que aquel joven militaba bajo sus órdenes, había despertado en el corazón del anciano un cariño verdaderamente paternal y temió exponerle a una muerte casi cierta.

Volvió a lanzar sus penetrantes miradas a través de la nube de humo, piedras y hombres, y las detuvo en un lugar.

Parecía haber encontrado lo que buscaba, porque una sonrisa de melancólica satisfacción erró por sus labios.

En uno de los puntos más desamparados y más expuestos a los fuegos del bastión, había un hombre de estatura elevada y hercúleas formas, que con su ejemplo, su estentórea voz y sus movimientos atraía detrás de sí a un grupo de insurgentes, y avanzaba seguido de ellos ganando más y más terreno.

Hidalgo se acercó y le dijo:

-Pípila.

-Mande su merced, señor cura -respondió el designado por este nombre, quitándose respetuosamente su viejo sombrero de paja.

-La patria necesita de tu valor.

-¿Qué es necesario hacer para servirla?

-¿Te atreverás a prender fuego a la puerta de la Alhóndiga? -interrogó el anciano, viéndole fijamente a la cara para medir el grado de espanto que semejante proposición debía causarle.

-Eso y mucho más si su merced quiere -respondió el hercúleo insurgente sin inmutarse y sin vacilar a la vista de un peligro tan inminente.

-Pues ahora mismo, ¿qué es lo que necesitáis?

-Solamente una tea y esta losa -respondió el imperturbable paisano, inclinándose a levantar del suelo una gran losa de esas que tanto abundan en Guanajuato para cubrir su cuerpo.

-Pues ve, Pípila, que la patria te espera -dijo Hidalgo para alentarle.

Y entonces el insurgente, cubriendo su cuerpo con la losa que sostenía con su mano izquierda, mientras que en la derecha llevaba una tea encendida, se deslizó a gatas hasta el punto terrible de cuyos límites nadie había podido pasar.

Fue tan profunda la sorpresa de los asaltantes, que hubo un momento casi de silencio completo en que se suspendió el fuego para ver el resultado de aquella maniobra atrevida.

Pero una providencia pareció proteger al atrevido insurgente, pues pasó sano y salvo en medio de los proyectiles que le arrojaban. Ya llegaba a la puerta, cuando un enorme pedrusco, desprendido por varios hombres desde la altura, cayó sobre él; un grito unánime de los que contemplaban fue la plegaria más elocuente que pudo llegar a los oídos de Pípila, que había sido apachurrado como un insecto bajo el pie; pero al cabo de dos segundos se levantó dando un brinco y saludando a sus compañeros, como lo hacen los toreros que después de haberse hallado entre los cuernos del toro han tenido la fortuna de escapar de ellos vivos.

El peso del pedrusco había dado con él en tierra, en efecto, pero, habiendo deslizado a lo largo de la losa con que cubría su cuerpo, no le había causado ningún daño. Entonces, protegido por las mismas murallas de la Alhóndiga, se acercó a la puerta, y con una calma digna del hombre que hasta allí acababa de llegar, aplicó la tea a ella, hasta que la madera algo vetusta comenzó a arderse.

Un joven salvó de un brinco en su caballo la distancia que mediaba entre la puerta y los asaltantes, gritando: ¡Viva Hidalgo! ¡Viva la Virgen de Guadalupe! ¡Viva la América!

La multitud se precipitó detrás de Gil Gómez, aullando verdaderamente los gritos que acababa de proferir.

La puerta medio incendiada cedió a los esfuerzos de los asaltantes, dándoles paso al interior de la fortaleza.

Lo que entonces pasó es imposible de describir.

Durante dos horas mortales no se oyeron más que gritos de furor, aullidos de desesperación, gemidos de dolor, choques de espadas, tiros, golpes sordos acompañados de un segundo ruido semejante al de un cuerpo humano al caer, imprecaciones de rabia.

Hidalgo quiso hacer oír su voz para contener aquella matanza, pero su acento se perdió entre el estruendo de los enfurecidos combatientes, y recorría delirante los salones para descubrir al Intendente y salvarlo haciendo cuantos esfuerzos le fueren posibles.

Pero aquellos hombres de ambas partes se habían encarnizado y era preciso matar o morir; así es que ni la autoridad del anciano fue respetada.

Corrió detrás de un grupo que se dirigía a una pieza al extremo de una galería; un centinela que la custodiaba cayó muerto de un balazo. Entonces un hombre, que por su porte y su traje revelaba no pertenecer a la clase del soldado que acababa de morir, se apoderó de su fusil y se plantó sereno en el sitio que había dejado vacío, esperando con sublime valor a los que se acercaban.

Varios tiros salen de los que se acercan, uno penetra en la cabeza del noble intendente Riaño, cuyo cuarto de centinela había durado sólo dos segundos.

Un grito de horror y sentimiento lanzó el desdichado anciano, testigo de la muerte de su mejor amigo.

Al anochecer, la Alhóndiga de Granaditas presentaba un aspecto espantador y terrible; cerca de mil cadáveres de ambas partes se hallaban esparcidos en los diversos salones y galerías; sus rostros pintaban aún los sentimientos que les habían agitado al morir; algunos presentaban las facciones crispadas por el furor; la sonrisa de la venganza satisfecha se dibujaba en los labios de otros; muchos rostros representaban un aire de súplica, que de nada había valido; no pocos la desesperación de morir cuando aún la vida les era tan querida.

Pedazos de armas de todas clases; puñales clavados en el pecho de las víctimas; vestidos desgarrados; hombres horriblemente mutilados, pidiendo socorro por un último aliento de vida, o guardando silencio por un último aliento de terror y de instintos de conservación; combatientes todavía enlazados, que se habían muerto mutuamente; frascos de azogue; algunas barras de plata; he aquí el estado que indicaba el terrible paso de las pasiones fermentadas del hombre.

La ciudad de Guanajuato presentaba un aspecto no menos espantoso; en lontananza se oían algunos tiros que indicaban que la matanza aún no había cesado, gritos de furor y gemidos de súplica; segunda parte, en fin, de las escenas de la tarde, a pesar de los esfuerzos y vigilancia de un joven que corría sin temor por todas las calles, tratando de acuartelar a los soldados, ebrios por el vino y el triunfo que acababan de conseguir.

Era Gil Gómez.

XII Doña Regina de San Víctor

Dejemos a Hidalgo marchar sobre Valladolid, después de haber permanecido algunos días en Guanajuato, y trasladémonos a una casa de la suntuosa y sombría calle de las Capuchinas en México.

Serían las cuatro de la tarde cuando un magnífico carruaje, que hacía consistir todo su lujo en un sobrecargo de adornos de plata, según el gusto de la época, se detuvo en el número 5. El lacayo, vestido con una librea color azul, con galones amarillos, se apresuró a abrir la portezuela, quitándose respetuosamente el sombrero, después de haber dado dos fuertes aldabonazos a la maciza puerta, que estaba completamente cerrada. Luego que ésta se hubo abierto, se apeó del carruaje un hombre cuya fisonomía no se podía contemplar, porque la velaba el emboce de una capa española de la época; habló unas palabras en tono imperativo al cochero, que al oírlas dio un latigazo a sus caballos, yéndose a colocar al lado opuesto de la calle, precisamente debajo de las tapias del Convento de las Capuchinas; la puerta de la casa se cerró detrás del desconocido, y todo en esa calle, en aquella época y aun hoy tan sombría, volvió a quedar en silencio. El caballero atravesó un obscuro aunque amplio patio bajo, encajonado entre cuatro portales; subió una ancha escalera hasta llegar a un extenso corredor, en el cual habían formado un jardín, según la profusión de macetones que lo orillaban, cargados de las más exquisitas y hermosas plantas.

Un criado respetuoso, vestido de una librea de color pardo, se presentó ante el caballero, suplicándole le siguiese; hízole penetrar en un suntuoso salón después de haber atravesado una antecámara; el criado se retiró y el caballero se dejó caer en un asiento.

Razón hemos tenido al llamar al salón con el nombre de suntuoso. Era, en efecto, una vasta pieza que, aunque daba a la calle, estaba, sin embargo, sumergida en una elegante sombría media luz, porque los dos balcones que la iluminaban estaban cerrados y ocultos por un cortinaje de Damasco de seda azul obscuro, atestiguando que muy pocas veces, o tal vez nunca, se abrían para que los habitantes de esa suntuosa morada contemplasen la calle. Una alfombra de esa tela bordada que está dando una prueba incontestable de lo contrario a los que niegan la civilización de los chinos, apagaba el ruido de las pisadas; las paredes estaban tapizadas con papel verde obscuro de Persia, sobre cuyo fondo se ostentaban hasta más de seis cuadros de marco dorado y enormes dimensiones, representando la Pasión de Nuestro Señor Jesucristo. Dos sofás de tela finísima de Damasco del mismo color azul obscuro del cortinaje, con marco de madera dorada, elevándose a bastante altura en el respaldar hacia la parte media, adornaban los dos extremos del salón. El resto de los muebles, como las sillas, los espejos, las consolas, presentaban ese sobrecargo de molduras doradas tan lujosas, pero de tan mal gusto, a la Luis XV.

No sé qué sentimiento de tristeza o de terror se apoderaba del ánimo al contemplar aquella habitación tan magnífica, pero tan sombría, que debía estar de acuerdo con los sentimientos de sus ricos habitantes; aristócratas hastiados acaso de los placeres de la vida y cerrado su corazón a todos los nobles y tiernos afectos.

Estas reflexiones cruzaban tal vez por la imaginación del desconocido visitante de aquella misteriosa casa, que, como hemos dicho, se había dejado caer con desenfado sobre un sofá, porque, después de haber recorrido con miradas oblicuas toda la habitación, inclinó su cabeza sobre el pecho y pareció hundirse en una profunda reflexión.

Ahora que ya ha bajado el emboce que velaba su rostro, examinémosle con detención.

Era un hombre que representaba tener más de treinta años, aunque en su rostro se leían los signos de una vejez precoz por los vicios o por los pesares. Su tez era extremadamente pálida, pero con esa palidez lívida que da miedo porque se parece mucho a la palidez del crimen o de los remordimientos; sus ojos pequeños, sombreados por un círculo amoratado, despedían un brillo fosfórico como los de un tigre, y lanzaban una mirada oblicua como los de una hiena; su nariz recta, algo ensanchada hacia su extremidad, indicaba, según los fisonomistas célebres, una propensión marcada al disimulo; sus labios delgados y blancos parecían una simple incisión hecha en el rostro; sus pómulos salientes y las protuberancias marcadas de su cabeza revelaban la astucia y la lujuria. Coronaba aquel rostro disimulado una cabellera poco abundante, de color rubio, casi rojo, formando ese peinado peculiar a la Carlos V, y una barba escasa del mismo color. El conjunto de aquella fisonomía, que si no era hermosa, tampoco podía llamarse fea, presentaba un aspecto repugnante y desagradable de contemplar, acaso porque en ella se leía a primera vista la fealdad moral. Sus formas eran robustas y elegantes, su estatura elevada. Vestía el traje de la época, pero con un lujo y esmero exquisitos que revelaban o su cuna distinguida, o sus numerosos bienes de fortuna.

Cerca de diez minutos habían transcurrido desde su llegada, cuando la puerta vidriera que daba a las habitaciones interiores de la casa se abrió silenciosamente, dando paso a una nueva persona que la volvió a cerrar con precaución.

Al leve ruido que produjo la vidriera al girar sobre sus goznes, y al de los pasos de la persona que se acercaba, alzó el caballero la cabeza, que, según hemos dicho, la había inclinado sobre su pecho, sumergido en una profunda meditación.

La persona que se acercaba era una mujer.

Cualquiera otro que el preocupado caballero, tal vez demasiado acostumbrado a verla, habría lanzado un grito de admiración y sorpresa al contemplar a aquella mujer.

Era, en efecto, una mujer; pero una de esas mujeres hermosísimas a quienes es fuerza amar con fiebre al contemplarlas solamente, una de esas mujeres en quienes la combinación física y moral produce una especie de «ángeles-demonios», capaces de trastornar la cabeza de más sana razón, y de hacer condenar al filósofo más severo y más desengañado con sólo una mirada.

Hay en la tierra una especie de hermosura que exige ser estudiada con detenimiento, o comparada con el alma para ser estudiada como tal; pero hay otra que es tan incontestable como la luz y que no permite ser estudiada a sangre fría, porque su contemplación es ya el amor.

La primera es más común, porque es relativa y muchas veces se forma sin existir físicamente; la segunda es muy rara, porque es enteramente absoluta y no se forma, sino que existe.

La primera consiste en la regularidad de las formas o en la simpatía, y puede ser negada por algunos; pero la segunda, sin consistir en nada, no se puede negar, porque es un hecho.

¿En qué consiste esto? En nada, tal vez en una fábula, pero en una fábula muy bella, que hace creer en la verdad.

De esta última clase de hermosura era la de la mujer que acababa de presentarse en el suntuoso salón de la calle de Capuchinas.

Era una joven que representaba tener de veinte a veintidós años a lo más; la suave blancura de su tez, el brillo de sus divinos ojos, el dulce castaño de sus cabellos, el gracioso corte de su rostro, la pequeñez de su rosada boca, formaban una fisonomía imposible de describir por detalles, una de esas fisonomías de reina que enloquecen al contemplarlas; lanzaba miradas que hacían caer de rodillas a sus plantas, para suplicar se volviesen a lanzar; reposaba aquella cabeza artística sobre un cuello blanquísimo, con ese blanco particular que toma la nieve de los volcanes a la aproximación del crepúsculo, cuando el sol no la dora ya con sus rayos; sus manos parecían una de las muestras de escultura que presentó Benvenuto Cellini al rey Francisco I.

Andaba con una oscilación tan majestuosa y tan suave al mismo tiempo como la que toman a impulsos de los vientos las anchas hojas de los cañaverales del valle de México; su cintura era tan estrecha que se hubiera podido abarcar fácilmente con sólo las manos, si aquella hermosísima y orgullosa joven hubiera permitido que algún mortal fuese tan dichoso para tocarla de esa manera. En efecto, a primera vista se leía en aquel sublime rostro una expresión de orgullo y altivez que le daba un sello particular, muy semejante al de la estatua de la diosa Juno. Su labio superior, algo grueso y ligeramente vuelto hacia arriba, formaba esa sonrisa de desdén peculiar a todos los nobles vástagos de la casa de Austria.

Vestía un lujoso traje de terciopelo escarlata, de corpiño estrecho y escotado por delante, según la moda ya en esta época pasada de la libertina corte del libertino Luis XV; pero velaba lo que la vista hubiera deseado penetrar una especie de pañoleta de red de plata muy tupida, salpicada de perlas pequeñitas, muy semejante a la que poco tiempo antes habían usado en Francia las damas del efímero imperio. En vez de llevar el vestido alto, que permitía ver los pies, como lo llevaban las señoras de la corte americana, lo dejaba arrastrar por el suelo tanto o acaso más de lo que hoy le dejan las damas de nuestras capitales; como complemento de aquel traje, se suspendía a su hermoso brazo desnudo, por medio de un anillo de oro, un abanico finísimo de concha y leves plumas con armiño blanco.

Cualquiera, al haberla visto en su casa con este lujoso traje de baile o de corte, habría pensado que la bella joven se había vestido así para esperar al caballero visitante, a fin de desplegar ante su vista todo el brillo de su magnífica hermosura.

Éste al verla se puso de pie, y por mucha que fuera la costumbre que tenía de contemplarla, o por mucho que los placeres hubiesen saciado su corazón, no pudo reprimir un movimiento de admiración; su cara naturalmente pálida se coloreó hacia los pómulos por la emoción; sus labios se entreabrieron por una sonrisa infernal; y sus ojos, al clavarse un instante en aquel rostro y aquel seno de alabastro, lanzaron una chispeante mirada de pasión y de deseos.

Pero pudo tal vez ocultar su emoción a la dama, porque se inclinó respetuosamente, haciéndose a un lado para que pasara al sofá.

Ésta, después de haberse sentado, le hizo seña de hacer lo mismo.

El caballero acercó al sofá un sillón y se sentó.

Los dos se miraron fijamente la cara antes de hablarse.

Cualquiera, al haber observado la expresión de sus fisonomías, hubiera creído desde luego que aquélla no era una simple visita en que se iban a tratar asuntos indiferentes y diversos, sino que se iba a entablar una lucha entre la bella señora y el respetuoso caballero.

Al cabo de un momento rompió éste el silencio, diciendo con un acento de amor y adulación:

-Me habéis mandado llamar, doña Regina, y me he apresurado a obedeceros.

-Os he hecho venir, don Juan, porque tenemos que hablar de asuntos importantes -dijo a su vez la dama con una voz argentina y vibradora, cuya dulzura estaba sin embargo un tanto templada por un acento de imperio y orgullo.

-Hablemos pues, doña Regina; pero antes permitidme que os acompañe en el justo duelo que desde hace pocos días os agobia por la sentida muerte de vuestro hermano -continuó el caballero, procurando dar a su rostro, naturalmente impasible, una expresión de aflicción que no experimentaba.

-¡Ah!, ¿lo sabíais ya? -exclamó la dama, ligeramente conmovida.

-¿Dejo yo acaso de saber alguna vez las cosas que tienen relación con vos, señora?

-Mil gracias, don Juan.

-¡Oh!, bien sabéis que no os lo digo para que me deis las gracias. Pluguiera al cielo, doña Regina, que no me interesase tanto lo que a vos atañe.

-No se trata ahora de eso, don Juan -dijo la joven sin poder reprimir un movimiento de impaciencia; pero después, conociendo tal vez que éste había sido muy marcado, se apresuró a disminuir su intensidad, diciendo con la voz más dulce que pudo al caballero-. No se trata de eso. Mucho agradezco vuestro amor, pero aún no me atrevo a creer en él, y por consiguiente no hablemos más de ello.

-¿No creéis en él, doña Regina, no creéis en él, y por seguiros a América he abandonado patria, amigos, hogar, fortuna, cuanto amaba, en fin, fuera de vos sobre la tierra? -dijo don Juan con acento de pasión, animado y casi ennoblecido su rostro por el fuego del amor.

-¿Y no se podría hacer todo eso por un capricho de amor propio? -preguntó doña Regina con su particular sonrisa de desdén.

-¿Por un capricho de amor propio se sufren acaso las humillaciones de una mujer tan altiva como vos? ¿Por un capricho de amor propio se abandonan todas las dulzuras de las distinciones de la nobleza, para correr detrás de vos a América, como uno de tantos aventureros obscuros que la España arroja a este infernal país? Vos, doña Regina, que sabéis perfectamente quién soy y el título que llevo; vos, que me habéis visto en otros días en España, grande, poderoso, considerado, y hoy me veis aquí humillado, despreciado, confundido entre la turba que ignora mi nombre, sois ciertamente la que tenéis menos derecho a expresaros así.

-Veo que ponderáis demasiado el sacrificio. ¿Creéisme acaso tan poco digna de todo eso que acabáis de decir, don Juan?

-No, doña Regina, por comprar vuestro amor de un momento, me dejaría morir gustoso; pero, os diré también, ¿creéis acaso que vuestro desdén merezca tantos sacrificios?

-Veo, don Juan, que nos desviamos del objeto, porque pienso que no creeréis que os he llamado para que digáis lo mismo que inútilmente me habéis dicho tantas veces -dijo la cortesana con reconcentrada expresión de altivez.

Don Juan dio un salto al oír tan injuriosas palabras, y mirando a doña Regina con terribles muestras de cólera y orgullo ofendido, le dijo con tono imperativo:

-No lo creo así, doña Regina, pero me place que hablemos de ello y siempre de ello.

-Hablemos, pues, de ello, si os place; os concedo un cuarto de hora para esta conversación. Pero con la condición que después me consagraréis el tiempo necesario para tratar del negocio a que os he llamado.

-Sea como queréis, pero en este cuarto de hora vais a escuchar mi resolución definitivamente, al saber lo que por vos he sufrido -dijo don Juan con una voz que a cualquiera otra que a la bella señora hubiera causado terror, pero ella sólo murmuró con indiferencia.

-Sed, pues, breve en vuestra narración.

-Bien sabéis, doña Regina -continuó don Juan-, cuál ha sido mi vida antes que os viese por la primera vez. Con un nombre distinguido, con inmensos bienes de fortuna, no recuerdo que alguna vez haya dejado de gozar lo que deseé. La sociedad me hastió a los veinticinco años, porque de orgía en orgía, de seducción en seducción, ni pude imaginarme que hubiese mujer que me resistiera, y al verlas tan fáciles y tan a mi alcance, me fastidiaron completamente. Pero una noche, ¿os acordáis, señora?, pronto hará cuatro años, fui invitado a un sarao en el palacio del Conde de la Ensenada. Con mi desencanto crónico me dirigí a él, porque el conde era uno de mis amigos de prostitución y orgías, a quien había prometido acompañarle siempre en ellas. Llegué; el sarao había comenzado, lo más granado de la corte se encontraba en él. Me dejé caer en un sofá, porque una gran parte de aquellas damas habían sido mis pasatiempos de juventud, y a todas casi les había dejado recuerdos más o menos vivos. Sin querer oí una conversación bastante animada que llevaban junto a mí dos de esas viejas damas que asisten a las fiestas para cuidar de las jóvenes o para beber en la fuente de la chismografía.

-¿No la habéis visto, doña Estrella? -decía una de aquellas señoras a su interlocutora.

-Por más que lo he intentado no he podido conseguirlo, porque la rodea una turba de aduladores.

-¡Oh!, es muy hermosa, por cierto; nunca había yo visto una mujer tan bella.

-¿Y esta noche es la primera que se presenta en la corte?

-Hace sólo una semana que ha llegado de Francia, y dicen que es descendiente de la noble casa de Austria.

-¿Pero quién la acompaña?

-Nadie. Vive enteramente sola con sus criados en un elegante palacio de la calle de Alcalá. Pero vedla, precisamente en este momento danza con el Conde de la Ensenada.

-Volví la vista por una simple curiosidad, y os vi, señora.

Don Juan se interrumpió llevando su pañuelo a su frente inundada de sudor, y al cabo de un momento continuó.

-Os vi, con vuestra hermosura de reina, que ni jamás pude imaginarme que existiera, con vuestro aire de orgullo. Vestíais un traje muy semejante al que ahora lleváis precisamente.

No sé qué pasó por mí al contemplaros tan seductora; todos mis planes de indiferencia se desvanecieron a vuestra vista, y sentí que un vértigo extraño se apoderaba de todo mi ser.

Os seguí con interés mientras danzabais, y luego que la pieza que bailabais con el de Ensenada hubo concluido, supliqué a éste me presentase con vos, para solicitar igual favor. Me lo concedisteis en atención al título que llevaba, y esperé con impaciencia que la música preludiara la pieza prometida. Ese instante llegó, y me confundí con vos en el torbellino de parejas. El fuego de vuestros ojos quemó mi corazón, el contacto de vuestra mano magnetizó mi ser, la música de vuestra voz fue a encontrar un eco en mi alma. Cuando salí de allí ya yo os idolatraba, y estaba delirando por vos.

Ya sabéis después lo que ha pasado, doña Regina. Solicité ser presentado en vuestra casa y me recibisteis con frialdad; os revelé mi pasión y me respondisteis sin conmoveros que, habiendo dejado en Francia unos amores de corazón, habíais resuelto no amar a nadie, ni casaros jamás. Continué mis visitas, porque me era imposible vivir sin veros, y porque esperaba ablandar vuestros rigores con mi constancia; pero me obligasteis, con desaires que ni un hombre de la hez del pueblo hubiera soportado, a no volver a repetirlas. Pero os seguí como sombra donde quiera que fuisteis; maté a un hombre en un duelo y herí a otro, sólo porque el primero se había atrevido a seguiros, y el segundo se había permitido expresiones injuriosas acerca de vuestra conducta en Francia. Tuve que vivir oculto para huir de la justicia, pero sabiendo todo lo que os rodeaba por mis agentes. Un día supe que dejabais la España para venir a América a uniros con un hermano que amabais, el único pariente que os quedaba en el mundo, y me embarqué en Cádiz para seguiros. Ha seis meses que vivo en este país, obscuro, medio arruinado, respectivamente a lo que poseía en mi patria, y tan despreciado por vos como allá.

Ahora, sabed finalmente, señora, la postrera resolución que ayer precisamente he tomado con respecto a vos, y oídla bien, doña Regina, porque acaso os interese más de lo que pensáis -exclamó el castellano con acento de profunda firmeza-. Perdido ya para todo fuera de vos en el mundo, dentro de tres meses habéis de ser mía de grado o por fuerza, de grado o por fuerza, ¿lo comprendéis? Hoy ya no tengo amor por vos, hoy lo que tengo es frenesí, con brutales deseos de poseeros, gozar de vuestra hermosura y morir después. Porque, a vos sola os lo digo, como se lo diría a mi confesor, odio la vida, aborrezco a los hombres, sus glorias y sus placeres me hastían; necesito, para no morirme, las fuertes emociones; quisiera tener remordimientos, y procuro hacer todo el mal que puedo.

Y al decir estas palabras, el pálido caballero se erguía amenazador y horrible de contemplar.

-¿Habéis acabado ya? -preguntó con indiferencia doña Regina.

-Creo que no tengo más que añadir que ya no sepáis -respondió don Juan.

-Pues oídme sólo dos palabras que voy a deciros, señor don Juan Enríquez. No es necesario decir más, ni disimular mi oculto pensamiento, porque vos lo comprenderíais al momento. Pero nosotros, conociéndonos tanto, debemos manifestarnos el uno al otro tal como somos realmente, sin temor.

-Ya os escucho, señora.

-Don Juan, yo estoy tan fastidiada como vos o más de la vida.

-Lo conozco, doña Regina.

-Como vos, aborrezco a los hombres y me complazco en hacerles todo el mal que puedo.

-En mí lo estoy experimentando.

-Yo amaba en Francia con todo mi corazón a un hombre, y ese hombre fue muerto por opiniones políticas.

-Lo sé perfectamente, doña Regina, era el Conde de...

-No es necesario que digáis su nombre.

-Le mató un hombre del pueblo, un hombre de la familia de Marat y Robespierre.

-Más tarde nos acordaremos de eso, don Juan.

-Sea, doña Regina.

-Vuestra tenaz persecución ha agriado más mi carácter y me ha hecho de peor condición de lo que era en Francia.

-También lo adivino.

-Desciendo de una casa muy noble.

-De la de Austria nada menos, y sois parienta de la decapitada reina María Antonieta.

-Sí, casi todos mis descendientes han muerto a manos del pueblo.

-Es cierto.

-El hombre que amaba ha sido asesinado por ese pueblo, sólo porque llevaba el título de barón, y su padre había sido enemigo de Marat, que también le asesinó.

-Pero ese joven había seducido a una hija del pueblo, abandonándola después, y su padre la vengó.

-¿Tiene acaso el pueblo derecho para vengarse de las afrentas de los nobles?

-No lo tiene, señora. El pueblo debe sufrir y resignarse; para eso ha nacido miserable y abyecto.

-Un hermano que me quedaba, el único ser que amaba yo sobre la tierra, ha sido asesinado hace pocos días en Guanajuato, por ese mismo pueblo.

-Sí, por esos miserables indios que acaudilla ese cura Hidalgo, que pretende hacer independiente este país de la corona de España.

-Muerto mi hermano, han muerto mis últimos buenos instintos, y de sus ruinas se ha levantado un sentimiento dominador, terrible.

-¿Puedo saber cuál es?

-La venganza.

-El mismo que me avasalla.

-Tal vez llegaría a amar al hombre que me la proporcionase, o al menos a admitir su amor.

-Gracias, doña Regina, creo que nos hemos comprendido por fin.

-Sí, porque vos también aborrecéis al pueblo tanto como yo.

Y los dos personajes se irguieron terribles y amenazadores, permaneciendo un momento en silencio.

XIII Planes

Al cabo de un rato, rompió por fin don Juan el silencio, preguntando con misterio:

-¿Estamos solos, doña Regina?

-¿Sabéis acaso que alguna persona, fuera de mis criados, me acompañe en mi casa?

-Está bien, entonces hablemos.

-Hablemos, don Juan.

-Ordenad, que haré cuanto digáis.

-Después de haber sido durante cuatro años sombra del cuerpo uno de otro, creo que hasta hoy comenzamos a obrar de acuerdo, porque un igual sentimiento nos asemeja un poco -dijo la bella dama con un acento casi de pasión, pero cuya dulzura agriaban un tanto el odio y el resentimiento que la dominaban.

-Bendita sea la venganza, puesto que así me acerca a vos, doña Regina -exclamó el caballero con transporte de amor que daba miedo.

-Los dos odiamos al pueblo; vos, porque sois noble y hoy os veis casi confundido entre él; yo, porque ese pueblo ha muerto a cuantos llevaban sangre de mi sangre o a cuantos amé sobre la tierra.

-De hoy en más, mi aborrecimiento será doble, porque lo odiaré por mí y por vos.

-La sangre de mi hermano, muerto en Guanajuato, pide sangre.

-Y la obtendrá, señora, os lo prometo solemnemente.

-¿Me lo prometéis, don Juan?

-Os lo juro. Pero, ¿cuál ha de ser el premio de ello?

-Mi amor, don Juan. Mas no mi amor, porque ya no existe; pero vuestra seré, si os atrevéis a ejecutar cuanto os dijere.

-Tampoco yo solicito vuestro amor, porque no lo comprendo; pero quiero que, ya que los dos no podemos amar, seáis mía de grado y no por fuerza.

-Lo seré, ¿pero sabéis a todo lo que os comprometéis?

-Lo adivino, señora; me vais a proponer que busque para matarlos a los asesinos de vuestro hermano.

-¡Oh!, no, porque sería difícil que los encontrarais; es una cosa mucho más sencilla que eso.

-Decidlo.

-¿Lo digo, don Juan?

-No vaciléis, señora.

-Pues bien, mi voluntad se compra con la cabeza del cura Hidalgo -dijo la cortesana, en cuyos ojos brilló un relámpago de ira.

Era tan terrible la propuesta que el caballero no pudo menos de dar un salto de sorpresa, e iba tal vez a desistir de la empresa. Pero al alzar la cabeza clavó sus ojos en doña Regina, y la vio tan hermosa, tan provocativa, tan seductora, que lanzando un grito inarticulado cayó a sus pies, murmurando con apasionado frenesí:

-Haré eso y mucho más si lo pedís, doña Regina, porque os adoro con brutal pasión; porque si no sois mía algún día, moriré de deseos, de celos, de rabia.

-Vamos, don Juan, dejad esos transportes. No haría más un niño de veinte años a quien yo hubiese mirado -dijo la cortesana con sarcástica indiferencia, apartando con su bella mano al terrible galán.

Éste se puso en pie, volviendo a recobrar su habitual expresión de orgullo.

-¿Conque consentís por fin en ello, don Juan?

-Ya os he dicho que consiento, señora.

-¿Veis cómo no es mucho lo que os propongo para agradar-me? Es una cosa que está de acuerdo con vuestros sentimientos, porque vos odiáis también de muerte al pueblo, y cortando la cabeza de ese tronco que se llama revolución, se inutilizan los miembros, ¿no es verdad?

-Es cierto, señora. Muriendo Hidalgo, morirá la revolución que ha iniciado, y se impedirá el triunfo del pueblo.

-Pues entonces, creo que nos hemos arreglado.

-Hidalgo morirá, o moriré yo, doña Regina, os lo aseguro.

-Y yo os agradezco esa promesa, y con ella comienzo a comprender vuestro amor.

-¿Cuánto tiempo me dais de término para ello?

-¿Cuánto pedís?

-Cuatro meses, contados desde hoy.

-Se os conceden.

-Gracias, señora.

-¿Necesitáis algún dinero para la empresa? Pedidlo, don Juan, ya sabéis que todavía soy bastante rica para dároslo.

-Gracias, señora, pero yo no soy un mendigo. Y aunque estoy medio arruinado, todavía soy también bastante rico, como acabáis de decir, para necesitar vuestro dinero.

-Altivo sois en extremo, caballero.

-Ya veis, señora; soy español, y casi tan noble como vos. Además, el virrey Venegas ha ofrecido diez mil pesos por la cabeza de ese cura Hidalgo, y creo que es cantidad suficiente para indemnizar de lo que en esa atrevida empresa pueda gastar.

-¿Y sabéis dónde se encuentra ahora Hidalgo con los miserables que le acompañan?

-Después de haber derrotado al español don Torcuato Trujillo en la montaña de las Cruces, se dirige hacia Guadalajara, donde le debe encontrar don Félix María Calleja.

-¿Y habéis sabido las providencias que se han dictado por la Universidad y el Arzobispado?

-No, y desearía saberlas, porque desde este momento todo cuanto atañe a esta revolución me interesa.

-Aquí las tenéis -dijo la dama sacando de su alabastrino seno dos papeles doblados y poniéndolos en las manos del caballero, que, recordando el lugar en que habían sido guardados, los besó con delicia-. Leed -continuó doña Regina sin hacer caso del apasionado transporte de don Juan.

Éste leyó en alta voz lo que sigue:

«Oficio dirigido al Excelentísimo Señor Virrey por el señor Rector de esta Real y Pontificia Universidad.

Excelentísimo Señor:

Luego que este Ilustre Claustro vio que en los papeles públicos se le titulaba Doctor a don Miguel Hidalgo, cura de Dolores, clamó por un efecto de su acendrada y constante lealtad y patriotismo, pidiendo se le depusiese y borrase el grado, si lo había recibido en esta Universidad. Y en caso de no estar graduado en ella, que se suplicase a Vuestra Excelencia, como vicepatrono, tuviese la dignación de que se anunciara así en los periódicos para satisfacción de este cuerpo patriota y fiel.

En efecto, registrado el Archivo de la Secretaría y los libros en que se asientan los grados mayores, se encuentra no haber recibido alguno de ellos el referido don Miguel Hidalgo en esta Universidad, y según se ha indagado, ni en la de Guadalajara, que son las únicas de este reino.

En este concepto, suplico a Vuestra Excelencia, a nombre de este Ilustre Claustro, se sirva (si lo tuviese a bien su superioridad) mandar circule esta noticia por medio de la *Gaceta* y *Diario de México*, para que entienda el público que hasta ahora la Universidad tiene la gloria de no haber mantenido en su seno, ni contado entre sus individuos, sino vasallos obedientes, fieles patriotas y acérrimos defensores de las autoridades y tranquilidad pública, y que si, por su desgracia, alguno de sus miembros degenerase de estos sentimientos de religión y honor que la Academia Mexicana inspira a sus hijos, a la primera noticia le abandonaría y proscribiría eternamente.

Dios guarde a Vuestra Excelencia muchos años. Real y Pontificia Universidad de México, octubre 1.º de 1810.

Excelentísimo señor doctor y maestro José Julio García de Torres.

Excelentísimo señor virrey don Francisco Javier Venegas.

¡Infeliz Hidalgo! ¡Se le echaba en cara no haber tenido tres mil pesos para comprar una borla de un ridículo doctorado que componían algunos ancianos ignorantes!

Don Juan continuó leyendo, en tanto que doña Regina le escuchaba con atención.

«Edicto publicado de orden del Santo Oficio.

Nos, los inquisidores apostólicos, contra la herética pravedad y apostasía, en la ciudad de México, estados y provincias de esta Nueva España, Guatemala, Nicaragua, Islas Filipinas, sus distritos y jurisdicciones, por autoridad apostólica real y ordinaria, etc.

A vos, el bachiller don Miguel Hidalgo y Costilla, cura de la congregación de los Dolores, en el Obispado de Michoacán, titulado Capitán General de los insurgentes.

Sabed: que ante Nos pareció el Señor Inquisidor Fiscal de este Santo Oficio, e hizo presentación en forma de un proceso, que tuvo principios en el año de 1800, y fue continuado a su instancia hasta el de 1809, del que resulta probado contra vos el delito de "herejía" y "apostasía de Nuestra Santa Fe Católica", y que sois un hombre "sedicioso", "cismático" y hereje formal por las doce proposiciones que habéis proferido y procurado enseñar a otros y han sido la regla constante de vuestras conversaciones y conducta, y son, en compendio, las siguientes:

Negáis que Dios castiga en este mundo con penas temporales; la autenticidad de los lugares sagrados de que consta esta verdad; habéis hablado con desprecio de los Papas y del gobierno de la Iglesia, como manejado por hombres ignorantes, de los cuales uno, que acaso estaría en los infiernos, estaba canonizado; aseguráis que ningún judío que piense con juicio se puede convertir, porque no consta la venida del Mesías, y negáis la perpetua virginidad de la Virgen María; adoptáis la doctrina de Lutero, en orden a la Divina Eucaristía y confesión auricular, negando la autenticidad de la Epístola de San Pablo a los de Corinto y asegurando que la doctrina del Evangelio de este sacramento está mal entendida en cuanto a que creemos la existencia de Jesucristo en él; tenéis por inocente y lícita la polución y fornicación como efecto necesario y consiguiente al mecanismo de la naturaleza, por cuyo error habéis sido tan libertino que hicisteis pacto con vuestra manceba de que os buscase mujeres para fornicar y que para lo mismo le buscaríais a ella hombres, asegurándole que no hay infierno, ni Jesucristo; y finalmente, que sois tan soberbio que decís que no os habéis graduado de doctor en esta Real Universidad por ser su claustro una cuadrilla de ignorantes, y dijo que teniendo o habiendo llegado a percibir que estabais denunciado al Santo Oficio, os ocultasteis con el velo de la vil hipocresía, de tal modo que se aseguró en informe que se tuvo por verídico que estabais tan corregido que habíais llegado al estado de un verdadero escrupuloso, con lo que habíais conseguido suspender nuestro celo, sofocar los clamores de la justicia y que diésemos una tregua prudente a la observación de vuestra conducta, pero que vuestra impiedad, represada por el temor, había prorrumpido como un torrente de iniquidad en estos calamitosos días, poniéndose al frente de una multitud de infelices que habéis seducido, y declarando guerra a Dios, a su santa religión y a la patria, con una contradicción tan monstruosa que, predicando, según aseguran los papeles públicos, errores groseros contra la fe, alarmáis a los pueblos para la sedición con el grito de la santa religión, con el nombre y devoción de María Santísima de Guadalupe y con el de Fernando VII, nuestro deseado y jurado Rey, lo que alegó en prueba de vuestra apostasía de la fe católica y pertinacia en el error; y últimamente, nos pidió que os citásemos por Edicto y, bajo la pena de "excomunión mayor", os mandásemos que comparecieseis en nuestra audiencia en el término de treinta días perentorios, que se os señalan por término desde la fijación de nuestro Edicto, pues de otro modo no es posible hacer la citación personal. Y que circule dicho Edicto en todo el reino, para que todos sus fieles y católicos habitantes sepan que los promotores de la sedición e independencia tienen por corifeo un apóstata de la religión, a quien igualmente que al trono de Fernando VII ha declarado la guerra. Y que, en el caso de no comparecer, se os oiga la causa en rebeldía hasta la relajación en estatua.

Y Nos, visto su pedimento ser justo y conforme a derecho, y la información que contra Nos se ha hecho, así del delito de herejía y apostasía de que estáis testificado y de la vil hipocresía con que eludisteis nuestro celo y os habéis burlado de la misericordia del Santo Oficio, como de la imposibilidad de citaros personalmente por estar resguardado y defendido del ejército de insurgentes que habéis levantado contra la religión y la patria, mandamos dar y dimos esta nuestra carta de citación y llamamiento, por la cual os citamos y llamamos para que desde el día que fuese introducida en los pueblos que habéis seducido y sublevado hasta los treinta siguientes leída y publicada en la Santa Iglesia Catedral de esta ciudad, parroquias y conventos, y en la de Valladolid y pueblos fieles de aquella diócesis, comarcanos con los de vuestra residencia, parezcáis personalmente ante Nos en la sala de nuestra audiencia a estar a derecho con dicho Señor Inquisidor Fiscal, y os oiremos y guardaremos justicia; en otra manera, pasado el sobredicho término, oiremos a dicho Señor Fiscal y procederemos en la causa sin más citaros y llamaros, y se entenderán las siguientes proposiciones con los estrados de ella hasta la sentencia definitiva, pronunciación y ejecución de ella inclusive, y os parará tanto perjuicio como si en vuestra persona se notificasen.

Y mandamos que esta nuestra carta se fije en todas las iglesias de nuestro distrito y que ninguna persona la quite, rasgue ni chancele, bajo la pena de excomunión mayor y de quinientos pesos aplicados para gastos del Santo Oficio, y de las demás que imponen el derecho canónico y bulas apostólicas contra los fautores de herejes; y declaramos incursos en el crimen de fautoría y en las sobredichas penas a todas las personas sin excepción que aprueben vuestra sedición, reciban vuestras proclamas, mantengan vuestro trato y correspondencia epistolar y os presten cualquier género de ayuda o favor, y a los que no denuncien y no obliguen a denunciar a los que favorezcan vuestras ideas revolucionarias, y de cualquier modo las promuevan y propaguen, pues todas se dirigen a derrocar al trono y el altar, de lo que no deja duda la errada creencia de que estáis denunciado y la triste experiencia de vuestros crueles procedimientos, muy iguales, así como vuestra doctrina, a los del pérfido Lutero en Alemania.

En testimonio de lo cual, mandamos dar y dimos la presente, firmada de nuestros nombres y sellada con el sello del Santo Oficio, y refrendada de uno de los secretarios del secreto de él.

Dada en la Inquisición de México y casa de nuestra Audiencia, a los 13 días del mes de octubre de 1810.

Doctor don Bernardo de Prado y Ovejero.

Licenciado don Isidro Lainz de Alfaro y Beaumont.

Por mandado del Santo Oficio: doctor don Lucio Calvo de la Cantera, secretario.»

¡Infame y traidora calumnia! No teniendo ningún crimen real que echar en cara a Hidalgo, se le fingían crímenes ficticios de pensamientos, de creencias que nadie puede adivinar, teorías ridículas que, hoy contempladas al través del velo imparcial del tiempo, aparecen con toda su desnudez, con toda su caída máscara de una horrible hipocresía.

Don Juan volvió a leer, después de un momento de pausa, lo siguiente:

«Carta remitida por el Excelentísimo e Ilustrísimo Señor Arzobispo a los curas y vicarios de las iglesias de esta diócesis.

¿Qué fruto debía esperarse de un país cultivado por los perversos Lavarrieta, Rojas y Dalmivar, sino el abominable que han recogido y solicitan propagar por todo este reino el cura de Dolores y sus secuaces?

Quieren persuadir que el gobierno actual entregará al país a los ingleses o a los franceses, siendo realmente los que intentan hacerlo así el cura y los suyos, como es claro, por haber tenido el cura en su casa al emisario de Napoleón, Dalmivar, en el año de 1808, como por las cifras, planes y documentos que se han cogido en Querétaro.

Digan ustedes, pues, y anuncien en público y en secreto que el cura Hidalgo y los que vienen con él intentan engañarnos y apoderarse de nosotros para entregarnos a los franceses, y que sus obras, palabras, promesas y ficciones son iguales o idénticas con las de Napoleón, a quien finalmente nos entregarían si llegaran a vencernos; pero que la Virgen de los Remedios está con nosotros, y debemos pelear con su protección contra estos enemigos de la fe católica y de la quietud pública.

Con este fin dirijo a ustedes ejemplares de la proclama del Excelentísimo Señor Virrey de la Nueva España, para que, tomando respectivamente uno, pasen los restantes con la brevedad posible al pueblo inmediato y, poniendo recibo en esta cordillera, le devuelvan desde el último a mi secretario de cámara.

Dios guarde a ustedes muchos años.

México y octubre 31 de 1810.

Francisco, Arzobispo de México».

¡Visionarios! El terror que Bonaparte les inspiraba les hacía verle en todas partes, y en cada hombre contemplar uno de sus ocultos agentes.

La posteridad ha hecho justicia a ese anciano de Dolores, tan calumniado, y ha hecho ver que ciertamente no cruzó por su imaginación un solo pensamiento de adhesión a Bonaparte.

Don Juan volvió a entregar silenciosamente a doña Regina los papeles que acababa de leer.

-¿Qué os parece, don Juan? -le preguntó ésta con su particular sonrisa de desdén y fatalidad.

-Creo, señora, que no se ha de conseguir mucho con edictos, proclamas y pastorales, y que nosotros hemos dado, sin que amemos al gobierno, el tiro en el blanco.

-¿Cuándo partís, señor don Juan?

-Dentro de dos horas, cuando más tarde.

-¿Y vais acompañado?

-La compañía me sería perjudicial en una empresa que necesita tanto sigilo; por consiguiente, viajaré de incógnito.

-Pues id, don Juan, y dentro de cuatro meses, el premio o el desprecio.

-Sí, dentro de cuatro meses la gloria o el infierno, vuestra voluntad o la muerte.

-Os aguardaré y mediré el tamaño de vuestra pasión por el de vuestro capricho.

-Permitidme, hermosa doña Regina, que antes de partir a esa peligrosa expedición lleve vuestra mano a mis labios.

-Adiós, don Juan -dijo la cortesana poniéndose de pie con la majestad de una reina y alargando sin verle su mano de marfil al pálido caballero, que cayó a sus pies besándola con transporte.

-Adiós, doña Regina. Lejos de vos, porque mi sangre hierve de deseos, porque me enloquecéis si os contemplo más tan bella y tan desdeñosa.

Y don Juan se lanzó delirante fuera de la habitación, bajó precipitadamente la escalera, atravesó el sombrío patio hasta la calle e hizo seña a su cochero de acercarse; la portezuela se cerró y el lacayo recibió esta orden:

-A casa, pero pronto, muy pronto.

Los caballos se lanzaron al galope.

Doña Regina se quedó pensativa, de pie en medio del salón, y cuando el ruido del coche que partía la hubo vuelto en sí de su éxtasis, se introdujo a las habitaciones interiores, murmurando:

-¡Rica! Deseada, si no amada, ¿qué me falta para ser feliz?

La venganza, la venganza. Estoy segura que muy pronto la obtendré.

Yo amaba, y he perdido cuanto amé; de hoy en adelante el odio solo me dará las fuertes emociones.

¡Pobres de los que osen alzarse hasta mí!

Soy la mujer más hermosa que hay en la Nueva España, no me he dejado ver todavía, pero ya es tiempo...

Y acercándose al cordón de la campanilla, llamó.

-Haz que pongan el coche con el tren más lujoso, porque esta tarde me presento por primera vez en el paseo de Bucareli -dijo con imperio.

El criado se inclinó y salió a ejecutar la orden de su hermosa señora.

XIV EL ÁNGEL MALO DE HIDALGO

Hidalgo se había lanzado desde Guanajuato, como un torrente despeñado, hasta el valle de México, poniendo en fuga en las montañas de las Cruces a las tropas del Virrey, que, mandadas por el jefe español don Torcuato Trujillo, salieron a batirle. Pero en vez de continuar su marcha a la cercana capital, se lanzó en el rumbo del «bajío», donde su palabra del 15 de septiembre había encontrado un eco y donde los pueblos se habían levantado casi en masa.

Pero el anciano no podía ser a la vez apóstol de la libertad y general, así es que fue derrotado completamente en Aculco por el jefe español don Félix María Calleja.

Pintar lo que entonces pasó es imposible.

La pluma se cae de las manos, las letras son borradas por las lágrimas, al recordar los crímenes que este hombre sin corazón y sin entrañas cometió sobre los infelices insurgentes, que fueron sacrificados a centenares de la manera más horrible por ese monstruo, baldón de su nación y de la humanidad entera. Se podría decir aquí con el ardiente poeta Mármol:

> Tan sólo sangre y muerte tus ojos anhelaron,
> y sangre, sangre a mares se derramó do quier,
> y de apilados cráneos los campos se poblaron,
> donde alcanzó la mano de tu brutal poder.

O con el elocuente Guillermo Prieto:

> Delante de esos huesos y a su nombre,
> le maldice mi voz, ¡maldito sea!

Baste recordar estos hechos para echar un velo sobre ellos, porque hay crímenes tan horribles que un escritor se indigna aun de relatarlos, y volvamos a tomar el hilo de nuestra narración.

Gil Gómez no se había separado un solo momento de Hidalgo, lo mismo a la hora del triunfo que a la de la desdicha. El joven, comprendiendo la imposibilidad de encontrar a Fernando y hallándose, por otra parte, comprometido en una causa noble, determinó seguir la bandera de Hidalgo, que le colmaba de cariño y honores, bandera de una revolución cuya sublime intensidad ya comenzaba a comprender y admirar; porque la guerra y las circunstancias difíciles en que hacía algunos meses se encontraba, habían convertido a aquel niño que vimos salir de San Roque sobre un caballo ciego, corriendo noche y día detrás de un amigo querido de infancia, en un joven medio travieso e infantil todavía, pero ya capaz de dar cabida en su franca alma a otros sentimientos más profundos.

Algunas veces, en medio del estruendo que formaba el ejército insurgente en marcha, se sumergía en una profunda meditación que lo conducía necesariamente a la melancolía y la tristeza.

Pensaba que Fernando debía hallarse necesariamente en México, y en ninguna otra parte, pues no se explicaba de otra manera su ausencia. Suponía, y acaso con mucha razón, que, habiendo tenido noticias en el camino de lo que en San Miguel el Grande había pasado, había creído inútil dirigirse ya a ese pueblo, cuyo regimiento, que era el suyo, como se recordará, acababa de abandonarle para seguir con sus capitanes Allende, Aldama y Abasolo a Hidalgo, y volverse a la capital, para presentarse a su tío el brigadier don Rafael, que acaso le cumpliría lo prometido de hacerle entrar en la guardia particular del virrey Venegas.

Más de una vez acaso, cruzó por la imaginación del joven Capitán un pensamiento, el de correr a la capital para estrechar por fin entre sus brazos a Fernando. ¿Pero era decoroso abandonar a un ejército así en derrota? ¿Podía él, insurgente excomulgado, penetrar en la capital sin ser matado como un perro rabioso?

Después de la derrota de Aculco y Calderón, se dirigió el ejército a Aguascalientes desde Guadalajara. Se caminaba durante el día en medio de desiertos abrasados, sintiendo sofocarse los hombres por la sed y desfallecerse por el hambre; muchos caían muertos en medio del camino, otros desertaban abandonando una causa que consideraban ya como perdida.

Hidalgo, abatido, con la cabeza inclinada sobre el pecho, pero alzándola a veces como animado por una idea sublime, caminaba lentamente en medio de Allende, Aldama y Gil Gómez.

A veces se volvía para exhortar y animar con palabras de tierno consuelo a sus fatigados soldados.

Al llegar a Aguascalientes se le presentó un personaje suplicándole militar a sus órdenes para defender «la noble causa de la libertad».

Era el recién venido un hombre de más de treinta años, vestido modestamente, aunque cabalgando en un magnífico caballo negro como la noche, y revelando en sus maneras y en su aire exterior cierta distinción que lo hacía considerar a primera vista como de una clase social muy diferente de la de los pobres soldados que seguían a Hidalgo.

El anciano le miró fijamente durante un momento, con su mirada profunda y observadora.

-Pero me parece que usted no está acostumbrado a estos rudos trabajos, y hace algunos días que sufrimos privaciones horribles -dijo Hidalgo sin quitar los ojos del desconocido.

Pero éste respondió inclinándose humildemente:

-A todo estoy resuelto, y hago gustoso el sacrificio de mi vida en las aras de la patria.

-Pero usted, señor caballero, me parece un español por su acento, y...

-Mis padres eran españoles -interrumpió el nuevo insurgen-te-, pero nada, fuera del acento, he heredado de ellos.

-Está bien -dijo Hidalgo-, su lugar de usted, caballero, está entre los oficiales.

El incógnito se inclinó respetuosamente y fue a confundirse entre los oficiales.

Hidalgo dijo a Gil Gómez al cabo de un rato:

-¿Ha visto usted, Capitán, al nuevo militar?

-Sí, señor, le he visto cuando se ha presentado -respondió el joven.

-¿Y qué le parece a usted?

-¿Francamente, señor?

-Francamente, Capitán.

-Pues bien, no me gustan su cara tan pálida y sus maneras tan aristócratas.

-Ni a mí. Tengo sospechas muy fuertes de que sea uno de tantos traidores de que estamos rodeados; casi me atrevería a asegurarlo.

-¿Por qué, señor Hidalgo?

-¿Por qué? ¿No le parece a usted extraño, Capitán, su modo de presentarse, cuando creen que nuestra causa está perdida, ¡los necios!, su acento, sus maneras?

-Es, en efecto, muy extraño.

-Pues bien, es necesario que no le pierda usted un momento de vista, que siga usted sus pasos, que vigile sus menores movi-mientos, Capitán.

-Desde este instante está bajo mi responsabilidad, y ¡ay de él si es un traidor! -dijo Gil Gómez.

El ejército entró en buen orden a Aguascalientes, saliendo de allí para Zacatecas.

Una mañana llamó Hidalgo a su secretario Gil Gómez para dictarle la siguiente contestación al indulto que le prometía el virrey Venegas:

«Don Miguel Hidalgo y don Ignacio Allende, je-fes nombrados por la causa americana para defender sus derechos, en respuesta al indulto mandado extender por el señor don Francisco Javier de Venegas, y del que se pide contestación, dicen: que en desempeño de su nombramiento y de la obligación que como a patriotas americanos les estrecha, no dejarán las armas de la mano hasta no haber arrancado de las de los opresores la inestimable alhaja de su libertad.

Están resueltos a no entrar en composición alguna, si no es que se ponga por base la libertad de su nación y el goce de aquellos derechos que el Dios de la naturaleza concedió a todos los hombres, derechos verdaderamente inalienables y que deben sostener con ríos de sangre si fuese preciso.

Han perecido muchos europeos; seguiremos hasta el exterminio del último, si no se trata con seriedad de una racional composición.

El indulto, señor Excelentísimo, es para los criminales, no para los defensores de su patria y menos para los que son superiores en fuerzas.

No se deje Vuecelencia alucinar por las efímeras glorias de Calleja; éstos son unos relámpagos que más ciegan que iluminan; hablamos con quien lo conoce mejor que nosotros.

Nuestras fuerzas, en el día, son verdaderamente tales, y no caeremos en los errores de las campañas anteriores. Crea Vuestra Excelencia firmemente que en el primer reencuentro con Calleja quedará derrotado para siempre.

Toda la nación está en fermento, estos movimientos han despertado a los que yacían en letargo.

Los cortesanos aseguran a Vuestra Excelencia que uno u otro sólo piensan en la libertad; le engañan.

La conmoción es general, y no tardará México en desengañarse si con oportunidad no se previenen los males.

Por nuestra parte suspenderemos las hostilidades, y no se le quitará la vida a ninguno de los muchos europeos que están a nuestra disposición, hasta tanto Vuestra Excelencia se sirva comunicarnos su última resolución. Dios guarde a Vuestra Excelencia muchos años».

Al cabo de un largo rato de silenciosa meditación, el anciano volvió a dictar.

Gil Gómez escribió:

«Proclama a la nación americana.

¿Es posible, americanos, que habéis de tomar las armas contra vuestros hermanos, que están empeñados con riesgo de su vida en libertaros de la tiranía de los europeos y en que dejéis de ser esclavos suyos?

¿No conocéis que esta guerra es solamente contra ellos, y que, por tanto, sería una guerra sin enemigos, que estaría concluida en un día, si vosotros no les ayudaseis a pelear?

No os dejéis alucinar, americanos, ni deis lugar a que se burlen más tiempo de vosotros y abusen de vuestra bella índole y docilidad de corazón, haciéndoos creer que somos enemigos de Dios y que queremos trastornar su santa religión, procurando con imposturas y calumnias hacernos parecer odiosos a vuestros ojos.

No; los americanos jamás se apartarán un punto de las máximas cristianas, heredadas de sus honrados mayores.

Nosotros no conocemos otra religión que la Católica, Apostólica, Romana, y por conservarla pura e ilesa en todas sus partes, no permitiremos que se mezclen en este continente extranjeros que la desfiguren.

Estamos prontos a sacrificar gustosos nuestras vidas en su defensa, protestando delante del mundo entero que no hubiéramos desenvainado la espada contra estos hombres, cuya soberbia y despotismo hemos sufrido con la mayor paciencia por espacio de casi 300 años, en que hemos visto quebrantados los derechos de la hospitalidad y rotos los vínculos más honestos que debieron unirnos, después de haber sido el juguete de su cruel ambición y víctimas desgraciadas de su codicia, insultados y provocados por una serie no interrumpida de desprecios y ultrajes, y degradados a la especie miserable de insectos o reptiles, si no me constase que la nación iba a perecer irremediablemente, y nosotros a ser viles esclavos de nuestros mortales enemigos, perdiendo para siempre nuestra religión, nuestra ley, nuestra libertad, nuestras costumbres y cuanto tenemos más sagrado y más precioso que custodiar.

Consultad a todas las provincias invadidas, a todas las ciudades, villas y lugares, y veréis que el objeto de nuestros constantes desvelos es el de mantener nuestra religión, nuestra ley, la patria y la pureza de costumbres, y que no hemos hecho otra cosa que apoderarnos de las personas de los europeos y darles un trato que ellos no nos darían ni nos han dado a nosotros.

Para la felicidad del reino es necesario quitar el mando y el poder de las manos de los europeos; esto es todo el objeto de nuestra empresa para los que estamos autorizados por la voz común de la nación y por los sentimientos que se abrigan en el corazón de todos los criollos, aunque no puedan explicarlos en aquellos lugares en donde están todavía bajo la dura servidumbre de un gobierno arbitrario y tirano, deseosos de que se acerquen nuestras tropas a desatarles las cadenas que los oprimen.

Esta legítima libertad no puede entrar en paralelo con la irrespetuosa que se apropiaron los europeos cuando cometieron el atentado de apoderarse de la persona del excelentísimo señor virrey Iturrigaray y trastornar el gobierno a su antojo sin conocimiento nuestro, mirándonos como hombres estúpidos y como manada de animales cuadrúpedos, sin derecho alguno para saber nuestra situación política.

En vista, pues, del sagrado fuego que nos inflama y de la justicia de nuestra causa, alentaos, hijos de la patria, que ha llegado el día de la gloria y de la felicidad pública de esta América.

Levantaos, almas nobles de los americanos, del profundo abatimiento en que habéis estado sepultados, y desplegando todos los resortes de vuestra energía y de vuestro valor, haciendo ver a todas las naciones las admirables cualidades que os adornan y la cultura de que sois susceptibles.

Si tenéis sentimientos de humanidad, si os horroriza el ver derramada la sangre de vuestros hermanos, y no queréis que se renueven a cada paso las espantosas escenas de Guanajuato, del Paso de Cruces, de San Jerónimo Aculco, de la Barca, Zacoalco y otras; si deseáis la quietud pública, la seguridad de vuestras personas, familias y haciendas, y la prosperidad de este reino; si apetecéis que estos movimientos no degeneren en una revolución que procuramos evitar todos los americanos, exponiéndonos en esta confusión a que venga a dominarnos un extranjero; en fin, si queréis ser felices, desertaos de las tropas de los europeos y venid a uniros con nosotros; dejad que se defiendan solos los ultramarinos, y veréis esto acabado en un día sin perjuicio de ellos ni vuestro, y sin que perezca un solo individuo, pues nuestro ánimo es despojarlos del mando sin ultrajar sus personas y haciendas.

Abrid los ojos; considerad que los europeos piensan ponernos a pelear criollos contra criollos, retirándose ellos a observar desde lejos, y en caso de serles favorables, apropiarse ellos toda la gloria del vencimiento, haciendo después mofa y desprecio de todo el criollismo y de los mismos que les hubiesen defendido; advertid que, aun cuando llegasen a triunfar ayudados de vosotros, el premio que debéis esperar de vuestra inconsideración sería el que doblasen vuestras cadenas, y el veros sumergidos en una esclavitud mucho más cruel que la anterior.

Nada más deseamos que el no vernos precisados a tomar las armas contra ellos.

Para nosotros es de mucho más aprecio la seguridad y conservación de vuestros hermanos.

Una sola gota de sangre americana pesa más en nuestra estimación que la seguridad de algún combate, que procuraremos evitar en cuanto sea posible y nos lo permita la felicidad pública, a que aspiramos, como ya hemos dicho.

Pero, con sumo dolor de nuestro corazón, protestamos que pelearemos contra todos los que se opongan a nuestras justas pretensiones, sean quienes fueren, y para evitar desórdenes y efusión de sangre observaremos inviolablemente las leyes de la guerra y de gentes para todos en lo de adelante.

Hasta el 20 de diciembre están de nuestra parte cinco provincias, conviene a saber: Guadalajara, Valladolid, Guanajuato, Zacatecas y San Luis Potosí, y de un día para otro se espera también estarlo Durango, Sonora y demás provincias internas, estándolo también Toluca y mucha parte de la costa de Veracruz.

Miguel Hidalgo y Costilla.»

¡Qué sencilla y conmovedora elocuencia! ¡Qué caballerosidad en el estilo, tan diferente de la chocarrería, de las diatribas, de los dicterios y hasta de los motes de que estaban atestadas las proclamas del Virrey, del Arzobispo y del Santo Oficio!

¡Qué defensa tan noble a acusaciones tan injustas!

¡Qué desmentida tan completa a calumnias tan falsas!

El ejército, en tanto, seguía su marcha, siguiendo hacia el Saltillo.

XV El ángel tutelar de Hidalgo

Gil Gómez no había perdido un solo momento de vista al nuevo misterioso insurgente, según la orden de Hidalgo. Marchaba éste confundido entre la multitud, pero sin hablar con nadie, sin quejarse o alentarse a sí mismo como los demás. Una mañana, Hidalgo dijo en voz alta a Gil Gómez que se encargase, en la primera venta por donde pasaren, de hacer que le preparasen un almuerzo, porque hacía algunas horas no probaba alimento. Acababan de dejar atrás al pueblecito de Charcas, y era muy probable que antes de llegar al Venado se encontrase alguna aldehuela, o cuando menos alguna posada.

A poco rato el joven descubrió a la falda de un montecillo una casa que seguramente debía ser lo que buscaba; corrió a ordenar a Allende, de parte de Hidalgo, guiase adelante al ejército, mientras éste se quedaba acompañado de él y otros dos oficiales en la casa, para tomar reposo y alimento, después de lo cual le alcanzaría.

El ejército siguió adelante; Gil Gómez se adelantó a la venta para hacer disponer lo necesario.

Hidalgo, acompañado de los oficiales, le seguía a paso lento.

Cuando el joven detuvo su caballo delante de la venta, salía de ella, lanzándose al galope, el pálido desconocido.

Gil Gómez, al verle, dio un salto como si hubiese visto una serpiente.

El caballero lanzó una insultante mirada de desprecio y de satisfacción hacia el camino por donde Hidalgo se acercaba.

-No sé qué especie de terror me inspira ese hombre. Algún mal me va a hacer -murmuró el joven entrando hasta el patio de la venta.

Un profundo silencio reinaba en ella, y parecía que nadie la habitaba.

-¡Ah de casa! -gritó Gil Gómez con toda la fuerza de sus pulmones.

Pero nadie se movió.

-¡Diablo!, parece que todos duermen o todos se han muerto aquí. ¿Pero entonces qué es lo que hacía en esta inhabitada mansión ese misterioso viajero?

Y volvió a llamar con igual estrépito.

Al cabo de un rato se presentó el hostelero, hombre de buena presencia y franca catadura.

-Buenos días, señor huésped -dijo el joven con afabilidad, siguiendo su método de procurar caer en gracia a los posaderos.

-Téngalos usted muy buenos, señor Capitán -respondió éste.

-¿Han pasado por aquí los insurgentes?

-Sí, señor Capitán, no hace media hora aún que han pasado. ¿Va usted a incorporarse con ellos?

Gil Gómez, no conociendo el color político de su huésped, no quiso aventurar una respuesta, y eludió la pregunta diciendo con una completa indiferencia:

-Yo vengo desde Zacatecas y me dirijo al Saltillo, donde ellos probablemente se dirigen.

-Sí, eso ha dicho un oficial que acaba de partir hace un momento.

-¡Ah!, un oficial, ¿y qué ha venido a hacer por aquí ese oficial? -preguntó el joven aparentando tranquilidad.

-Diablo, a proporcionarme un buen negocio, puesto que me ha pagado de una manera espléndida y adelantado el almuerzo de unos viajeros que no deben tardar en llegar.

-¡Ah!, ¿conque ha pagado adelantado el almuerzo de unos viajeros? ¡Qué franco es!

-Sí, pero ha hecho más. Me ha dicho que uno de esos viajeros es un anciano muy desganado para comer, y que sólo algunos platos que él sabía muy bien prueba.

-Debe ser muy su amigo.

-Así me lo ha asegurado, de manera que después de haberme preguntado hacia qué parte se hallaba la cocina, ha corrido a ella, dejándome, como dicen, con la palabra en la boca, para probar él mismo la clase de alimentos que hay, que no son por cierto muy numerosos.

-¿Pues cuántos platos hay para el almuerzo?

-Dos solamente, señor Capitán, mole y fríjoles.

-¿Y han de ser de su gusto?

-Parece que sí, porque ha salido de la cocina encargándome que podía presentarlo todo en la mesa, sin necesidad de preparar otra cosa, seguro de que había salido airoso.

-Pero ya caigo quién es ese solícito viajero, debe ser uno que partía cuando yo llegaba.

-Cabalmente, porque luego que ha visto que la mesa estaba servida, y todo listo, ha vuelto a montar a caballo y ha partido.

-¿Qué señas tenía?

-Era un señor de media edad.

-¿Con el cabello casi rojo?

-Sí, señor, con el cabello casi rojo.

-¿Muy pálido?

-Muy pálido.

-¿Montado en un caballo negro?

-Sí, señor, negro como la noche.

-Vaya, pero cualquiera diría al oírnos hablar que nuestro oficio es ocuparnos de las vidas ajenas -dijo Gil Gómez enjugando el sudor que la congoja y el temor hacían brotar a su frente.

-Es muy natural la conversación entre los viajeros y los posaderos, y yo soy precisamente de los más charlatanes -dijo el huésped, que, en efecto, parecía a primera vista un hombre franco y decidor, muy al tanto de los negocios posaderiles.

-Lo mismo soy yo.

-Así me parece, señor Capitán. Pero usted querrá tal vez almorzar, ¿no es verdad?

-Aguardaré a esos viajeros de quien ha hablado a usted el franco caballero, pues no tengo prisa y no gusto de almorzar solo jamás.

-Está bien, voy a poner a usted su mesa en el mismo cuarto -dijo el ventero yendo a ejecutarlo.

A ese tiempo sonaron en el camino las pisadas de algunos caballos.

Eran los que montaban Hidalgo y los dos oficiales que le acompañaban.

-¿Ha encontrado usted algo, Capitán? -preguntó éste.

-Sí, señor, y he encontrado más de lo que hubiéramos deseado ciertamente.

-¡Bueno!, veo que es usted igualmente diestro en asuntos bucólicos que en asuntos guerreros.

Y todos se dirigieron al sitio donde les conducía, sombrero en mano, el ignorante y obsequioso posadero, que creía haber hecho un buen negocio.

-Señores, suplico a ustedes me dispensen una palabra -dijo Gil Gómez dirigiéndose a los oficiales y llevando al cura Hidalgo a la pieza en que se había servido el almuerzo, mientras que aquéllos, cogidos amistosamente del brazo, se paseaban por el sucio y destartalado corredor.

Gil Gómez cerró la puerta tras sí y se acercó a la mesa, sobre la que se veían humeando en groseras fuentes los dos guisotes de que acababa de hablar el posadero. El joven acercó a ellos su vista durante algún tiempo.

-Vamos, ¿qué hace usted, Capitán? ¿Le disgustan acaso esos platos? -preguntó sonriendo Hidalgo.

-Un poco señor.

-Pues somos de un gusto enteramente contrario, porque yo amo con delicia las comidas nacionales. ¡Ea!, no hay tiempo que perder, tomemos alguna cosa, que tenemos que alcanzar al ejército antes de llegar al Venado.

-No, señor, usted no tocará esos platos -exclamó Gil Gómez.

-¿No tocaré ninguno de esos platos? ¿Y por qué, Capitán?

-¿Por qué? Porque esos platos están envenenados.

-¿Envenenados?

-Envenenados, sí, señor.

-¿Pero por quién?

-Por el sospechoso desconocido que ha llegado a esta posada un cuarto de hora antes que yo, y partía a todo escape cuando yo me acercaba.

Hidalgo hizo una exclamación de sorpresa.

Al cabo de un rato de silenciosa estupefacción, preguntó:

-¿Pero cómo lo ha sabido usted, joven?

-El posadero es un simple que me ha referido lisa y llanamente que ese hombre ha llegado aquí pidiéndole tuviese preparado un almuerzo para unos viajeros que debían llegar dentro de un momento, ha pagado adelantado, y bajo el pretexto de probar los guisos se ha introducido en la cocina, donde no creo que haya ejecutado lo que dice.

-¡Cobarde! -exclamó Hidalgo con asombrosa indignación.

-Conque creo que ahora ya no tocará usted, señor, esos guisos nacionales.

-¡Oh, noble joven! -exclamó el anciano-, Dios ha mandado a usted para ser un ángel de guarda sobre la tierra. Una noche ha llegado usted a mi morada fatigado y herido, para dar el primer paso de una carrera que yo mismo temía emprender. Otra vez he encontrado para penetrar en Celaya un enviado con una comisión peligrosa, que ciertamente temía no hallar entre los hombres que me seguían. Después le he mirado a mi lado lo mismo en las horas del peligro que la desdicha. Y, por fin, en este momento acaba usted de salvarme la vida. ¡Joven, hijo mío, entre mis brazos!

Gil Gómez se precipitó entre los brazos abiertos del anciano, exclamando entre lágrimas:

-Una noche he llegado miserable y herido a una casa. En ella me han dado pan y me han curado. Por una travesura de niño me han elevado a un grado demasiado honorífico, han armado mi brazo para defender la más santa de las causas, y juro morir antes que abandonar al hombre noble de quien tanto he recibido.

-Partamos, hijo mío, partamos en el instante y demos gracias a Dios por la merced que acaba de concedernos.

Y los dos salieron del aposento.

-¡Cómo!, ¿no almuerzan ustedes antes de partir? -exclamó el posadero al verles en el patio en actitud de viaje.

-Amigo mío -le dijo Gil Gómez en voz baja, procurando que los oficiales no le escucharan-, sus platos de usted están envenenados.

-¿Envenenados? -exclamó el posadero dando un salto de sorpresa.

-Envenenados, sí, y cuide mucho que nadie pruebe de ellos.

-¡Envenenados! -exclamó estupefacto el ventero.

-Ha sido usted víctima de un engaño, y en lo sucesivo aprenda a ser más cauto con los viajeros que pagan adelantado el almuerzo de sus amigos.

Largo tiempo después de que sus huéspedes hubieron partido, el posadero se quedó parado en medio del patio del mesón, creyendo que era un sueño cuanto acababa de escuchar.

De repente corrió al cuarto y examinó sus guisos; habían tomado éstos, en efecto, un color negruzco demasiado sospechoso que no estaba acostumbrado a observarles. Tomó en sus manos el plato y arrojó su contenido a uno de tantos de esos perros que pululan en todos los mesones.

El animal hambriento lo devoró en un instante.

Pero no había transcurrido ni un cuarto de hora, cuando sus facciones se contrajeron espantosamente, sus ojos giraron horribles y desencajados en sus órbitas, lanzó algunos aullidos lastimeros de dolor, una convulsión contrajo sus miembros, su boca se cubrió de un espumarajo sanguinolento y cayó tieso sobre el suelo.

Hidalgo y Gil Gómez habían alcanzado al ejército antes de llegar al Venado.

-¿Qué deberemos hacer con ese hombre? -había preguntado Gil Gómez en el camino.

-¿Qué hemos de hacer? Nada -dijo Hidalgo encogiéndose de hombros.

-¡Cómo nada, señor! ¿Es decir que su crimen quedará impune?

-No hay contra él una prueba evidente, y cualquiera disposición que yo tomara en su contra se podía calificar como un acto de crueldad.

-Pero...

-Lo que se debe hacer, ahora que ya nuestras sospechas se han confirmado, es no perderle de vista un solo momento, seguirle do quiera que vaya, Capitán.

Gil Gómez se incorporó entre los oficiales, y pudo notar el efecto que la pronta llegada de Hidalgo causó sobre uno de ellos. Al ver al anciano, dio un salto de sorpresa, su rostro, naturalmente pálido, se tornó lívido, apretó sus puños con rabia sobre el puño de su espada y, aterrorizado casi, se apartó de los oficiales, aislándose cabizbajo y pensativo.

Gil Gómez se acercó a él y le dijo con fingido interés:

-¿Por qué tan triste, señor oficial?

El desconocido lanzó una mirada terrible al joven y bajó la cabeza sin responderle.

-¿Por qué tan triste? Cualquiera diría al ver a usted que le ha acontecido una grave desgracia -continuó el joven-. Sí, una grave desgracia, como por ejemplo ver desbaratado en un momento un magnífico plan muy premeditado.

Esta vez el incógnito alzó vivamente la cara, lanzando una rápida mirada a Gil Gómez. Pero debió confundir la intención oculta del joven con su cara naturalmente maliciosa, porque se limitó a decir con un acento de irónico desprecio:

-Parece que somos algo chanceros, insolentados tal vez por la especial protección del señor Hidalgo.

-Y nosotros, parece que somos algo afectos a pagar adelantados los almuerzos de los amigos y a cuidar de que sean muy de su gusto.

El incógnito se estremeció como si hubiera pisado una serpiente, clavó una mirada terrible en el rostro del joven y llevó maquinalmente su mano a la culata de una de sus pistolas. Pero después, reflexionando tal vez que no era aquel sitio el más a propósito para lo que acababa de pensar, aparentó volver a recobrar su tranquilidad, mordiéndose sus delgados y pálidos labios hasta hacerse sangre.

-Lo decía yo por lo de esta mañana -continuó con su tono zumbón el imprudente joven, que había seguido con la vista sus menores movimientos.

-No sé, no entiendo lo que quiere usted decir, y creo que me toma por otro -dijo el caballero encogiéndose de hombros con aparente tranquilidad.

-No, yo jamás me equivoco, y mucho menos en conocer a los buenos amigos. ¡Oh!, para eso tengo un ojo y un tino admirables. Cuando a usted se le ofrezca, yo le daré una leccioncilla que le ha de ser muy provechosa.

Y diciendo estas palabras, Gil Gómez hizo un falso político saludo y corrió a incorporarse con Hidalgo.

El desconocido le siguió con la vista durante algún tiempo, y cuando le hubo perdido, murmuró con tono colérico:

-Desgraciado, sin saberlo te has perdido y precipitado a un abismo. Mis secretos son la muerte del que los llegue a descubrir. ¡Crees haberme confundido y aterrorizado con tu imprudente revelación, pero no sabes que el amor de doña Regina es un frenesí capaz de convertir al hombre más honrado en un asesino que destruye cuanto se le presenta como obstáculo para poseer a ese demonio de mujer!

Y don Juan volvió a caer en su acostumbrada sombría meditación.

Esta vez Gil Gómez fue tal vez más observado que observador; como don Juan lo había dicho, el pobre joven, con su imprudencia, acababa de labrar su ruina, y sin saberlo se había precipitado a un abismo.

El ejército dejó atrás a Matehuala, llegando al Saltillo, para dirigirse desde allí a Chihuahua.

¡Ay, la traición seguía y esperaba al noble anciano!

Una tarde Gil Gómez adelantó al ejército media legua para buscar alojamiento a Hidalgo. El camino que el joven seguía era un estrecho sendero encajonado entre pedregales de poca elevación; corría a todo escape, cuando le pareció oír cerca de sí, hacia la parte derecha del pedregal, un ruido semejante al paso de un caballo.

Pero lo creyó un engaño de su oído y siguió avanzando.

No habría andado veinte varas, cuando al volver de una pequeña encrucijada sonó un tiro a su espalda, y una bala fue a clavarse en un árbol que se hallaba a cinco pasos.

Antes de que volviese de su sorpresa, sonó un segundo tiro; pero el joven oyó silbar la bala tan cerca de sí que no pudo menos de inclinarse violentamente sobre el cuello de su caballo por un movimiento demasiado natural.

La bala había pasado en efecto tan cerca de su cabeza que había atravesado de parte a parte su sombrero, lanzándolo a veinte pasos de distancia.

Gil Gómez volvió sus ojos al pedregal, desde donde le saludaban tan poco cortésmente, pero a nadie vio y le pareció oír al otro lado del camino el galope de un caballo que se alejaba.

-Vaya, pues lo que es por esta vez han errado el golpe. Ya me figuro poco más o menos quién es el que me ha obsequiado de esta manera tan desusada -exclamó el joven al cabo de un momento, pálido por la sorpresa, contemplando su sombrero agujereado en la copa y dando gracias en su interior a Dios con todo su corazón por el terrible peligro de que acababa de salvarle de una manera casi milagrosa.

Después, comprendiendo por instinto que por lo pronto nada debía temer, volvió a continuar su interrumpida carrera.

Una noche el ejército acampó para dormir en una llanura situada adelante de Anelo. Hidalgo, acompañado de Allende y Gil Gómez, se dirigió a una casita lejana, a través de cuyas ventanas se veía brillar una suave luz en la obscuridad profunda de la noche. Llamó Gil Gómez y la puerta se abrió inmediatamente por una anciana de aspecto miserable, que preguntó con agrio y cascado acento a los viajeros qué era lo que se les ofrecía.

-¿Podría usted darnos hospedaje por esta noche, en el concepto de que pagaremos religiosamente el gasto que hagamos? -preguntó con su acostumbrada cortesanía en estos casos Gil Gómez.

-Si ustedes quieren conformarse con dos cuarticos, pues es lo único que hay en la casa fuera de la pieza en que yo duermo y la cocina, pueden pasar -respondió la anciana, ablandándose a la halagadora promesa del joven.

-Con eso nos sobra, buena señora, y no deseábamos otra cosa.

Allende y un soldado que le acompañaba fueron a ocupar una de las destartaladas habitaciones.

Hidalgo y Gil Gómez ocuparon la segunda.

Tenía ésta una puerta que daba al interior de la casa y una ventana sin vidriera ni puerta que caía al campo y por donde se colaba a su sabor el viento helado de la noche.

-¡Qué fatigado estoy por la larga caminata de hoy! -dijo Hidalgo dejándose caer sobre el durísimo y único lecho que la hospitalidad de la anciana le había ofrecido.

-Lo mismo yo, y creo que dormiremos perfectamente -murmuró el joven acomodándose lo mejor que pudo en un viejo sillón de cuero, que la Providencia había colocado allí, poniendo su espada entre las rodillas y sus pistolas sobre una desvencijada mesa que se hallaba a su derecha.

La fatiga les rindió y cinco minutos después ambos dormían profundamente.

Fuera de la habitación silbaba el viento, trayendo esos ecos lejanos que forma el murmullo de una gran reunión de hombres, y el «alerta» medio confundido por la distancia de los centinelas.

Serían las dos de la mañana, cuando un jinete avanzó con precaución a la ventana del aposento en que reposaban Hidalgo y su ayudante de campo. Se apeó sin hacer el menor ruido, dejando su caballo a algunos pasos, y comenzó a andar casi a tientas hacia la abierta ventana.

De repente las nubes preñadas reventaron lanzando el torrente de agua que hacía algún tiempo las llenaba.

Primero cayeron gruesos goterones que semejaron gemidos del espacio al chocar con las hojas de los árboles; poco a poco se fueron haciendo más numerosos, y por último el cielo abrió sus mil bocas, lanzando cataratas a la tierra.

Alguno relámpagos brillaron lejanos y fugitivos en el espacio.

El misterioso y desvelado jinete seguía acercándose a la ventana.

Un relámpago algo más prolongado que los anteriores vino a iluminarle completamente.

Cualquiera, por atrevido que fuese, habría retrocedido al aspecto de aquel hombre, pálido como la muerte, con su cabello rubio, armada su diestra de un horrible puñal, pendientes a su cinto dos pistolas, avanzando con paso sordo como el de una hiena y silencioso como el de un tigre, lanzando miradas siniestras y sonriéndose con una risa infernal.

Pero ya hemos dicho que los dos habitantes del pobre aposento dormían profundamente.

El hombre llegó por fin a la ventana, que sólo distaba una vara del suelo. Lanzó sus chispeantes miradas al interior, como queriendo interrogar a la obscuridad, aplicó su oído y sólo percibió la respiración uniforme de un hombre dormido.

Entonces aseguró su puñal entre los dientes y apoyó sus dos manos en el piso de la ventana, poniéndose en ella de pie completamente.

Después se fue deslizando silenciosamente como una serpiente hasta el piso del cuarto, pero al apoyar sus pies en él produjo un ruido.

Le pareció oír otro ruido hacia el otro extremo del cuarto.

Pero nadie se movió, y lo atribuyó a su temor, así es que continuó dirigiéndose al lecho, que, aunque no distinguía, adivinaba sin embargo por la respiración prolongada y uniforme de Hidalgo.

«¡Oh!, está solo, completamente solo», pensó, «y esta vez no erraré el golpe».

Y dio otro paso adelante.

Pero de repente oyó un ruido a su lado que bien se distinguió del triste y monótono que producía el aguacero.

Entonces se quedó parado, inmóvil como la estatua de un panteón, y conteniendo su respiración.

«No es nada», pensó al cabo de un rato de profundo silencio. Y dio otro paso.

Pero súbitamente se sintió agarrado en la garganta por unos dedos que le apretaban hasta ahogarlo, mientras que otra mano despedazaba su armado brazo. Vio en la obscuridad brillar cerca de sí unos ojos chispeantes y sintió sobre su rostro el soplo de un aliento.

Quiso gritar y no pudo; quiso hacer uso de sus armas, pero le fue imposible.

Por fin, la mano que apretaba su garganta aflojó un poco, porque dio un salto terrible, y se empeñó una especie de lucha silenciosa y sorda.

Pero sintió sobre su sien el frío de una pistola y oyó una voz sorda y apagada que le dijo:

-¡Miserable! Si haces un movimiento, si das un paso, si alzas una voz, te tiendo muerto a mis pies.

A esta acción y a esta voz el desconocido dio un salto, que hizo desprender su brazo del que lo apretaba.

-¡Ah!, eres tú y siempre tú el que te atraviesas en mi camino -murmuró con rabia.

Y con el brazo derecho alzado y armado del puñal y el izquierdo de una pistola, se precipitó sobre Gil Gómez.

Entonces se trabó una lucha espantosa y sorda en medio de la obscuridad.

Durante un momento sólo se oyeron los esfuerzos de ambos combatientes.

El anciano continuaba durmiendo, ignorante de lo que estaba pasando y del peligro que le amenazaba.

Por fin, después de un rato, se oyó el ruido de dos cuerpos que caen sobre el suelo y la voz de Gil Gómez que dijo sordamente:

-Traidor, estás debajo de mí, y si te mueves, te vuelo la tapa de los sesos.

El asesino quiso hacer uso de sus armas, pero éstas habían rodado al suelo en la lucha, y sólo pudo golpear rabiosamente con sus puños el pecho de Gil Gómez; quiso gritar, quiso moverse, pero la mano derecha de éste apretaba su garganta hasta ahogarlo, su rodilla se apoyaba como un torno sobre su pecho, y con la mano izquierda le golpeaba con cólera en la cara.

-Podría matarte como un perro, porque estás a merced de mi justo enojo; como un perro, porque has penetrado en este aposento para perpetrar un asesinato. Pero quiero perdonarte esa ruin vida, si me prometes salir de aquí sin hacer el menor ruido que despierte a ese anciano, si me juras no volver a atentar jamás contra la existencia de nuestro noble caudillo -dijo Gil Gómez con acento reconcentrado de cólera y desprecio.

El asesino sintió que le faltaba la respiración, sus miembros se aflojaron y exhaló de su pecho oprimido un ronquido sordo y estertoroso.

Gil Gómez le dejó entonces alguna libertad, diciendo:

-Jura, jura pronto lo que te digo, porque siento que se me va la cabeza y conozco que voy a matarte.

De repente el asesino, aprovechándose de la libertad que le dejaba el joven, dio un salto terrible y supremo, que lo arrojó lejos de sí; se precipitó a la ventana ligero como un rayo y, antes de que Gil Gómez volviese de su sorpresa, desapareció en la obscuridad de los campos.

Fue tan brusco el movimiento y tan estruendoso el golpe del joven, que Hidalgo despertó sobresaltado, se incorporó sobre el lecho violentamente y preguntó con acento de sorpresa:

-¿Qué hay? ¿Qué es lo que pasa? ¿Quién va?

-Soy yo, señor -se apresuró a responder Gil Gómez, procurando ocultar la emoción que la cólera, la lucha y la sorpresa habían producido en su ánimo, con un acento de aparente tranquilidad-, yo que, fastidiado de tanto dormir, he tenido la imprudencia de pasearme por el cuarto y de tropezar con un mueble.

-¿Pues qué hora es? -preguntó Hidalgo.

-Faltan todavía tres horas para que amanezca.

-¿Y ya ha descansado usted suficientemente?

-Voy a volver a dormirme, porque es, en efecto, todavía muy noche -respondió Gil Gómez para tranquilizar al anciano.

Y los dos volvieron a permanecer silenciosos.

Fuera de la desmantelada habitación sólo se oía el ruido de la lluvia gemidora y el galope de un caballo que se alejaba a todo escape.

Al amanecer se puso en marcha el ejército.

Gil Gómez buscó en vano entre los oficiales al desconocido, pues éste había desaparecido.

El joven creyó en su buena fe, que la lección de la noche anterior le había sido provechosa, y que no volvería a presentarse más; pero no habló a Hidalgo una palabra de lo que había pasado.

Atravesaron un lugar inhabitado y desierto, llamado La Punta del Espinazo del Diablo, cuando Hidalgo, llamando a parte a Gil Gómez, le dijo:

-Capitán, tengo fuertes sospechas de que las tropas de Elizondo nos vigilan y esperan caer sobre nosotros en las Norias de Baján, que, según me dicen, es un punto demasiado ventajoso para el que lo ocupe primero.

-¿Por qué, señor?

-Porque, ¿no le parece a usted muy extraño que no nos hayan salido a encontrar en ningún punto del largo camino que hace algunos días atravesamos?

-Es, en efecto, demasiado extraño.

-¿Y el sospechoso?

-Creo que ha desistido de su traición, porque desde ayer no lo veo.

-No sé por qué me da mala espina esa desaparición.

-¿Me permite usted, señor, que vigile los lados del camino? -preguntó Gil Gómez.

-Sí, pero tome usted una fuerte escolta para que le acompañe, Capitán.

-No, señor, porque entonces no podré observar, y por el contrario seré visto.

-Está bien, joven, vaya usted solo; pero no se aleje demasiado -dijo el anciano con acento de paternal cuidado.

Gil Gómez se hizo a la derecha del camino, alejándose del ejército con lentitud cerca de media legua.

Atravesaba un suelo árido y rocalloso, sembrado de escasas y mezquinas plantas, encajonado entre altísimas montañas.

El sol declinaba en occidente, lanzando pálidos y dudosos rayos.

El joven lanzó su vista por toda la distancia que podía abarcar, y no observando nada que le infundiese sospechas, dejó caer la rienda de sus manos permitiendo a su caballo que anduviese al paso que desease.

El sitio, la hora, las circunstancias en que se hallaba, afectaron profundamente su ánimo, y una tristeza honda y roedora se apoderó de su ser.

Tendió una mirada a su pasado, pensó en su infancia tan alegre y tan serena, pasada al lado de Fernando, en sus juegos infantiles, en la hermosa aldea que hacía tanto tiempo había abandonado, y sobre todo en su honrado protector, que había sido un segundo padre para él y a quien había dejado por seguir a Fernando, a ese hermano querido cuyo destino ignoraba.

Inclinó la cabeza sobre el pecho y lloró silenciosamente.

De repente oyó un ruido a su lado y alzó la vista, dando al cabo de un momento un salto de sorpresa.

Delante de él estaba don Juan, el asesino de la noche anterior, el terrible amante de la terrible y hermosa doña Regina, jinete sobre su hermoso negro caballo, mirándole y sonriendo con su risa sarcástica y siniestra.

Gil Gómez llevó maquinalmente su mano a una de sus pistolas, pero después, temiendo que se calificase este acto de cobardía, la retiró de allí, mirando fijamente y en silencio a don Juan.

-¡Buenas tardes, amiguito! -dijo éste con expresión de sangrienta ironía.

Gil Gómez no contestó.

-¿Parece que le causa a usted miedo el verme en este sitio tan solitario y a esta hora tan triste?

-Experimento el sentimiento de horror que es natural a todo hombre honrado al hallarse frente a un asesino -respondió Gil Gómez con enérgica y orgullosa brevedad.

-Sea usted menos pródigo en epítetos, amigo mío, y hablemos con más sangre fría.

-Yo no soy amigo de usted, ni tengo nada que hablar. Si viene usted a vengarse, solos estamos y nuestros brazos pueden manejar una arma. Mas, ¡ah!, ya había olvidado que el de usted sólo sabe preparar venenos o alzar puñales para asesinar hombres dormidos.

Don Juan ni hizo algún movimiento a este discurso de Gil Gómez, y sólo dijo con una voz sosegada:

-Deje usted, le digo, todas esas frases y esos dictados, porque tenemos que hablar algo más importante.

-No me imagino ciertamente lo que sea; pero, puesto que usted se empeña, hablemos.

-¡Oh!, es muy breve, son dos palabras solas las que voy a decir a usted para acallar ese estruendo entusiasta que lo anima.

-Pues ya escucho.

Gil Gómez se cruzó de brazos, mirando con expresión de cólera contenida al pálido don Juan, que dejó caer lentamente y sin alterarse las siguientes palabras:

-Hace tres meses he prometido a una persona la muerte del cura Hidalgo.

-Noble promesa por cierto.

-No me interrumpa usted, joven, porque ni es capaz de imaginarse todo lo que se puede prometer por agradar a esa persona; bástele saber que lo había prometido.

-Está bien.

-Desde el instante en que he hecho semejante juramento, me he propuesto destruir cuanto obstáculo me impidiese cumplirlo. Desde hace algunos días todo habría concluido ya, pero en donde menos esperaba he encontrado ese obstáculo.

-Ya comienzo a comprender.

-Ese obstáculo era usted, miserable hijo del pueblo, luchando conmigo, noble de raza.

-Silencio -interrumpió colérico Gil Gómez.

-Tenga usted un poco de paciencia, ya vamos a acabar. Decía yo que era usted, joven, llena la cabeza de ideas extravagantes, de fidelidad y libertad, usted, ciego instrumento de una causa repugnante.

-¡Miserable!

-Con su constante vigilancia había logrado destruir mis mejores planes, y una tarde pensé en desembarazarme de usted.

-De una manera muy digna de todas sus cobardes acciones.

-Puesto que ya usted sabe cuál fue el resultado de ese negocio, no hablemos más de ello.

-No, no hablemos de esa traición, porque siento impulsos de matarle a usted sin compasión.

-Usted nunca podría matar a un hombre que no está prevenido para un duelo.

-¡Está bien, prosiga usted y diga por fin lo que desea!

-Anoche ha fallado mi última tentativa, que era por cierto muy segura; pero he sido vencido por usted, débil criatura, yo que en mi país era uno de los duelistas más temibles.

-La nobleza de mi defensa me dio fuerzas y el terror del hombre que va a cometer un crimen abatió las de usted.

-¿Y creerá usted, amiguito, según la expresión de orgullo con que mira, que ha salido vencedor y que lo seguirá siendo como hasta aquí?

-Lo creo, si Dios y la libertad me dan su amparo.

-Pues va usted a oír cómo no ha sido así precisamente.

-¿Cómo?

-¡Oh!, de una manera muy sencilla. Al ver fallar con tanta facilidad mis planes, he pensado que podía muy bien entregar al hombre cuya muerte he jurado a manos que lo despedazarían con el mismo furor que las mías.

-Prosiga usted, prosiga.

-Me he dicho: ese cura Hidalgo camina acompañado de muy poca gente hacia donde se hallan las tropas españolas.

-Continúe usted.

-Si yo hiciese de manera que esas tropas le ahorrasen la mitad del camino y salieran a sorprenderle donde menos lo espera, me habría evitado un gran trabajo.

-¡Dios mío!

-Por consiguiente, ¿a que no adivina usted a dónde me he dirigido anoche después de lo ocurrido?

-¿A dónde?

-A hablar con el jefe español Elizondo.

-¡Miserable! Acabe usted.

-De manera que esta noche o mañana a lo más tarde...

-¿Qué?

-Hidalgo se hallará prisionero entre sus manos.

-No, traidor, no, porque voy a matarte primero y a impedirlo después -exclamó Gil Gómez echando mano a su espada.

Pero antes que el joven pudiese ejecutar lo que acababa de decir, don Juan, que había estado calculando a sangre fría sus movimientos, sacó violentamente una pistola, de cuya culata no había separado su mano, y la disparó a boca de jarro contra su pecho.

Gil Gómez quiso aún descargar un golpe sobre su traidor adversario, pero flaquearon sus fuerzas; llevó con expresión de dolor las manos al pecho, que se tiñó en sangre, y abriendo los brazos, cayó del caballo, de cara contra el suelo.

-¡Pobres locos de veinte años! ¡Pobres necios, que creéis que todo en la vida es nobleza, entusiasmo, valor!

Doña Regina, estáis satisfecha, porque mañana será más fácil volver a la vida a un cadáver que arrancar a Hidalgo del tribunal de Chihuahua.

Ahora, a México, a gozar todas las delicias de vuestro amor.

Y al decir estas palabras, don Juan se alejó a galope, riéndose con una risa de Satanás.

TERCERA PARTE

XVI Lo que es el corazón humano

Es una tarde del mes de octubre de 1812.

Han transcurrido dos años desde aquel día en que, pálido y lloroso, hemos visto al joven Fernando de Gómez partir de la pequeña aldea de San Roque, abandonando con todo el pesar de su vida a Clemencia, para dirigirse a su compañía en San Miguel el Grande.

Y en dos años, que es tan largo tiempo para una ausencia, ¿qué cambios se han verificado en el amor purísimo de ambos jóvenes?

Su fuego debe haber aumentado en intensidad cuanto más se ha prolongado tan dolorosa ausencia.

Porque, miradlo bien, así es el corazón humano.

Amad mucho, hasta la idolatría, a una joven; pero sin que ese amor encuentre obstáculos de ninguna clase, sin que nadie os impida verla, sin que ella misma se vele a vuestra ardiente solicitud; amadla así, decimos, y al cabo de poco tiempo tanta solicitud os llegará a hastiar y vos mismo procuraréis crear obstáculos ficticios, que después de vencidos dejan ver la ilusión.

Pero que os separen de ella un solo momento, que un rival intente arrebataros la perla que Dios os ha hecho ver en el fondo del mar de la vida, y cuyo valor ya no apreciáis tal vez, y entonces vuestro amor, que en este caso se parece ya mucho al «amor propio», se despertará del letargo en que yacía y a precio de vuestra vida compraréis esa perla del alma.

Todo lo que no se posee es hermoso.

Pero desde el instante en que comprendisteis, ya no la seguridad, sino simplemente la posibilidad de alcanzar lo que deseasteis, su posesión os fatigará y volvéis a lanzar la mirada por el inmenso golfo de la existencia, para columbrar y desear objetos más lejanos y más vagos todavía.

Además, lo que de lejos parecía hermoso, de cerca causa espanto tal vez.

Miradlo en vosotros mismos en la siguiente alegoría:

Figuraos que el mundo es un inmenso mar que vais cruzando en una leve barquilla.

Apenas se ha perdido el eco de vuestro último vagido de niño, cuando abandonáis el molesto hogar paterno de la playa.

Ya bogáis en ese mar, el alma rebosando de ilusiones, la imaginación de deseos, el cuerpo de vida, el corazón de amor, el pensamiento de nobleza.

El cielo está hermoso y despejado; sopla suavísima la brisa en murmullo de música; la mar está tranquila; el oleaje acaricia en blandísimo contacto los costados de vuestra frágil embarcación; las aves marinas pasan cantando en alegres bandadas.

¿A dónde dirigirse en mar tan sereno?

La vista descubre en lontananza varias islas.

Abordemos, pues, a la más cercana.

Es la isla del amor.

A medida que a ella nos vamos acercando, llegan a acariciar nuestros oídos los acentos de una música que adormece.

Una beldad nos aguarda en la orilla, que es un jardín.

Con ella realizamos una especie de fantasía o sueño que se llama «primer amor», y que se parece mucho al amor de nuestra madre, a quien hemos dejado llorosa en la ribera.

Pero este amor sólo nos parece hermoso al través del tiempo, cuando lo recordamos en medio del mar que amenaza sumergirnos; por consiguiente, pronto nos cansa y buscamos otro más agitado.

Dejamos a la blanca niña en su hermoso jardín, en medio de sus flores y sus aves.

Penetramos más en la isla, porque a nuestros oídos han llegado otros sonidos.

Son los infinitos que salen de su festín.

Hemos deseado el amor de las orgías, y ya lo tenemos.

Un banquete está preparado.

Cubren profusamente la mesa los vinos más exquisitos y flores de vivos colores; pero, si no estuviésemos tan deslumbrados, podríamos observar que esas flores, en vez de tener aquel suave perfume que despedían las que nos daba la niña del jardín, aparecen embalsamadas con un aroma artificial.

Muchas mujeres hermosas, pero también con esa hermosura que consiste en la languidez de la voluptuosidad, coronan la mesa.

Están cubiertas de pedrerías y no de flores.

Se reclinan muellemente, casi dejando ver a nuestros ardientes ojos lo que tan mal ocultan sus flotantes velos.

Los suyos nos lanzan miradas provocativas.

Ciegos corremos a arrojarnos a sus pies y a hablarles de nuestra fogosa pasión.

Nos confundimos con ellas entre la danza, los brindis y el estrépito del festín.

Pero a poco tiempo sus falsas caricias nos dan vergüenza, la danza nos ha fatigado, el vino nos ha embriagado y salimos de aquel lujoso salón, porque tenemos necesidad de respirar otra atmósfera menos impura.

¡Qué deforme, qué asquerosa nos parece entonces la orgía!

Aquellas mujeres tan seductoras nos causan espanto, porque ya no las decora con sus mil luces la imaginación.

Henos ya cansados del amor, porque la niña del jardín, cuya inocencia ahora comprendemos, está ya perdida para nosotros.

Y sin embargo, todavía no llegamos a los veinticinco años.

¿Qué hacer?

Lancemos de nuevo la barquilla al mar.

Allá hay otra isla.

Pero tenemos que hacer exagerada fuerza de remos para acercarnos a ella, porque la mar, antes tan serena, ha comenzado a hincharse y el oleaje azota con desigual empuje los costados de la frágil embarcación.

Es la isla de la «gloria».

El que a ella logre abordar, será escuchado y aplaudido por un pueblo entero, le llamarán poeta o sabio, cubrirán de lauros su frente.

Luchemos, luchemos con la marea.

¡Cuánto esfuerzo!

Por fin, moribundos náufragos ya, pisamos sus arenas.

Mas, ¡ay, Dios mío!, los aplausos del pueblo forman un irónico contraste con nuestra amargura interior; la corona de laurel lastima nuestra frente; daríamos todo ese nombre y esa gloria de poeta por tornar a la ribera natal a ver a nuestra afligida madre, a quien tal vez ya no encontraremos, porque la amargura de nuestra ausencia la habrá hecho morir.

Es que todo puede abandonar al hombre, hasta sus remordimientos; pero nunca sus recuerdos.

¿Entonces, dónde hallar la calma, si no la felicidad?

¡Pobres desdichados! ¿Por qué dejamos a un lado, sin concederle ni una mirada, aquella isla modesta en donde sólo hay un templo para orar, a la cual se llega por un mar tranquilo y al otro lado de la cual está la eterna felicidad?

¿Por qué no encaminarnos desde temprano a la isla de la «virtud»?

Allí también hay placeres, pero placeres inocentes; allí están la tranquilidad y la santa dulzura de la existencia.

Tal es la vida: una cadena de deseos, que son tormentos después de satisfechos.

El amor, los placeres o la gloria, y hasta lo último la virtud.

Esto había sucedido con Fernando.

Salió de su aldea, que era su mundo, llorando por Clemencia. Muchas veces, al comenzar el viaje, volvió su rostro inundado de lágrimas para tratar de descubrir la pintoresca habitación del doctor entre el caserío y los árboles; pero ésta ya había desaparecido, y el joven siguió corriendo.

Al cabo de seis horas de camino, el viento oreó sus lágrimas y ya no volvió a derramarlas con tanta abundancia; pero no se pudo consolar todavía.

Mientras corría, pensó que acaso muy pronto volvería a ver a Clemencia para no separarse de ella más, y este pensamiento templó un tanto la amargura de su dolor.

En el primer mesón donde durmió puso un propio a San Roque, que condujo la siguiente pequeña carta, bajo el sobre de su padre, a quien decía poco más o menos lo mismo con respecto al viaje, pero nada indudablemente respecto a recuerdos y a pasiones:

«A Clemencia.

Clemencia mía: Me encuentro en este momento a veinte leguas de ti, pero mi corazón aún permanece a tu lado.

No puedo olvidarte un solo instante.

En cada casita a que me acerco se me figura que voy a verte aparecer.

Muchos impulsos he sentido de volver la rienda a mi caballo, para llegar a San Roque y decirte: Te amo, mi Clemencia, más que a mi vida, jamás te olvidaré; besar tu mano de rodillas, aunque después tenga que partir inmediatamente.

Pero ya ves que el deber me arranca de lo que yo no desearía dejar de ver.

No te olvides de escribirme, y llora, llora y espera como yo.

Fernando.»

Debemos añadir que el joven no se olvidó de incluir en la carta de su padre otra para Gil Gómez, a quien suponía triste, pero inerme, en San Roque.

Como hemos visto, no era así precisamente, y si Fernando no fue alcanzado al segundo día por Gil Gómez, que corría como un desesperado, fue porque se desvió un poco del camino real y el futuro insurgente le dejó atrás muy pronto.

Como éste había pensado había sucedido.

Mucho antes de llegar a Guanajuato supo Fernando lo que había pasado en San Miguel el Grande, precisamente con el regimiento a que iba destinado.

Aunque sintió impulsos de adherirse a una causa que no le repugnaba, pensó sin embargo, con esa nobleza peculiar a su carácter, que debía volver a México para presentarse al virrey Venegas por intermedio de su tío, el Brigadier, a fin de que él dispusiese lo que debía hacer.

Ejecutolo así, y el Virrey, que por cierto, como ya sabemos, andaba en estos tiempos algo escaso de buenos oficiales, le aceptó gustoso en su guardia particular de palacio.

El joven fue a ocupar su nuevo empleo.

Con respecto a su moral, diremos que el dolor de Fernando, como era muy natural que sucediese, algo se iba mitigando por las impresiones nuevas, y sobre todo por el tiempo, ese médico del corazón que alivia las enfermedades que más incurables y que más espantosas parecen, ese único refugio a que deben volverse los desgraciados.

Los primeros días pensó en Clemencia y sólo en Clemencia, pero ya no lloró y casi no sufrió; poco a poco el recuerdo de este amor se fue convirtiendo en una especie de melancolía tierna que sólo ocupaba el corazón en las altas horas de la noche, o en los momentos de calma física durante el día. Le pareció llevadera, si no feliz, la vida pasada lejos de ella, con la esperanza halagadora de volverla a ver, y el estruendo del servicio y los preparativos de guerra que se hacían en la asustada capital para combatir a Hidalgo en el valle de Toluca, acabaron de dominar y cubrir casi completamente las voces interiores de su alma.

Porque ya lo hemos dicho, así es el corazón humano.

Y no puede ser de otra manera.

¿Qué sucedería si el tiempo no disipase todos los grandes afectos de la vida, como los grandes pesares o las grandes alegrías?

¿Quién, decidme, ha podido creer que podría sobrevivir un solo instante a su adorada madre, o a otro de los seres amados de nuestro corazón?

Y sin embargo, muere esa madre, y se sufre mucho, mucho más que con la muerte, y la vida durante algún tiempo es un verdadero castigo; pero el viento del olvido seca al fin las lágrimas, la desesperación se convierte primero en sufrimiento, después en conformidad y después en una memoria melancólica, pero tan vaga, tan vaga como ese humo lejano que al caer la tarde se suspende sobre la cabaña de los campesinos, para confundirse al cabo de un momento en el ancho espacio; la vida vuelve a tener dulzuras para volver a tener amarguras.

Decidme, ¿cuántas veces os habéis desprendido llorando a ríos de unos amantes brazos, jurando no olvidar nunca?

Tantas cuantas habéis olvidado.

Además, los males de amor tienen un consuelo que Dios les ha concedido:

La inconstancia.

Y si no, decidme, ¿cuántos amores habéis alimentado en el corto espacio de algunos años, creyendo ser el único verdadero que habéis sentido?

No, la causa de esto no está en las inclinaciones del hombre, está en su naturaleza, y es una de las infinitas pruebas de lo admirable de la Providencia.

Es uno de los muchos consuelos que el cielo nos ha dado.

Todo esto lo hemos dicho para disculpar a ese joven Fernando.

Hasta que hubo concluido todos sus arreglos, no pensó en escribir a Clemencia y a don Esteban; es verdad que la carta de la primera respiraba todo el fuego apasionado que en el momento de escribir sentía por los recuerdos, y las letras estaban medio borradas por las lágrimas que el dolor de la ausencia le arrancaba.

Pero después de escribir se sintió aliviado y experimentó esa satisfacción que se experimenta cuando hemos ejecutado una cosa que el deber ordenaba, cuando hemos concluido, por decirlo así, un negocio que se debía hacer; es decir, no fue lo mismo que sintió después de haber escrito el primer billete de la posada.

Demos todavía otra disculpa al olvido del joven.

¿Sabéis lo que es México?

México es un abismo que puede muy bien con su deslumbramiento y sus placeres hacer desaparecer todas las ilusiones que un joven traiga de su suelo natal.

¡México!, palabra mágica que se escucha en provincia, con eco de placer, tendiendo hacia ella los anhelantes brazos y cerrando los ojos.

Palabra que nos hace dejar nuestro apacible pueblo natal y las dulzuras santas del hogar doméstico para atravesar delirantes el espacio que de ella nos separa; porque en México están la gloria, el amor, los placeres.

¡Como si la gloria no se comprase con lágrimas de sangre! ¡Como si del amor no nacieran los desengaños! ¡Como si los placeres no dejasen el cansancio y la fatiga en el corazón!

¡Cuántas veces en medio de los aplausos de la fama o del estruendo de los placeres hemos suspirado llorando por nuestro país natal, arrepintiéndonos de haberle abandonado!

Pero, sin embargo, el que ha penetrado una vez en un palacio no puede volver sin suspirar a su cabaña, por más que en ese palacio está la humillación y en esa cabaña la igualdad.

¿Cómo abandonar a esa México física, cons sus magníficos edificios, con sus teatros, su romancesco Castillo de Chapultepec, que, semejante a un anciano consentidor, se ríe de las locuras de su hermosa hija, o como un testigo mudo va consignando lentamente en la página de los siglos la historia de sus errores políticos; gigante que lo mismo que escuchó los dulces cantares de las queridas de Moctezuma, el indio emperador, presenció impasible la pompa de los virreyes, vio desfilar un día un ejército que vitoreaba a Iturbide y a la América, escuchó mil veces el gemido del bronce fratricida, y, ¡ay!, un aciago día de castigo y expiación se vio rodeado de hombres que elevaban triunfantes un pendón extranjero.

¿Cómo abandonarla con sus lagos color de cielo, con su opulenta Catedral, con sus pueblecitos de San Ángel, Mixcoac y Tacubaya, que semejan ramos de flores que la caprichosa beldad ha dejado caer a sus pies para que la perfumen, con su calzada de la Viga, tan impregnada de poesía popular?

¿Cómo abandonar a México la moral con sus estrepitosos placeres de carnaval, con sus bailes de «posada», con sus mujeres sirenas que adormecen cuando cantan, que tienen tan leves las plantas que ni huellas dejan al pasar, con sus distinciones políticas, científicas o literarias?

Pero dejemos tan larga digresión, que sólo ha servido para disculpar el olvido de Fernando.

Al cabo de un año, en el corazón del joven entraba Clemencia como un dulce y querido recuerdo de juventud nada más; acaso como una mujer que debía ser su esposa algún día para cumplir su compromiso de corazón; pero, ¿cuándo llegaría ese día? ¡Quién sabe! Como un leve remordimiento que se procuraba acallar con la resolución de ejecutar una reparación y de justificar su actual conducta con esa satisfacción que se cree dar a las mujeres aceptándolas por esposas, por más que se las haya ultrajado. Algunas veces como una amarga tristeza y un deseo pasajero de volverla a ver para demandarle perdón por un olvido tan criminal y al mismo tiempo tan involuntario.

En un año sólo había escrito cuatro cartas, incluidas en las que le enviaba a don Esteban, para contestar a un número triple lo menos que la pobre niña había escrito vaciando en ellas todo su corazón.

Pero, para que podamos comprender el estado del corazón del joven, bueno es que tomemos el hilo de los sucesos presentes.

Decíamos que es una tarde de octubre de 1812.

Con respecto a Hidalgo, ya se sabe lo que ha sucedido.

Fue hecho prisionero en las Norias de Baján, conducido a Chihuahua, insultado, escarnecido y condenado a ser degradado, fusilado por la espalda, procurando conservar la cabeza para exponerla en una escarpia en Guanajuato a la pública expectación para «escarmiento de traidores».

Pero de su tumba se levantaron millares de guerreros, que ahora acaudillan Morelos, Rayón y otros muchos; casi toda la

Nueva España está ocupada por ellos, y ya han pasado dos años de una lucha sorda, tenaz, sin tregua, que sólo debe terminar ya con la independencia del país.

XVII La novela

Aquella noche daba la corte del virrey Venegas un magnífico baile para solemnizar una derrota dada a los rebeldes por las tropas españolas hacia el rumbo del «bajío».

¡Bendita misión la de los cortesanos de levantar orgías sobre ruinas, de brindar al derramamiento de sangre del pueblo!

Éste debía tener lugar en la suntuosa morada del Conde de..., en la calle de don Juan Manuel.

Fernando debía acompañar al Virrey, y aún no eran las ocho de la noche cuando ya el joven estaba lujosamente ataviado y se paseaba con impaciencia esperando las diez, que era la hora a que el Virrey debía de salir de palacio, en una habitación de su morada, situada en la calle hoy llamada del Indio Triste, pues su tío, el Brigadier, habitaba en palacio.

Hacía seis meses que el amor de una hermosa cortesana traía delirante y distraído al joven, y comprenderemos su impaciencia cuando sepamos que esa cortesana debía asistir al baile.

A las diez se presentó en el baile el Virrey.

Todos al verle se inclinaron respetuosamente, y el Conde de... le condujo a una especie de dosel que se había formado en un tablado, que ocupaban los notables personajes que le debían hacer corte.

Era un espectáculo hermoso el que presentaba el inmenso salón profusamente iluminado con magníficos grupos de candelabros de plata y adornado con cuanto prodigio de hermosura, de juventud, de riqueza, pueden contemplar deslumbrados unos ojos.

Se abrió la danza con uno de esos valses que hoy parecen ridículos, porque nos imaginamos verlos ejecutados por los ancianos que de ellos nos hablan, pero que no carecía de gracia, arte y blando compás.

Fernando se aprovechó de la distracción del Virrey, que conversaba animadamente de política con don Juan López de Cancelada, órgano ciego de su gobierno y editor de la *Gaceta de México*, para confundirse en el torbellino de parejas hacia un sitio de donde no se habían apartado un solo momento sus ojos desde que llegó al baile.

Y por cierto que estaba interesante el joven.

Vestía una casaca de paño de grana finísimo, cerrada sobre su pecho con botones dorados y que hacía resaltar más la elegancia de sus formas y la esbeltez de su cintura, y un pantalón de ese paño blanco que se llama de ante, con franjas de oro; pendía a su cintura un espadín, verdadera arma de baile, tan delgado como un florete, y sus manos finas y perfectas se encerraban en unos guantes de color amarillo leve.

Su fisonomía tan hermosa brillaba con la expresión del entusiasmo amoroso.

Ya que no podemos contemplar a todas las personas del baile, ni seguir ese hilo enredadísimo de pequeñas intrigas de toda especie que en esta clase de fiestas tienen lugar, procuremos contemplar a las que algo más conocemos y seguir el hilo de las que más atañen a nuestra verídica historia.

Y con razón hemos comenzado por una, porque era la que atraía más miradas y despertaba más deseos.

Era una mujer hermosísima, vestida con un traje blanco completamente; pero tan bella, tan voluptuosa, tan fascinadora, como la hemos visto una vez en su palacio de la calle de Capuchinas.

Era doña Regina, más radiante que nunca, vengándose de la sociedad con solo su hermosura. Era doña Regina, la enemiga mortal del pueblo, el ángel malo de Hidalgo, ese pobre anciano que un día abogó por la causa del pueblo y a quien el porvenir preparaba el asesinato.

Era doña Regina, el «ángel-demonio», ídolo de la aristocracia, en medio de esa su aristocracia querida, que había jurado el mal de los que osasen alzarse hasta ella.

Era doña Regina, que hacía sólo dos años se había presentado en la corte mexicana, enloqueciendo a los que la veían con su hermosura de reina, admirando con su lujo escandaloso, deslumbrando con su gusto exquisito en el vestirse.

Acompañábala ahora, como algunas otras veces, un hombre muy pálido, rubio, y que por su traje y sus maneras revelaba desde luego pertenecer a una elevada categoría social.

Era don Juan de Enríquez, su amante de un día, el traidor asesino de Hidalgo y Gil Gómez, ese hombre resuelto y siniestro que había sacrificado dos hombres por un lúbrico deseo.

En un grupo de militares de la suprema categoría conversaba con su animación y franqueza de siempre don Rafael de Gómez, el Brigadier, el tío de Fernando, a quien hemos visto en San Roque ha más de dos años, y que en este tiempo ha vivido en la capital con su sobrino, tocándole la fortuna, como él dice, de no haber tenido todavía que combatir nunca contra sus hermanos los insurgentes, pues cree que cuando llegue ese caso tendrá tal vez que abandonar al Virrey, de quien tantas particulares mercedes ha recibido.

Fernando se acercó a doña Regina, que se apoyaba indolentemente en el brazo de don Juan, dando vueltas por el salón, y con un acento trémulo por el amor le dijo en voz baja:

-Por fin heme aquí, bellísima Regina.

-Cuánto lo deseaba -dijo la hermosa cortesana, abandonando el brazo de su compañero, que lanzó una mirada de cólera, pero disimulada, a Fernando, y apoyándose en el del joven, que, convulso de entusiasmo y amor, se alejó con ella hasta el final de la galería que circundaba el salón.

-¡Oh!, aquí estamos un poco más solos, mi Regina -exclamó Fernando contemplándola con pasión.

-¿Por qué no has hablado a mi hermano? -dijo doña Regina. -Ya lo sabes. Porque, por más que ese hombre sea tu herma-no, no puedo sufrir hablar con él; no sé qué tiene su rostro que me repugna; me parece que algún día debe hacerme un mal grave.

-Es, en efecto, un hombre malo -dijo doña Regina con marcada intención de que estas palabras hiciesen impresión en el ánimo del joven.

Éste, en efecto, preguntó con sorpresa:

-¿Es un hombre malo? ¿Acaso te ha causado mal alguna vez, Regina de mi vida?

-¡Oh! -dijo doña Regina dejándose caer sobre uno de los sillones que adornaban la desierta galería y llevando su blanco pañuelo a los ojos para fingir que lloraba-, ¡oh!, ¡mucho, mucho!

Fernando cayó delirante a sus pies, besando la orla de su vestido primero y después una de sus manos con frenesí, a riesgo de ser visto por alguno de los concurrentes que, acalorados o fatigados, salían del salón a tomar aire en los corredores.

-¡Oh!, mi Regina -exclamaba-, dime, dímelo todo, para vengarte; pero no llores con ese llanto que yo quisiera recoger de rodillas.

Al cabo de un momento la cortesana pareció consolarse.

Fernando se sentó junto de ella.

-¡Qué triste estoy esta noche! -murmuró aquélla-. Sólo el deseo de verte me ha hecho venir a este baile.

-Di, ¿qué es lo que puede afligirte, Regina, cuando te ves tan hermosa, tan rica, y amada con tanta idolatría?

-¡Quién sabe si mañana, que mi hermosura o mi brillo hayan acabado, cesará ese amor! ¡Quién sabe si es un simple capricho y no una verdadera pasión como la que yo alimento por ti, Fernando! -dijo la impura cortesana.

-¿Dudas acaso de mi amor, Regina de mi corazón? ¿No sabes que por ti he abandonado todo y que ha seis meses estoy enloquecido, porque has dicho una vez que me amabas?

-Es cierto, mas...

-Mira, yo he dejado en mi país una joven que me amaba y aún me espera. Pero una vez te he visto, Regina, y la he olvidado y no la veré más; ha seis meses que vivo sólo para adorarte, aunque en este tiempo sólo pocas ocasiones me has permitido penetrar en el santuario donde habitas. Pero, en cambio, te he seguido en la corte, en los paseos, he seguido tu carruaje, he permanecido noches enteras frente a tus balcones para ver tu imagen adorada detrás de las vidrieras.

-Mil veces te he dicho que no podía verte como deseaba, porque ese mi hermano no fuera a comprender algo de lo que pasaba y yo le ocultaba con todo cuidado, temiendo su terrible enojo -dijo doña Regina con un aire de sencillez y hasta de candor digno de una niña que nunca ha salido al mundo, digno de la inocente y desgraciada Clemencia.

-Por acceder a tu deseo me he ocultado a su vista, muy a mi pesar, siempre que él te acompañaba.

-Y sin embargo esta noche ha debido comprenderlo todo por tu inexperiencia.

-¿Y qué resultaría de ello?

-Mi ruina.

-No, ciertamente, mientras lata en mi pecho un corazón inflamado por tu amor, mientras mi mano pueda manejar una espada o lanzar una bala al corazón del que osare ultrajarte.

-¡Oh!, soy muy desgraciada.

-¡Alma mía! Ábreme tu corazón, revélale al mío tu pasado en esta noche en que todos se alegran, pero yo sufro al verte sufrir -exclamó Fernando.

-¿Pero no me aborrecerás si te descubro un secreto terrible del que depende mi vida y que hasta aquí te había ocultado, mi Fernando? -dijo Regina con una dulce languidez que se parecía mucho a la de una joven inocente que, sintiéndose débil para combatir contra las asechanzas del mundo, se ampara bajo la protección del amado de su corazón.

-¿Un secreto?

-Sí, un secreto terrible.

-¿Y me lo habías ocultado, Regina, lo habías ocultado al hombre que te amaba con toda su vida?

-¡Oh!, ya lo ves, solamente eso te indigna. ¿Qué harías entonces cuando lo supieras? -dijo Regina asustada.

-No, no me indigno, Regina, pero siento profundamente esa ingratitud de tu amor.

-¿Y me perdonarías por más horrible que sea lo que voy a decirte?

-¡Oh!, yo tengo que demandarte perdón, porque te has bajado tú, tan bella, tan noble, tan rica, hasta mí, pobre soldado, que no poseo otro tesoro que mi espada.

-Sin embargo -observó tímidamente doña Regina-, lo que voy a decirte bien merece suplicar antes el perdón.

-Pues te perdono, doña Regina, te perdono antes de escucharte.

-¿Lo juras?

-Lo juro.

-¿Por más horrible que sea?

-Por más horrible que sea -exclamó Fernando después de un momento de vacilación.

Doña Regina vaciló a su vez un momento, preguntando:

-¿Estamos solos?

-Perfectamente solos. Éste es el final del corredor, y los que salgan del salón es difícil que lleguen hasta aquí.

-¡Oh, Dios mío! Estoy dispuesta a que me vean a tu lado y murmuren de mí; pero, ¿qué importa?, si al fin te amo, Fernando, y todo te lo sacrifico: mi honor, mi reputación, mi vida entera.

-Gracias, gracias, ¡alma mía!

Pareció vacilar de nuevo doña Regina, como si lo que iba a revelar fuera una cosa que le causase violencia.

-¿Por qué temes? ¿No te he jurado ya que te disculparía? -dijo el joven con acento de dulce reconvención.

Por fin, al cabo de un momento, pareció resolverse la hermosa señora, y dijo en voz tan baja, tan baja como si ella misma temiese escucharse:

-Ese hombre que me acompaña esta noche al baile y a quien te he suplicado ocultes nuestro amor, ese hombre que siempre me acompaña en público... ese hombre...

-¿Ese hombre?

-No es mi hermano.

-¿No es tu hermano?

-No.

-¡Maldición! -dijo Fernando poniéndose de pie y llevando sus manos a su frente con expresión de profunda desesperación.

Sin embargo, como si doña Regina hubiese calculado el efecto de sus palabras sobre el ánimo del joven, permaneció en silencio, lanzando oblicuas pero seguras miradas.

Y como si el joven se hubiese arrepentido de su acción, luego que hubo pasado la primera impresión de su dolor, volvió a dejarse caer sobre el sofá y murmuró con dulce acento:

-Sigue, Regina, sigue.

Ésta juntó las manos en actitud suplicante y prosiguió diciendo en voz baja:

-Yo vivía en un pueblecito de Francia, alegre y dichosa al lado de mis padres.

-¿Cuánto tiempo ha?

-Pronto hará cuatro años.

-Antes de seguir, antes de revelarme lo que sospecho, dime aún una vez que me amas, Regina, y que si en tu pasado hay un abismo, tu presente me pertenece desde este momento -dijo melancólicamente el joven.

-Te amo, Fernando, te idolatro, y lo que te está probando más mi cariño es esta revelación, que yo no tenía necesidad de hacerte, y que sin embargo te hago, porque nada quiero ocultar a quien adoro, ni aun mis crímenes involuntarios.

-Prosigue, Regina.

-Nada faltaba a mi vida ni a mi corazón al lado de mis honrados padres. Pero un hombre rico de la ciudad me vio y codició mi hermosura. Durante algún tiempo rondó mi casa y logró hacer llegar a mis manos algunos billetes, en los que me proponía abandonar a mis padres para huir con él y seguirle a la corte, donde habitaría todo el tiempo que quisiese en su palacio, y donde tendría todo lo que desease.

-¡Miserable!

-Guardé silencio sobre sus primeros billetes durante algún tiempo, amenazándole solamente con avisar a mis padres si los volvía a repetir, y esta amenaza pareció enfriar el fuego de su persecución, porque durante algún tiempo no le volví a ver más en la aldea.

Fernando escuchaba con toda su atención, oyéndose sólo en el silencio los latidos de su agitado corazón y los ecos lejanos de los ruidos del baile.

Doña Regina prosiguió entre sollozos:

-Pero una noche...

-¿Una noche?

-Una noche, después de cenar, sentí tan abrumada mi cabeza por un sueño tan imperioso que me retiré para dormir a mi cuarto, porque no podía tenerme en pie.

-¿Acostumbrabas entonces dormirte inmediatamente después de cenar?

-Por el contrario, permanecíamos más de una hora en el hogar, platicando familiarmente. Pero esa noche creí que estaría un poco enferma, porque el té que acostumbraba tomar después de la cena me había parecido de un sabor muy amargo.

-¿Pero quién...?

-Mis padres habían recibido dos días antes, en calidad de criada, a una joven que les había suplicado le diesen un albergue, porque sus padres habían muerto en la ciudad y ella se encontraba expuesta a todo el horror de la miseria y de la prostitución.

-¿Qué más, Regina?

-Mi cuarto estaba en el fondo de la casa y tenía una ventana baja de madera que daba al campo.

-¡Dios mío!

-Ni tiempo tuve para acabar de desnudarme, porque el sopor que sentía me aplomó sobre el lecho y no tardé en dormirme profundamente.

Fernando se enjugó el sudor que inundaba su frente.

Doña Regina, haciendo un esfuerzo doloroso, continuó:

-No sé qué tiempo habría transcurrido desde que me durmiera, cuando me pareció oír un ruido terrible en la ventana.

-¿Un ruido?

-Después me pareció sentir que me estrechaban con fuerza y me levantaban en peso.

-¡Dios mío! ¡Dios mío!

-Pero yo no podía moverme, y un grito que quise articular se ahogó en mi garganta.

-¡Desgraciada!

-Sentí en mi rostro una ráfaga de viento del campo y conocí que me conducían fuera de mi cuarto. Pero no pude hacer otra cosa que agitarme en mi impotencia; y luego, ¿quién me podría auxiliar en medio de una aldea a horas tan avanzadas de la noche?

-Sí, sí, ¿y después?

-Los que me conducían hubieron de temer, porque se apresuraron a llevarme a otro sitio. Sentí que me dejaban caer en un asiento y me pareció oír un murmullo semejante al de un coche rodando sobre el camino.

Doña Regina hizo una pausa y luego continuó:

-Sentí sobre mi seno el contacto de impuras caricias, y una excitación terrible del pudor me hizo dar un grito y medio despertar de aquella pesadilla espantosa.

-¡Ah!

-No pude conocer los rostros de los que iban conmigo dentro del carruaje, porque la noche era obscurísima; pero, con una sola mirada al través de los vidrios, creí ver una de las cabañas que se hallaban cerca de la carretera de París.

-¿Y luego?

-Mi vuelta en mí les sobresaltó mucho, porque abrieron mi boca con fuerza y en ella dejaron caer unas gotas que me vi obligada a tragar, sintiendo el mismo sabor particular que había experimentado pocas horas antes, al tomar el té. Entonces no supe ya lo que fue de mí.

Doña Regina llevo su pañuelo a los ojos, sollozando dolorosamente.

Fernando, pálido por la emoción y el respeto que le inspiraba aquella mujer tan virtuosa y tan desgraciada, no se atrevía a interrumpir su dolor.

A lo lejos sonaban los dulces acentos de la música y el eco alegre de los convidados.

Pero si Fernando hubiera tenido cabeza para ello, habría observado en el otro corredor, frente al que se hallaba con doña Regina, a un hombre que no perdía uno solo de sus movimientos.

Era don Juan.

XVIII La realidad

Al cabo de un momento doña Regina levantó la cabeza, enjugó sus lágrimas y continuó:

-No sé cuánto tiempo permanecí dormida en el carruaje. Cuando volví en mí, me encontré acostada en un suntuoso lecho de una suntuosa habitación. A mi lado había un hombre que me acariciaba. Al ver su rostro pálido y su fatal sonrisa, di un grito y me desmayé.

-¿Ese hombre...?

-Ese hombre era mi perseguidor antiguo, el que me había aconsejado huir con él, y que se había valido de un poderoso narcótico, vertido en mi bebida por la miserable mujer a quien mis padres habían recibido, para arrancarme del hogar doméstico, asilo sagrado para mí, y para arrancarme la honra mientras dormía. Porque bien comprenderás que estaba deshonrada, Fernando.

-Sí, lo comprendo, Regina.

-¿Y me perdonas?

-¿Puedo dejar de perdonarte, inocente y desdichada mujer, una falta que no has cometido? -exclamó el joven con ese acento de compasión que inspira una profunda e irreparable desgracia.

Doña Regina continuó:

-Ni ruegos, ni promesas, ni amenazas, que fueron las armas de que se valió aquel miserable, consiguieron que yo le cediera de grado lo que él, sin embargo, me arrancaba a la fuerza, débil mujer expuesta a sus brutales deseos, sin ningún auxilio en aquel su palacio de París, habitado por criados tan malos y tan infames como él.

Un día que penetró en mi aposento, donde sola devoraba llorando mi dolor, me dijo:

-Mira, Regina, estás perdida completamente y no tienes ninguna prueba contra mí, que soy tan poderoso que te puedo perder a donde quiera que intentes dirigirte para acusarme. Nadie, ni tus mismos padres te creerán, y ellos no volverán a admitirte a su lado con ese hijo que ya llevas en el seno. Dos partidos tienes que seguir: si accedes a mis deseos, tu hijo será rodeado de exquisitos cuidados y a ti no te faltará una honesta casa en que vivir y dinero suficiente que gastar; pero, de lo contrario, tendrás que mendigar un pan que te arrojarán a la cara con desprecio, y todo el mundo conocerá tu afrenta.

-¡Infame! -le respondí sin vacilar un momento-, antes morir que ser vuestra de grado.

-¡Oh!, ¡bien, mi Regina!

-Un día, por fin, logré burlar su vigilancia y escaparme de su palacio. Pero, ¡ay de mí!, ¡qué diferente juicio había formado en mi inocencia del mundo! El primer hombre a quien me dirigí para preguntarle la habitación del intendente de policía me dirigió torpes galanterías. Éste, a quien expuse mi situación, apenas me hizo caso, creyéndome una de tantas jóvenes perdidas que vienen a París a prostituirse. Y yo me temía volver a mi aldea, porque, aunque hubiese podido llegar, débil y enfermiza como estaba, me hubiera muerto de vergüenza al hallarme delante de mis padres. Tuve que mendigar durante algunos días en las calles, expuesta a todos los insultos que mi hermosura me causaba. Por fin, agobiada por el hambre y la desesperación, conociendo que muy pronto iba a ser madre y que mi pobre hijo se moriría por falta de recursos...

-¿Qué hiciste, desdichada?

-Volví al palacio de mi infame seductor -murmuró doña Regina cubriendo su rostro con sus manos, con expresión de profundo dolor.

-¿Y después, Regina?

-Después he tenido yo, pobre víctima, para evitar caer en más terrible prostitución, que seguir los antojos de ese hombre caprichoso, que después de haber pasado conmigo a España, me ha traído consigo a América, haciéndome pasar por su hermana, rodeándome de un lujo verdaderamente regio, que aborrezco, y destrozando mi corazón con el recuerdo de mi terrible afrenta y de mis padres.

-¡Miserable! ¿Luego ese hombre era...?

-Era don Juan, el hombre que me acompaña y a quien antes de venir al baile he hecho creer que tenía que hablar con un joven, que eres tú, para amenazarle con contarle el amor con que hace algunos días me perseguía.

En la frente de Fernando se pintó una resolución muda y firme.

Doña Regina, con su mirada de relámpago, lo notó, y una sonrisa siniestra de satisfacción interior erró por sus hermosos labios, afeándolos notablemente.

Al cabo de un rato silencioso, dijo ésta con una tristísima amargura:

-He aquí la historia de mi lujo y de mi esplendor; he aquí mi presente en apariencia tan feliz, comprado con el oprobio de mi pasado y el recuerdo eterno de mi deshonra. Tú, Fernando, que me has dicho que me amabas, comprenderás toda la profundísima amargura de mi vida pasada al lado de ese hombre, que aborrezco y que me esclaviza.

-¿Y tu hijo? -preguntó Fernando.

-Nació muerto. Los pesares que me habían herido cuando le llevaba en mi seno envenenaron y secaron en flor su débil existencia -se apresuró a responder violentamente doña Regina.

-¡Oh!, ¡cuánto has sufrido por causa de ese miserable! Pero no volverás a sufrir más, o moriré, te lo juro, mi adorada -exclamó Fernando con exaltación.

Doña Regina pareció no escucharle, y aparentando sumergirse en una profunda absorción, murmuró, dando a su rostro y a su aspecto todo un aire de candor y de pasión que la hacía mil veces más hermosa:

-¡Oh!, ¡cuán feliz sería en una cabaña a tu lado, mi Fernando, pudiendo entregarme a todo el encanto de tu amor!

Pero después, como volviendo de un sueño halagador para luchar con la realidad, se puso de pie, y fingiendo componer su rostro y borrar de sus ojos las huellas de las lágrimas, dijo con reconcentrada expresión de amargura:

-Mas no, eso no es posible. Por el contrario, dame tu brazo para que volvamos al salón, porque puedo ser extrañada por los concurrentes, y mi ausencia puede irritar a mi seductor.

Fernando le ofreció el brazo silenciosamente.

-Sí -continuó la cortesana-, llévame al mundo para volver a sonreír y aparentar felicidad. Tú mismo sácame del dulce éxtasis en que me perdía.

Al extremo del corredor, cerca del salón, un hombre ofreció impolíticamente el brazo a doña Regina para introducirla.

Era don Juan.

Fernando dejó, sin alterarse, a su compañera, como si la firmeza de su resolución hubiera calmado su enojo.

Después penetró en el salón, le buscó durante algún tiempo con la vista, se acercó a él y murmuró a su oído algunas palabras.

Doña Regina, desde su asiento, no había perdido uno solo de los movimientos del joven, y al verle hablar con don Juan una sonrisa infernal se dibujó en sus labios, y murmuró al son de la alegre música, que era tan natural que en una joven sólo despertase dulces pensamientos de amor, estas siniestras palabras:

«El pez ha mordido el anzuelo, el pájaro ha caído en el garlito.

¡Pobre loco de veinte años! En este momento me estáis creyendo una santita y te dejarías morir por mi virtud.

Vas a buscar un pretexto cualquiera para matar a ese hombre, a quien crees mi infame seductor.

La victoria está de tu parte, porque eres más fuerte y más valiente que él.

Vas a librarme de una carga que me es insoportable, de la de ese hombre celoso que quiere constituirse en mi perpetuo amante, y que me hostiga y me amenaza y me echa en cara el crimen que por mi posesión ha cometido; y como se encuentra arruinado, quiere vivir a mis expensas.

¡Ah!, mi señor don Juan, ya veis cómo no se emplea tan mal el tiempo, y que algo se hace por vos.

Lleváis indudablemente la peor parte en este negocio, eso sí, y procuraréis hacer alguna traición a ese joven. Pero yo, que conozco vuestras artimañas, perded cuidado que velaré por él. No porque le ame en lo más mínimo. Ya veréis, o qué digo, tal vez no podréis ya ver cómo le trato después que me haya servido de él en vuestro perjuicio. Pero siempre se debe tener dispuesta la pistola que envía la bala o el puñal que se hunde en el pecho.

No sé cómo os compongáis con este fanático que os he enviado».

Y formulado este terrible pensamiento, la cortesana se confundió en el torbellino de parejas, bailando con un grande que le había ofrecido su mano.

Fernando había dicho a don Juan:

-Tengo que hablar a usted una palabra, caballero.

Y los dos habían salido al balcón.

Una vez en el corredor lejano en que pocos momentos antes acababa el joven de escuchar la terrible revelación de su idolatrada doña Regina, los dos se detuvieron.

Fernando, pálido como la muerte y acentuada su voz por una resolución invariable y sombría, dijo al cabo de un momento:

-He llamado a usted porque tenía que decirle una cosa que acaso le avergonzaría con una vergüenza criminal, si fuese asunto de que se pudiera hablar en público.

-Y yo, esperando ya este llamamiento, no me he sorprendido de él -dijo don Juan con acento irónico.

-¿Lo esperaba usted acaso?

-No he perdido ninguno de sus movimientos desde que salió usted del salón en compañía de doña Regina.

-¡Miserable! No sé cómo puedo escuchar a usted a sangre fría hablar de esa inocente y desdichada mujer, víctima de su infame seducción.

-¡Ah!, ¿conque, según eso, esa comedia que he presenciado y en la que he visto sollozos, manos enclavijadas, muestras de sorpresa, de ira, de terror, etc., era una comedia en que Regina hacía el papel de víctima, yo el de verdugo que no sale a la escena, y usted el de amante vengador? -dijo don Juan riéndose con una espantosa y sangrienta ironía.

Esta vez, a tanta audacia, en medio del recuerdo del ultraje hecho a la infeliz mujer que amaba, la exaltación de Fernando llegó a su colmo, y pálido por la ira arrojó a la cara de don Juan el guante que hacía rato tenía en la mano, exclamando:

-¡Miserable!

Don Juan se estremeció como si hubiese sentido en su rostro el contacto de un hierro candente; pero hubo de temer el terrible enojo del joven, porque no volvió a hacer un movimiento.

Estaba más pálido que un difunto, y sus ojos despedían un brillo fosfórico siniestro.

Al cabo de un momento dijo con sorda voz:

-¡Está bien! Nos batiremos, como usted lo desea seguramente.

-No creo que debemos arreglarnos de otra manera.

-Pero antes sepa usted que todo lo que esta noche acaba de escuchar de la boca de esa mujer...

-Silencio, y más respeto al hablar de ese pobre ángel.

-Que todo lo que acaba de escuchar de la boca de esa mujer -prosiguió don Juan sin hacer caso de la exaltación de Fernando- es una fábula inventada para armar su brazo contra mí.

Era tan profunda la seguridad con que el caballero hablaba, había en medio de su silenciosa cólera tal acento de verdad, que

Fernando no pudo menos de vacilar por un momento, sintiendo pasar por su imaginación un rayo de luz vago.

Sin embargo, preguntó con acento de duda:

-¿Es cierto lo que acaba usted de decirme?

Pero arrepintiéndose de esta duda, continuó:

-¡Infame! Quiere usted añadir aún un crimen al demasiado horrible que ya pesa sobre su conciencia: la calumnia.

-¿Y si yo diera a usted pruebas de que es cierto cuanto he dicho, que yo, antiguo amante de esa mujer, ligado con ella por lazos terribles de sangre, le he llegado a ser un obstáculo para sus placeres, para su desenfrenada lujuria, para sus crímenes de amor, los cuales impido porque reclamo para mí una deuda espantosa que ha dos años ella ha contraído? -exclamó don Juan con profunda convicción.

-¿Pero cuáles podrían ser esas pruebas?

-Imbécil joven, ¿no le basta a usted el modo con que le ha sido hecha esa mentirosa revelación? ¿Una mujer honrada sostiene acaso ese lujo regio? ¿Una mujer que ama verdaderamente sacrifica [...]. Vuelva usted al salón y la verá radiante de felicidad, acariciada por una infernal alegría, porque cree que con haber contado a usted, fanático, algunas torpes mentiras, ya ha armado su brazo contra mí. Pero ha comprendido mal mi natural, porque un hombre como yo aun en su caída puede aplastar a los insectos que le rodean.

-¡Basta de insultos! De cualquier modo que sea, nosotros debemos batirnos.

-Sí, nos batiremos. ¿Cree usted que olvido yo tan pronto un ultraje de la especie del que acabo de recibir de su mano? -dijo don Juan con un acento tan profundo de odio y oculto de venganza que habría hecho estremecer a cualquiera otro que al valeroso joven-. ¿No comprende usted, necio, ciego -continuó implacable don Juan-, que yo, antiguo amante de esa infernal mujer, testigo de sus extravíos y sus crímenes, eterno reclamador de caricias que me pertenecen, porque han sido compradas con sangre, soy para ella un obstáculo poderoso que le impide compartir el lecho con los jóvenes inexpertos y hermosos como usted a quienes devora?

-¡Basta, basta!

-¿Cree usted que ignoro todo lo que ha pasado? ¿Y por qué habría de negar la especie de relaciones que me ligan con esa mujer?

-¿Pero cómo?

-Ha seis meses que yo o mis agentes seguimos sus pasos de usted. Primero ha visto a Regina en el paseo, después la ha seguido en los teatros, en la corte, ha hecho llegar mil perfumados billetes a sus manos, consiguiendo, en cambio de ellos, primero miradas, después sonrisas, luego pequeñas concesiones, y por último algunas citas en horas en que se me creía ausente. ¡Cuántas veces, mientras usted, loco de amor, rondaba suspirando la calle de su adorada, yo le seguía con la vista desde los balcones de su casa!

-¡Oh, Dios mío! -exclamó Fernando viendo destruido por aquel hombre inflexible el edificio de ilusiones que durante seis meses había estado levantando.

Don Juan continuó:

-Si fuese cierto lo que esa mujer acaba de decir, ¿no se imagina usted que lo primero que habría hecho para alejarle de ella sería disipar una a una todas sus ilusiones, simplemente refiriéndole lo que pasaba, diciéndole que yo por fuerza era el poseedor de doña Regina? ¿No cree usted que habría sido el mejor medio?

-Ciertamente, caballero.

-¿Pero qué me importaba que Regina concediese a usted, burlándose, miradas o suspiros, cuando yo tenía de esa mujer, no un corazón que para nada necesito, sino una hermosura que da fiebre al que la goza?

-¡Oh!, ¡era muy hermosa para dejar de amarla!

-Mire usted, puedo darle aún una última prueba de mi indiferencia acerca de su espiritual amor. Mañana parto a Veracruz por intereses pecuniarios. Debo permanecer ausente quince días. Dejo a usted campo libre a su pasión, por ese tiempo, si es que aún anhela...

-¡Cobarde! Después de haber arrancado mis dulces ilusiones, se va usted sin pedirme cuenta del insulto que le he hecho -exclamó Fernando con espantosa desesperación.

-¡Oh!, no ha de pasar mucho tiempo sin que tenga usted que arrepentirse de ello muy de veras -murmuró don Juan alejándose.

Fernando se dejó caer en el mismo sofá en que pocos momentos antes había escuchado la falsa revelación de doña Regina.

Un rayo de luz siniestra fueron las palabras de don Juan, rayo de luz de desengaño que alumbró las dulces tinieblas de su ilusión, haciéndole ver el horrible abismo a cuyo borde se encontraba y en el que había estado a punto de precipitarse.

Lo que pasó entonces en su corazón es imposible de decir.

Pero el que alguna vez en la vida haya visto desvanecerse en un momento la ilusión que había creído tan santa, que había embalsamado su corazón con un perfume halagador, para ver presentarse antes sus llorosos ojos la imagen horrible, descarnada y fría de una amarga realidad, comprenderá su inmenso dolor.

En un momento había pasado del cielo de la ilusión al infierno del desengaño.

Hubo otro torcedor que rasgó dolorosamente su alma.

El remordimiento.

Porque eso sucede siempre. La felicidad nos deja en una dulce ignorancia, pero la desdicha es la horrible luz que nos deja ver todo el abismo de crímenes o recuerdos de nuestro pasado.

La desdicha muchas veces nos hace buenos.

Porque desgraciados nos volvemos a nosotros mismos, y para aplacar la cólera divina, que parece suspendida sobre nosotros, procuramos enmendarnos de faltas presentes, o justificar con nuestro porvenir los desvíos de nuestro pasado.

Fernando se acordó entonces de Clemencia y la comparó con doña Regina.

Vio a la una inocente, pura, llorando y esperando durante su ausencia.

Vio a la otra impura y sangrienta cortesana, haciéndole ciego instrumento de infames venganzas.

El eco de un recuerdo le hizo escuchar los sollozos de la una, blanca alma de blanca niña, sin más crimen que el de haberle amado demasiado, más de lo que merecía él, tan ingrato que antes de dos años la había entregado al olvido más negro y más profundo.

El eco de la música del salón, que hasta sus oídos llegaba como una espantosa y sangrienta ironía, le hizo ver a la otra, revelándole misterios horribles y ensangrentando con sus palabras aquella fiesta en que la llamaban reina, en que era blanco de todas las miradas lúbricas; aquella mujer que se había adelantado en el camino de su vida para ocultar a sus ojos a Clemencia, el ídolo hermoso un día de su corazón.

Sintió un dolor punzante por su desengaño.
Sintió una ansiedad infinita por su remordimiento.
Pero de un desengaño brota otra esperanza.
Pero de un remordimiento brota la flor de la virtud.
Y una esperanza es el porvenir.
Y la virtud es la felicidad.

XIX Arrepentimiento

Fernando salió de aquel lugar como atontado y sin saber lo que por él pasaba.

Anduvo algún tiempo por las calles sin reconocer sitio, absorbido en sus pensamientos, mirando su desengaño, sufriendo con sus remordimientos.

Amanecía, y el aspecto de la gente honrada que después de dormir con un sueño tranquilo volvía alegre a sus tareas, hicieron una más profunda impresión en su ánimo y comenzaron a sacarle de aquel estado horrible en que hacía algunas horas se hallaba.

Se estremeció como si al haberse visto rodeado por el mundo material, desgraciado y criminal, hubiese tomado una resolución en cuya ejecución podría tal vez encontrarse la felicidad y la virtud.

Se dirigió lentamente a su habitación, en la calle del Indio Triste.

En la calle del Amor de Dios se sentó en un guardacantón para limpiar el sudor que inundaba su frente.

Después la campana de la iglesia de Santa Inés, que llamaba la primera misa, despertó en su alma un sentimiento de religión adormecido.

Hacía seis meses que, por seguir a doña Regina, había olvidado todas sus costumbres de niño.

Penetró en la iglesia con el corazón prensado y los ojos llorosos, buscó el rincón más apartado y allí oyó la misa que diez o doce pobres mujeres oían.

¿Qué pasó entonces en aquella alma entristecida por una sombría duda? ¿Qué pasó en esa hora solemne en que se halló a solas con Dios y su conciencia, con el recuerdo de pasados errores?

Nadie, ni las graves imágenes que decoraban el modesto altar podrían decirlo.

Sólo que, el que había entrado allí con el corazón hecho pedazos, salía de allí consolado.

Había tomado una resolución.

Pero una de esas resoluciones inalterables que influyen sobre toda una vida, o a lo menos sobre todo un presente.

Se dirigió a su habitación, subió silencioso la escalera y cerró la puerta con llave.

Se dejó caer en un sillón y lloró, primero con tibias lágrimas, después con raudales del alma.

Permaneció un momento en silencio y volvía a comenzar sus rotos sollozos.

Eran aquellas ardientes lágrimas el efecto físico de una causa que estaba en el alma.

Eran una queja contra el mundo y una acusación contra sí mismo, eran un remordimiento y una esperanza, eran un adiós y un consuelo.

Si no hubiera llorado, habría reventado de dolor su corazón.

Hay veces en que el vaso de la existencia está lleno de cenizas y no cabe ya una sola lágrima.

Pero hay veces en que está lleno de lágrimas y un fuerte sacudimiento moral lo vacía desbordándolas.

Así que se hubo librado completamente de aquel peso que le estaba ahogando dolorosamente, se levantó, bañó con agua pura sus sienes y se dirigió a su bufete para escribir tres cartas. La una decía:

«Señora:

Me habéis engañado como a un miserable. Pero yo os desprecio y bendigo este engaño que me separa para siempre de vos.

Tarde os he conocido, pero nunca es tarde para volver a entrar en el camino del bien, del cual me habíais desviado con vuestra fatal hermosura.

Parto, señora, abrevado el corazón por un horrible desengaño; pero en mi país natal está la luz de la virtud y la calma de la felicidad es la que alumbra.

Adiós, señora, que el cielo os quiera perdonar como yo os perdono todo el mal que me habéis hecho, y haya alguno que os ame tanto como yo amo el bien que con ese mal me habéis causado.

Fernando.»

Y puso en el sobre:
«A doña Regina de San Víctor.
En la calle de las Capuchinas».

Otra, dirigida a su tío, el buen brigadier don Rafael, decía:

«Mi amado tío:
He tomado una resolución que nada hará variar.
Renuncio la carrera militar, comenzando por hacer dimisión de mi capitanía.
Si no se me admite, abandonaré mi empleo como un desertor.
Si usted me ama, como no lo dudo y como hasta aquí me lo ha manifestado con tanta ternura, vea cómo mejor lo arregla con el señor Virrey, porque mañana partiré sin que nada me detenga.
Adiós, tío mío, gracias por tanto cariño y por tanta bondad.
Que el cielo dé a usted en felicidad cuanto yo le profeso en cariño.
Fernando.»

La rotuló así:
«Al señor Brigadier de las milicias de Su Excelencia el señor
Virrey, don Rafael de Gómez».

La tercera, que el joven escribió llorando, decía:

«Clemencia mía:
Podría engañarte, pero prefiero no hacerlo, porque a un ángel se le dice la verdad.
Hace más de un año que no te he escrito, porque,
ingrato, te había alejado de mi corazón.
Pero hoy vuelvo a ti más amante que nunca, parto
para ir a unirme contigo para siempre.
En este momento me parece que he tenido un
sueño espantoso de un año. Pero he despertado por
fin, y al despertar te encuentro más pura, más santa,
más indigno yo de tu amor de ángel.
Desvanecida mi pasajera ilusión tan falsa, me encontré solo y desgraciado en la inmensa llanura de la
vida. Pero volví llorando mis ojos al sitio donde un día
abandoné mis creencias, y la luz purísima de tu amor
llegó a mí entre las obscuras nieblas de la desgracia.
¿Me perdonarás?
Bien merezco tu perdón, porque he sufrido y soy
desgraciado.
Supongo que el clima de Jalapa, donde el doctor
te ha hecho ir a habitar para restablecer tu salud
envenenada por una maligna enfermedad, te habrá
sentado bien, porque ha más de seis meses que mi
padre no me habla una palabra de ti.
Dentro de un momento, acaso antes que ésta llegue, estaré a tu lado para no separarme más.
Fernando.»

El joven abrió un cajón de su bufete, sacó de él algunos papeles, besó algunas flores marchitas que desde su partida de San

Roque no había vuelto a ver; besó también aquel retrato sobre el que la víspera de partir, en el jardín, había jurado a Clemencia no olvidarla, prometiéndole también no apartarla jamás de su corazón; dos juramentos que había violado al vender su corazón a una cortesana. Suspendiolo a su pecho, abrió uno a uno los papeles.

Eran las cartas de Clemencia.

Eran ese conjunto de palabras que forman la historia más patética y más interesante de una mujer enamorada.

Primero, dulces palabras, tan dulces como un arroyo que se desliza entre flores; después suspiros y lágrimas, como los quejidos que lanza ese arroyo al ensancharse en la llanura; y después amargura, como la de ese mismo arroyo que corre perdido a abismarse en el mar, arrastrando en su curso las flores que se habían dejado mecer blandamente en sus aguas en la llanura.

Primero flores, después abrojos.

¿Quién podrá traducir al idioma terrestre todo el poema de sentimiento que se realiza en un corazón al hacer tímidamente una confidencia por medio de un papel?

Nosotros creemos que el amor está en los recuerdos, porque sólo en los recuerdos se encuentra el sentimiento.

¿Y qué especie de amor dejará más recuerdos?

¿El amor de las orgías? ¿El platonismo silencioso?

Nosotros creemos que el segundo amor que se siente en la vida.

Figuraos al través de vuestros tristes recuerdos aquella época de vuestra juventud.

Vivía vuestra familia en el campo en uniforme amistad con la de la mujer que adorabais, a quien llamabais vuestro ángel, como se llama a todas las jóvenes cuando se tiene veinte años.

Era una aldea a corta distancia de la ciudad; permanecíais en esta última durante el día, en la prosa de vuestros negocios o vuestros estudios. Pero en la tarde atravesabais delirando sobre un volador caballo la distancia que de ella os separaba.

Cuando llegabais, ya se afanaban los vuestros en los preparativos de esas fiestas tan animadas que forman durante la noche las familias de la ciudad en el campo.

¡Oh!, y allí eran las confidencias, los juegos a la blanda luz de la luna, el abandono del amor, los proyectos, las promesas, todo ese mundo de los corazones juveniles.

¿Qué sentís de triste, de amargo, cuando unos años después volvéis a pasar por aquel lugar, deteniéndoos en cada sitio donde halláis todo un orbe de recuerdos; cuando aquella joven se ha casado, se ha muerto u os ha vendido; cuando habéis atravesado una época de azares y desdicha?

¿Qué sentís?

¡Oh!, Dios no debía habernos dejado el espantoso castigo de los recuerdos.

Más valdrían los grandes pesares que sólo tuvieron un doloroso presente, y no ese pasado, que ni está justificado por el llanto.

Porque, ¿qué responderéis cuando os pregunten la causa de vuestro llanto, y ésta no esté en una gran desgracia que cualquiera puede ver o tocar materialmente?

Respondedle que llorabais por un recuerdo.

Idle a revelar todo el martirio que experimentáis con la vista de un objeto; intentad explicarle que debajo del polvo con que los años han ultrajado ese objeto hay una imagen que otros días fue vuestra gloria; pensad en hacerle leer en cada grano de ese polvo toda la historia de vuestra vida.

Hacedlo, y ya veréis qué irónica es la carcajada que cubre vuestras palabras, con qué desprecio se contempla la flor marchita, más que por el tiempo, por vuestras lágrimas.

¡Oh, Dios mío! ¡Tú eres el único confidente del pasado! ¡Tú eres el refugio, el amparo de los que no son comprendidos en la tierra!

Fernando, al recorrer aquellas cartas, las vio al través de las lágrimas que su arrepentimiento le arrancaba.

En una de las últimas se detuvo. Databa de un año, porque por un sentimiento de tierna delicadeza Clemencia cesó de escribir desde que comprendió que era importuna y su recuerdo se había borrado del corazón de Fernando.

Había guardado silencio en vez de suplicar y humillarse, de proferir imprecaciones o de aparentar indiferencia, como lo hacen en estos casos las mujeres.

Decía así:

«Fernando:
Aunque en el largo espacio de un año sólo tres cartas tuyas he recibido, porque he creído que tus ocupaciones no te permiten ya consagrarme tanto tiempo como antes.

Y luego, ¿para qué escribir cuando en el fondo del corazón se sigue amando con el mismo fuego, y es uno el mismo de siempre?

En este largo año de mi vida he llorado mucho, pero he esperado mucho también, y aún me siento con fuerzas para esperar otro año, que creo será lo que dure a lo más tu ausencia.

»He comenzado una obra de manos, en la que debo ocuparme algún tiempo, y esperaré entretenida y alucinada para poder presentarte un objeto que será un primor, y que tendrá para ti el doble mérito de ser obra mía y de ser un testigo de mis suspiros, de mis lágrimas y de mis esperanzas durante nuestra larga separación.

Sólo una cosa me inquieta seriamente.

He comenzado a estar mala de esa enfermedad que ya sabes padezco desde la infancia, y algunos días he tenido que permanecer en la cama por orden de mi padre, que se aflige más de lo que debe, tal vez porque me ama tanto. Pero yo no me siento tan mala; sin embargo, por darle gusto, le obedezco en todas sus prescripciones.

El otro día, al tomar mi pulso, no pudo evitar un movimiento de cabeza, y me dijo que si continúo así iremos a pasar el invierno a Jalapa, que tiene un clima más benigno.

Yo te confieso que he estado a punto de llorar. ¿Cómo abandonar esta casa y este jardín tan llenos de dulces recuerdos tuyos? ¿Cómo abandonar este hermoso lugar, donde encuentro en todas partes las huellas de tus pasos?

Se me figura a veces, durante la noche, cuando me paseo por el jardín, que te estoy esperando, como tantas veces te he esperado. Cuando toco el piano, es tanta mi ilusión de que me escuchas, que muchas veces me vuelvo para hablarte, y al encontrar tu lugar vacío lanzo un grito, cierro el piano y me pongo a llorar. No he movido los objetos del sitio en que los dejaste, para que cuando vuelvas no encuentres ninguna variación, y sólo creas que despertamos de un largo y triste sueño, pero sin que nada en nuestra existencia haya cambiado. Guardo el mismo vestido que tenía puesto el día que partiste, para no volvérmelo a poner sino el día que vuelvas.

Vaya, te contaré una niñada que me perdonarás, ¿no es cierto?

He sembrado un rosal a quien he dado tu nombre, y cuyas flores han de servir para mi corona de desposada.

De desposada, ¡Dios mío!, sólo el pensamiento de tanta felicidad me hace llorar de alegría.

Casi la mayor parte de las horas del día paso junto de él en el jardín, regando sus tiernas hojillas, protegiéndole con mi cuerpo de los rayos ardientes del sol, de las ráfagas heladas de viento y de las gotas de lluvia.

Perdóname, Fernando, pero se me figura que estoy a tu lado y le hablo de nuestros proyectos, de nuestras esperanzas. Me alegro o me entristezco con él, y, ¿lo creerás?, parece que me comprende, porque cuando lloro se estremece, y cuando sonrío levanta sus hojillas como si participase de mi expansión.

Pronto brotarán sus primeros capullos.

Si tuviese que ir a Jalapa le llevaría conmigo, porque de otra manera se me figuraría que me alejaba de ti.

Mi padre no me habla de ti, ni me dice nada de esto, solamente toma mi mano entre las suyas para tomar mi pulso con disimulo, y me mira y se sonríe con una risa melancólica y tan triste que, por más que hace para ocultármela, no puede disimular la pena que le aflige.

Otras veces, bajo el pretexto de que estoy constipada, aplica su oído sobre mi pecho o sobre mi cuello, y me hace permanecer en esta postura mucho tiempo.

Después se encierra en su cuarto y permanece largas horas estudiando y preparando alguna amarga medicina, que me hace tomar.

Yo me veo en el espejo y no encuentro en mi cara, como indicio de la enfermedad, más que una completa palidez. Pero esto es muy natural, por lo mucho que lloro por ti y lo poco que me distraigo en otras cosas.

Ya volverán los colores a mi rostro cuando tú vuelvas.

Don Esteban viene como antes, y aunque ninguno de los dos hablamos de ti, sin embargo, con disimulo, me da tus noticias.

De quien no se ha vuelto a saber más es del señor Gil Gómez, que abandonó la aldea al siguiente día que tú, y que, según dices, nunca le has visto en la capital.

¡Pobrecillo, te amaba tanto!

¿Quieres que te diga mi método de vida durante tu ausencia?

Mira: me levanto un poquito tarde, porque mi padre me ha prohibido absolutamente recibir el viento frío de la mañana; me pongo de rodillas sobre el lecho y hago una oración por tu completa felicidad, por que Dios te preserve del mal en cualquier lugar en que te halles. Como don Esteban ha dicho acá que no era extraño que de un día a otro tuvieses que acompañar al señor Virrey a alguna campaña, hago otra por que no suceda esto; porque si yo supiese que te hallabas expuesto a algún peligro, ¡oh!, entonces ni podría vivir. La mañana la paso al lado mi rosalito, hasta que como en compañía de mi padre, que me mira y más me mira con tristeza y procura entretenerme hablándome de asuntos divertidos. Después paso algunas horas al piano, tocando las piezas de música que a ti más te gustaban, o algunas veces cantando, a pesar de la prohibición de mi padre, que dice que este esfuerzo lastima mi pecho. En la tarde vuelvo a mi rosalito para estar leyendo los libros que contigo leí. Después acompaño a mi padre a su paseo vespertino, y volvemos temprano a casa, porque él teme para mí el viento frío de la noche. Las horas de la noche las paso bordando lo que te he dicho. A las once me duermo pensando en ti y casi siempre sueño contigo.

A veces sueño que llegas, que te veo descender sobre tu caballo la colina que se ve desde la verja del jardín, acompañado del señor Gil Gómez, como tantas veces te he visto en aquellos días felices.

Otras, te sueño herido, ensangrentado, pálido o muerto, y entonces despierto anegada en lágrimas.

¡Si vieras lo que soñé la otra noche! Cualquiera diría que era un presentimiento.

Soñé que, viéndote llegar, quise salir a tu encuentro y no pude, porque estaba muy mala, que tú viniste y me dijiste con mucha tristeza, al ver que yo no me movía ni te hablaba:

-¡Pobre Clemencia, está muerta!

Y me sonreí al escucharte.

-¡Y bien muerta! -proseguiste-. ¡Clemencia! ¡Mi Clemencia!

Yo estaba escuchando, pero no podía responderte.

Entonces tú te alejaste llorando.

Y desperté, oprimido el pecho por una terrible angustia.

Por eso solamente me inquieta mi enfermedad. ¿Qué importaría morir al cabo de algunos años de haber vivido a tu lado?

Pero, ¡Dios mío!, morir antes de haberte visto, de haberte estrechado entre mis brazos una última vez, sería un castigo espantoso que el cielo no me enviará jamás, porque creo no haberle ofendido de una manera tan atroz.

¡Oh!, ven pronto, mi Fernando, porque llorando te espera

Clemencia.»

Las demás cartas eran anteriores a ésta, porque después la niña sólo había vuelto a escribir otra, por ese sentimiento de delicadeza y abnegación sublimes de que hemos hablado.

Fernando acabó de arreglar las otras cartas de su padre y todos los objetos para encerrarlos en su maleta de viaje.

Después salió para hacer llegar las cartas a su destino y no volvió a su habitación hasta bien entrada la noche.

XX En Jalapa

Jalapa es el Edén de ese Edén que se llama México.

Figuraos, los que no la habéis visto, una beldad con la frente coronada de flores y reclinada sobre un lecho de rosas a la falda de un cerro, que se llama el Macuiltepec, ceñida y refrescada por un río, que, después de haberla acariciado con suave rumor, va a abismarse en el mar bajo el nombre de río de la Antigua.

Figuraos una ciudad donde en todas partes nacen flores que adormecen y embalsaman con su blandísimo perfume; donde acarician los oídos y estremecen las fibras del corazón músicas de arpa o de un instrumento pequeñito y vibrador que se llama «requinto»; donde hay mujeres hermosas con una hermosura popular en todo México; donde cada amor es un idilio de Homero, o una confidencia de Lamartine, cada conversación un proyecto de fiesta, cada fiesta un concierto del cielo.

Figuráosla con sus casas de un piso, pintadas alegremente de blanco y adornadas con amplias ventanas, que a su vez adornan grupos de jóvenes aseadas, hermosas, alegres como una bandada de esas aves que tanto abundan en sus bosques y se llaman «clarín de la selva»; con sus jardines en que se cultivan las flores y los frutos de más hermoso color, más suave perfume o más exquisito sabor del Nuevo Mundo, desde la rosa reina hasta esa pequeñita que cubre las paredes con un tapiz, desde el árbol gigante del xenicuitl hasta los grupos enanos de moreras silvestres, desde el xochil hasta la campánula y la madreselva, desde el ancho y hojoso platanar hasta el naranjo pequeño.

Figuráosla con sus cañadas de Pacho y Tatahuipaca, en que se respira brisa de liquidámbar, con su camino de Coatepec, que es una calzada no interrumpida de naranjos en flor que embriagan los sentidos al embalsamar el ambiente, de yedras, moreras, platanares y limos, y a cuyo fin se encuentra un pueblecillo, el comercio de cuyos habitantes consiste en frutos y flores.

Figuráosla con su dique, que contiene una mole inmensa de agua, que se contempla desde un puente caer despeñada rugiendo y formando al chocarse abundantes copos de blanquísima espuma, remedo del mar, y en el que algunos años se han lanzado botes, en los que atravesaba su extensión una juventud de ambos sexos, coronada de flores, alegrando el ambiente con sus voces y haciendo vibrar la tibia brisa de la tarde con los acentos de una música alegre aunque melancólica.

Figuráosla durante la media noche, cuando a la modesta luz de la luna recorre las calles una turba alegre de jóvenes, que, aprovechando ese dulce privilegio de la juventud, entonan alegres serenatas al pie de los balcones o junto a las ventanas de su adorada; serenatas en que forman un dulce concierto vihuelas de todas dimensiones y flautas que a medida que van creciendo en volumen van produciendo sonidos más agudos y más alegres.

Figuráosla con sus comitivas que durante las tardes se dirigen a la sombría y perfumada cañada de Pacho, después de haber atravesado una extensa y verde llanura que se llama de Los Berros, para hacer frugales meriendas en que más se baila y se canta que se come.

Porque sus habitantes tienen ese dulce privilegio de una sencilla alegría que sólo muere con ellos.

Pensad cuán grata sorpresa experimentaréis cuando después de haber atravesado esas estériles y ardientes llanuras que semejan los desiertos de Arabia y se encuentran en el camino que a ella conduce desde Veracruz, cuando os sentíais ahogar por la sed, abrasar por los rayos solares, comenzáis a sentir que un bienestar se difunde por vuestro cuerpo, que vuestros labios se humedecen.

Es que habéis cambiado bruscamente de temperatura.

Es que habéis pasado del infierno al paraíso.

Es que estáis en Jalapa.

O bien, acabáis de atravesar un país montañoso, cubierto desigualmente por una erupción volcánica, donde sólo crecen algunos arbustos escasos de triste y mezquino aspecto, y azota dolorosamente vuestro rostro, helando vuestros miembros, el viento desigual e inclemente del Cofre de Perote, comenzáis a descender notable y repentinamente al llegar a San Miguel del Soldado, tendéis la mirada y veis allá abajo, medio oculta entre las quebradas del camino, ceñida de huertas y jardines, con su blanco y alegre caserío, una ciudad que, cual nueva Venus, parece que está naciendo de un océano de flores.

Es Jalapa, la de las bellas mujeres, la de las alegres músicas.

Es Jalapa, la querida de los gobiernos, y la cual han protegido los emperadores indios, los virreyes españoles y los presidentes mexicanos, acantonando allí sus tropas.

Es Jalapa, todavía embellecida por los versos de un hombre de genio, de un poeta que la muerte arrebató joven, porque era desgraciado, y no le dejó ni el consuelo de dormir su último sueño cerca de los que amó, porque fue a pedir una tumba a otro país inclemente.

Era mi padre, J. J. Díaz.

Era mi padre, su poeta más querido, aquel cuyos romances todavía se recitan en el hogar, cuyos versos todavía se cantan en las noches de luna, o en las reuniones populares.

Era mi padre, cuyos últimos días amargaron las vicisitudes políticas, pero que murió bendiciendo su bendito suelo.

Éste es Jalapa en 1857, y éste era Jalapa en 1812.

A esta ciudad fue transportada, una tarde tristísima de otoño, una joven que se moría e iba a buscar la vida en su pura atmósfera.

Era Clemencia.

Su mal había ido creciendo lentamente de día en día, y el doctor, desgraciado médico, impotente para luchar con medicinas contra la naturaleza, se volvía a esa naturaleza buscando en ella la medicina para su hija, que se moría.

El doctor se propuso luchar con todas sus fuerzas, hasta dominarlo o morir con aquel mal terrible que envenenaba la existencia de su hija.

Hizo arreglar una primorosa casita de un piso, con un hermoso jardín, situada casi fuera de la ciudad, hacia el barrio de Santiago. Transportó a ella todos los objetos de Clemencia y la puso en las condiciones mejores para que la habitase un enfermo.

La habitación de su hija, contigua a la suya, era una pieza de alegres pinturas y agradable aspecto, que recibía luz y sol por una ventana lateral que daba inmediatamente al jardín, hasta donde llegaba el perfume de los azahares, los nardos y las rosas, desde donde se podían contemplar los árboles con su verde follaje, las flores con sus lindos colores, el cielo con su azul.

En esta pieza, pues, volvemos a encontrar a Clemencia, ¡pero qué cambiada, Dios mío!

Ya no es aquella niña alegre que corría por su jardín para cortar a Fernando las más hermosas flores.

Dos años y la enfermedad han cambiado notablemente su fisonomía, dando a su rostro una expresión de tristeza, de languidez, de sufrimiento, que hace llorar al que otros días la ha contemplado.

Estaba afectada en último grado de una enfermedad que los médicos llaman «clorosis», complicada además con una grave afección en el pecho.

Consiste esta enfermedad, o estado general morboso de la constitución, en una diminución tan notable de la masa de la sangre, que, al abrir después de la muerte los vasos que [contienen] habitualmente este líquido, se les encuentra casi vacíos o llenos de otro líquido acuoso, casi incoloro.

Durante la vida se manifiesta por una palidez profunda de la piel, del interior de los labios, de la membrana interna de los párpados.

Se experimentan fuertes palpitaciones, síncopes, desmayos; los ojos son heridos vivamente por la luz solar, o experimentan deslumbramientos de objetos en acuerdo con el estado moral del individuo; los oídos escuchan ruidos sordos y monótonos.

El apetito se pierde casi siempre.

Si se aplica el oído a las arterias, pero más particularmente a las del cuello, se escucha un ruido muy particular, un soplo, una especie de canto triste y monótono, que se llama «canto de las arterias», y que depende, probablemente, del choque desigual que la columna de sangre disminuida ejerce contra las paredes de los vasos que la contienen.

El corazón, sin embargo, no presenta nada notable; pero los demás órganos del pecho se afectan orgánicamente casi siempre.

El fierro, naturalmente contenido en la sangre, ha disminuido, y esto explica la transformación acuosa de este líquido.

Acontece, primeramente, por una predisposición individual particular, un estado de la constitución.

Otras veces, por abundantes pérdidas de sangre, por pesadumbres repetidas, por un estado contemplativo del individuo, en el cual predomina generalmente el temperamento nervioso muy delicado y muy sensible.

Se procura en el tratamiento destruir las enfermedades esenciales que la clorosis complica, restituir a la sangre la substancia ferruginosa que ha perdido, o aumentar su masa, para lo cual algunas veces se ha recurrido a la transfusión en los vasos de la sangre de otro individuo.

¡Recurso supremo en el que sólo una madre o un ser que nos ame con toda su vida puede darnos ese jugo purísimo de la juventud!

Hemos dicho que la fisonomía de Clemencia había cambiado notablemente, pero sin dejar por eso de ser menos hermosa. Pero era una hermosura de un tipo diferente; dos años antes era la de la Virgen de Murillo, ahora era la de esa misma Virgen al pie de la cruz.

Una profunda palidez cubría completamente su rostro, haciéndola semejar una estatua de marfil; sus venas se dibujaban debajo de la piel como si ésta se hubiese hecho transparente; sus labios estaban flacos completamente, lo mismo que sus manos; su corazón se oía latir levantando la tabla anterior del pecho, como si la sangre, al huir de las extremidades, se hubiese acumulado en este órgano de vida; un círculo sombrío rodeaba sus ojos, que lanzaban una mirada ardiente, febril por decirlo así, como si en ellos se hubiese concentrado todo el fuego de la pasión que la consumía; sus cabellos castaños caían formando dos bandas y circunscribiendo el óvalo de cara más perfecto y de más doliente expresión que se pudiera contemplar.

Su voz había tomado ese timbre particular, casi metálico, que revela un profundo desarreglo en los órganos de la respiración, pero templada su aspereza por el acento de triste dulzura que el dolor y la resignación le daban.

Su cuartito, que decoraban los mismos muebles que ya conocemos, estaba cuidadosamente cerrado por el doctor, a fin de no dejar acceso al aire frío.

El lecho, con cortinaje blanco en un rincón, el piano en otro, la mesa cubierta de ramos de flores todos los días renovadas, en medio el sillón en que la joven pasaba sentada la mayor parte de las horas del día frente a la ventana, cuya vidriera, herméticamente cerrada, dejaba penetrar, sin embargo, un rayo benéfico de sol, y desde donde se veía el jardín con sus flores, sus árboles y sus alegres aves.

Serían las once de la mañana cuando Clemencia, que estaba sentada en ese sillón, leyendo absorta una de las primeras novelas de Lord Byron, que acababa de aparecer, y que el doctor se había procurado con trabajos, levantó la cabeza y la volvió atrás al ruido de una puerta que se abría.

Una persona se acercó de puntillas.

Era el doctor.

Al contemplar la fisonomía de la joven, el buen doctor no pudo menos de dejar pasar por su frente una sombra de tristeza profunda; pero trató de disimular su emoción yendo a tomar una silla, en la que se sentó cerca de su hija, tomando su pálidas y descarnadas manos entre las suyas, a la vez que preguntaba con afectuoso acento:

-¡Buenos días, hija mía! ¿Cómo te sientes?

-Lo mismo que siempre, ¡padre mío! Esta fatiga en el pecho me impide respirar -respondió Clemencia.

-¿Pero por qué te has levantado hoy, y además tan temprano? ¿No te había dicho ayer que no salieses de la cama? -dijo el doctor sin poder disimular la impaciencia que sentía al ver el funesto estado de su hija, a quien veía morir entre sus manos, saliendo vencido él, que representaba la ciencia, por la muerte, después de haber luchado como un gigante.

-Estaba tan bella la mañana, tenía tanto deseo de ver el jardín, de respirar el aire puro, de vivir, que he creído que me moriría quedándome en la cama -respondió Clemencia con un acento que era una disculpa, y era al mismo tiempo una queja, acaso la primera que su enfermedad le arrancaba.

-Pero, ¿no ves, ¡alma mía!, que el frío te hace tanto mal y que los días que permaneces en la cama estás mucho mejor del pecho?

-Es cierto, pero...

Y Clemencia no pudo continuar, porque un acceso violento de tos, que le acometió, ahogó su voz. Llevó su blanco pañuelo a su boca y le retiró completamente teñido en sangre.

Quiso ocultar esta acción a su padre, pero ya era tarde.

El padre iba a lanzar un grito que se ahogó en su garganta, pero el médico pudo ocultar su emoción a la enferma.

Los dos permanecieron un momento silenciosos.

-Conque te volverás a la cama ahora mismo, ¡hija mía!, ¿no es verdad? Ya ves que el día está demasiado frío y esos accesos de tos lastiman mucho tu pecho -dijo el doctor al cabo de un momento de doloroso silencio.

-Sí, señor, le obedeceré a usted. Pero antes quisiera pedirle una gracia -dijo Clemencia con ese acento que usan los niños para hablar a sus padres cuando quieren obtener de ellos una licencia o el cumplimiento de un deseo infantil.

-¿Una gracia, hija mía?

-Sí, señor, y muy grande.

-Pero, ¿qué puede ser, ¡hija mía!, que yo no te conceda, si es cosa que está en mi poder?

-Sin embargo, papá, pudiera ser que me la negara usted.

-¿Pero qué es una cosa tan grande o tan imposible?

-Para mí, ni lo uno ni lo otro tiene. Pero como usted es tan severo cuando está uno enfermo, temo que...

-¡Ah!, ya comprendo, es una cosa que tiene relación con la enfermedad -dijo el doctor sonriéndose.

-Precisamente.

-Está bien, pues veamos, y si es posible...

-¡Oh!, no, entonces ni lo digo, porque, antes de saber qué cosa es, ya lo está usted poniendo en duda.

-¿Pero no ves, niña, que puede ser una cosa que te haga mal y entonces...?

-¡Oh!, no será muy grande el mal que me haga; y, sin embargo, experimentaría tanta satisfacción, que yo, si fuese médico y me pidiese usted una cosa tan sencilla y que tanto deseaba, no se la negaría.

-Ya se ve; pero bien, dime por fin lo que quieres. Puede ser que, en vista de ese deseo tan grande que manifiestas, te lo conceda yo.

-¿Me lo jura usted?

-¡Oh!, no, tanto no puedo hacer antes de saber.

-¿Me lo promete usted?

-Es decir, sí y no... según.

-Ya ve usted que es lo único que le he pedido durante mi enfermedad -dijo Clemencia con angustioso acento.

-Está bien, te lo prometo, di...

-Quisiera, antes de meterme acaso para siempre en la cama, ver por última vez mi rosalito, que he hecho traer desde San Roque y que está ahora en el jardín -dijo por fin Clemencia ruborizándose, como si el temor de una repulsa, o el placer de una concesión, hubiesen hecho afluir a su rostro la sangre que se agolpaba en su corazón.

-¡Imposible! -dijo el doctor poniéndose de pie-, imposible es que tú recibas el viento frío del jardín.

Clemencia guardó silencio; una lágrima apareció en sus ojos y rodó silenciosamente a lo largo de sus mejillas, que otra vez habían vuelto a su estado habitual de palidez.

El doctor se paseaba agitado por la estancia.

-¿No ves que una locura de ésas puede ponerte más mala? -dijo por fin acercándose al sillón en que permanecía su hija, resignada y silenciosa.

El doctor comenzó a capitular.

Clemencia lo comprendió, porque dijo:

-Sin embargo, ¡hubiera hecho tanto bien a mi alma la satisfacción de ese deseo!

-Pero vamos, ¡no seas niña, Clemencia! Dime, ¿por qué me pides una cosa que sabes te hace tanto mal, y porque no te lo concedo te pones tan triste que me vas a hacer ceder? Y no, no, porque entonces yo tendré la culpa de lo que te suceda -dijo el doctor cediendo más y más.

-No, señor, si cree usted que me haga tanto daño, no me lo conceda.

-Mira, no creas que es por mortificarte, la mañana está muy fría y el viento, el fuerte aroma de las flores, te van a hacer tanta impresión, a ti, que estás tan delicada, que esta tarde te entrará la calentura más temprano que ayer y los días anteriores -continuó el doctor, contradiciéndose como un niño que en vano quiere ocultar lo que va a ejecutar.

-Está bien, entonces ni hablemos más de ello, padre mío -dijo Clemencia con triste acento.

-¡Oh!, pero si también ni me ruegas, ¿cómo quieres que no ceda? ¡Mi niña! Vamos al jardín, al fin, como siempre, has hecho de mí lo que has querido -exclamó el doctor sollozando casi como un niño.

Hacía treinta años que aquel hombre de fierro luchaba como un gigante contra todos los sufrimientos, todos los dolores físicos y morales, todas las pasiones en el estado en que el hombre no se toma la pena de ocultarlas, venciendo siempre. Y ahora, cuando más necesitaba de sus fuerzas para luchar, cuando habría dado toda su vida pasada en el servicio de la humanidad para salir vencedor, se encontraba impotente, débil, anonadado ante las terribles e invariables leyes de la naturaleza.

-¡Oh!, ¡mil gracias, padre mío! -exclamaba Clemencia con tierna efusión-. ¡Mil gracias! ¡Me acaba usted de dar la última prueba del inmenso cariño que me profesa!

-Pero, ¿me prometerás que estaremos sólo un momento en el jardín y que volverás inmediatamente a la cama? -dijo el doctor procurando sacar el mejor partido posible de su derrota.

-Se lo juro a usted, sólo un momento delante de mi rosal, y después a la cama.

-Pues deja antes que te abrigue -dijo el doctor trayendo a su hija una gorrita inglesa con que cubrió su cabeza y un tápalo grueso de lana, color de cereza, con que la envolvió cuidadosamente.

-Ya estoy, papá.

-Ahora los guantes.

-Ya me los he puesto.

-Ahora, antes de salir, toma una cucharada de este jarabe de Kermes y una de tus píldoras de fierro -continuó el doctor corriendo de un extremo a otro de la habitación-. Ya ves que el jarabe te calma tanto la tos.

Clemencia hizo lo que se le mandaba.

-Ahora apóyate en el brazo de tu padre, que es un consentidor, que no está bueno para médico -dijo el buen doctor presentando cariñosamente el brazo a su hija.

Clemencia se apoyó en él y ambos salieron de la habitación.

Eran cerca de las doce; el jardín estaba un poco triste, porque corrían los últimos días del mes de septiembre, y la lluvia había arrancado al pasar algunas flores demasiado delicadas para sufrir indiferentes su enojo. Pero, sin embargo, los rosales estaban cubiertos de flores, los xóchiles, los nardos, los jazmines, las mosquetas, esparcían una aroma que aun a otra cabeza más fuerte que la de la enferma habrían causado mareos.

¡Muy triste debió de presentarse el jardín a los ojos de Clemencia, que acaso lo veían por la última vez; muy tristes debieron ser los pensamientos que cruzaron por su imaginación calenturienta, cuando por sus mejillas pálidas corrieron dos lágrimas que fueron silenciosas a mojar una de las flores de un rosal junto al cual la joven se había detenido apoyada en el brazo de su padre!

Era un rosal pequeño, porque debía ser muy nuevo todavía, según la flexible blandura de su tallo y el vivo color de sus hojas. Estaba cubierto completamente de flores casi en botón todavía, que sólo se entreabrían para suspirar un aliento suave y embriagador.

Lo mecía con blanda oscilación la brisa; cerca de él giraba un colibrí, que anhelaba libar su dulce miel, y que maldecía en su interior al importuno que le impedía acercarse.

¡Ay!, el ave no sabía que para un corazón ese rosal era un libro y esas flores las páginas en que estaba escrita toda una historia de amor, de recuerdos, de lágrimas; historia que un moribundo leía por la última vez.

¡Dolorosísima, como de amor sin esperanza, debía ser esa historia, porque los ojos de Clemencia, que estaban fijos en una flor que del rosal había arrancado, velaron su mirada con lágrimas!

Al verla llorar, se hubiera podido decir con un poeta mexicano:

¡Pobre mujer! Tus lágrimas enjuga,
¿a qué verterlas en inútil llanto
si al fin el hombre a quien adoras tanto
indiferente y sin piedad las ve?

Y al verla morir tan joven, exclamar con Lamartine:
¡C'est bientôt pour mourir!
Porque las mujeres son flores que abren dulcemente su corola a las brisas del amor, pero se agostan al viento del desengaño.

-¡Vaya, hija mía!, ya has cumplido tu gusto y tiempo es de que volvamos a tu aposento -dijo en tono dulce el doctor al cabo de un rato de doloroso silencio.

Clemencia no respondió; de sus ojos se desprendieron raudales de lágrimas y ocultó su cabeza en el pecho de su padre sollozando dolorosamente.

El anciano la estrechó contra su corazón, y no pudiendo ya disimular por más tiempo su emoción, estalló su dolor en angustiosos gemidos.

Padre e hija se abrazaron confundiendo sus lágrimas.

¡Era un espectáculo que despedazaba el corazón el de aquel anciano y aquella joven abrazados llorando en medio de un jardín en que cantaban alegres y vocingleras aves, en que se estremecían de placer al beso del ambiente las flores, en que murmullaban dulcemente las fuentes, en que el sol lanzaba sus rayos más hermosos!

¡Era una ironía tanto dolor en medio de una naturaleza tan risueña, que parecía convidar a la vida, a la alegría, al movimiento, que parecía no haber escuchado nunca más que cantos de amor, en vez de gemidos de pesadumbre!

¡Eran un padre y una hija despidiéndose para la eternidad!

El uno, infeliz médico, veía morir a su hija entre sus brazos, luchando por detener las leyes de una naturaleza invariable, sintiéndose vencido, cuando habría dado toda su vida por salir vencedor.

Filósofo, comprendía la causa del dolor de su enferma.

Padre, perdonaba a su hija y la bendecía al dintel de la tumba.

La otra, sentía la muerte irse apoderando de su ser, y al morir su cuerpo, despertaba más ardiente en su alma su amor; pero se veía olvidada, abandonada por el que amó, y le consagraba sin embargo sus últimas lágrimas, sus últimos suspiros, la agonía de su pensamiento, que al girar sobre su pasión imposible, sobre su cariño sin esperanza, había llegado a ser un castigo para ella.

Lanzaba su postrer y lastimero ¡adiós! a aquel rosal, que en otros días, cuando tenía el consuelo de esperar, había sido un talismán misterioso de su amor, un relicario de sus recuerdos, de sus delirios, de sus esperanzas, y ahora sólo era la dulce perspectiva de una felicidad desvanecida para siempre, de una ilusión tan falsa que se disipó como un sueño.

Amante, perdonaba aún y olvidaba su abandono. Desgraciada, vertía las últimas lágrimas de despedida a un amor que fue su gloria.

De repente, Clemencia se desvaneció, sintió faltar la tierra bajo sus pies y, arrancándose de los brazos de su padre, cayó aplomada y perdió el conocimiento.

Tanta luz, tanto perfume y el exceso de su emoción habían agotado sus fuerzas y la habían desmayado.

El doctor se apresuró a cubrirla, la tomó entre sus brazos como si fuera un niño dormido y corrió con ella a su habitación, depositándola sobre su lecho.

-Y ahora -murmuró casi llorando el doctor cuando Clemencia hubo vuelto en sí-, ahora se ha acostado para no volverse a levantar más.

XXI ¡PADRE Y MÉDICO!

Ocho días después de la escena referida, el doctor, encerrado en su gabinete, escribía a su amigo don Esteban la siguiente carta, que a menudo interrumpía para enjugar las lágrimas que de sus ojos corrían:

«Mi amado amigo:
¡Duerme mi hija en el cuarto inmediato!
Estoy escuchando perfectamente el sonido de su respiración áspera y desigual, y me aprovecho de este instante para escribir a usted, como hemos convenido, y para desahogar en el seno de la amistad el dolor con que me siento morir.

Desde la última vez que he escrito a usted, ha seguido cada día más mala; pero precisamente en esta última semana es cuando la enfermedad se ha desarrollado de una manera espantosa y cuando he tenido que emplear, para combatirla, los medios más crueles y más inhumanos.

Figúrese usted, amigo mío, que yo mismo, padre inhumano, he puesto un cáustico sobre su pecho; que yo mismo, como un infame, he desgarrado hasta hacer brotar la sangre ese pecho tan blanco, que parecía sólo formado para exhalar cantos de amor y palabras de consuelo.

Pero, ¡Dios mío!, bien sabes que era un recurso necesario que yo mismo he estado dilatando, acaso más del tiempo que debiera; que en ese cáustico está puesta mi última esperanza, y que si ésta se desvanece, como tantas otras, entonces no hay más que sufrir y resignarse.

¡Cuánto ha sufrido! Por no hacerme padecer, ha contenido sus gemidos, ha ahogado sus sollozos, ha intentado sonreírse mientras duraba la cruel operación, como si su infeliz padre no estuviese conociendo ¡cuánto! ¡cuánto debía estar padeciendo!, ¡como si mil veces no hubiese escuchado los gemidos de hombres fuertes y sufridos!

Todos los días, a la hora de la curación, se repite esta dolorosa escena.

Más querría yo que llorase, que exhalase libremente sus gemidos, y no que se sonría con esa risa de mártir.

Hay una idea que la mata, que la lastima dolorosamente en medio de sus padecimientos físicos: su amor, su amor imposible, su amor de mártir, y sin embargo, ni una palabra, ni una queja amarga contra tanta ingratitud, contra tan cruel abandono.

¿Cree usted, don Esteban, que esta pobre niña deje de comprender que Fernando la borró de su memoria y que ha echado su corazón en otros brazos?

No, lo comprende muy bien, pero se calla, sufre y perdona.

¡Dios mío!, ¡cuánto sufrimiento y cuánta resignación!

En este momento acaba de exhalar un gemido; he corrido a su cuarto, pero la he encontrado dormida, con su rostro apacible, con su sonrisa de ángel.

La he besado en la frente, silenciosamente, para no despertarla, y me he vuelto de puntillas a escribir.

¡Dios mío!, la veo latir todavía y, aunque conozco que su vida se está apagando como una lámpara, no puedo reanimarla.

¡Señor!, yo os daría toda mi vida, pasada durante treinta años en el alivio de los sufrimientos de la humanidad, por el rescate de esa vida de mi corazón.

Hay momentos, don Esteban, en que, al ver el poco efecto que producen las medicinas que tanto cuidado pongo en preparar y que los autores consideran como infalibles, maldigo el pensamiento que me impulsó a adoptar una carrera de tinieblas, en la que el que más hace, camina a tientas.

¡Oh!, la ciencia es un abismo inmenso, insondable, que sólo cuando la luz nos alumbra podemos contemplar desde el borde, pero ¡ay! del que osare penetrar en él.

¿De qué me sirven tantos años de estudio infatigable y de constante observación?

De saber la marcha terrible de la enfermedad, de conocer, como si las viera, las transformaciones mortales que se están haciendo en los órganos del pecho de mi hija, transformaciones que no puedo impedir.

Dicen los sabios que la ciencia avanza, porque pueden apoderarse de un cadáver y ver y tocar los cambios morbosos que ha causado la muerte; porque pueden referir tales o cuales desarreglos orgánicos, tales o cuales síntomas observados durante la vida; porque pueden hacer un buen diagnóstico de una enfermedad.

¿Pero de qué sirve, si no pueden detener esa horrible marcha, si su terapéutica es impotente para volver a su estado normal los órganos destruidos por la enfermedad?

Más valdrían menos autopsias y observaciones patológicas y más experiencias terapéuticas, más medicinas y menos teorías.

¿Qué vale el perfecto conocimiento de un órgano, cuyos últimos ramos nerviosos microscópicos se pueden seguir por la economía, si no se puede impedir la muerte, que se produce por una alteración imperceptible de ese órgano?

¡De nada! ¡Orgullo! ¡Siempre orgullo! ¡Teorías! ¡Siempre teorías! Y al fin de todo nuestra pequeñez, nuestra miseria, nuestro lodo.

¿De qué me sirve a mí, infeliz padre, el título de sabio y los honores que llevo?

Muchas veces me han llamado llorando los hombres su salvador, su padre.

Muchas madres han caído a mis pies abrazando mis rodillas, entre sollozos de gratitud, porque había vuelto a su seno amante un hijo que era su vida.

Muchos amantes me han bendecido porque había vuelto a sus brazos el ser amado, que se moría, porque con mi ciencia había reanudado la rota cadena de su felicidad.

Y yo he llorado también como ellos, porque en mi loco orgullo había creído que la vida y la felicidad estaban bajo el dominio de la ciencia, y que mientras más supiese, más podía ser el bienhechor de la humanidad.

Y ahora, ¡Dios mío!, ahora que me siento débil, ¿no podréis hacer por mí lo que yo tantas veces he hecho para los demás?

¿Queréis castigar mi loca soberbia de una manera tan cruel?

¡Oh, Señor!, sería una injusticia, sería un crimen... ¡Silencio! Vos sabéis lo que hacéis. Si está dispuesto así, a mí, pobre mortal, no me toca más que sufrir y resignarme.

¡Volvedme a mi hija!, y os juro que emplearé los días que me restan para el viaje de la vida en consolar a los desgraciados, en bendecir vuestra omnipotencia y en orar por mi hija. ¡Volvédmela, Señor! ¡O hacedme morir antes que ella!

Sí, amigo mío, en esta semana ha envejecido veinte años.

No puedo dormir un momento.

Varias veces, durante las altas horas de la noche, abandono mi lecho de tormento para dirigirme silencioso al lado de mi hija.

Si ella está despierta, finjo cualquier pretexto para ocultarle mi ansiedad; si por el contrario duerme, ¡oh!, entonces me acerco de puntillas a su lecho y paso largo tiempo contemplando su rostro a la tenue luz de una lámpara que alumbra la estancia, contemplo entristecido sus facciones cubiertas por una palidez mortal, sus labios blancos formando una sonrisa de resignación, el círculo sombrío que rodea sus cerrados ojos, escucho su respiración estertorosa, porque uno de sus pulmones ya no ejerce absolutamente sus funciones y el otro pronto se afectará todo de igual manera.

¡Oh!, entonces habrá llegado el término fatal que preveo.

Muchas veces despierta, y al abrir sus ojos me encuentra junto a su lecho, pálido, afligido, con el rostro descompuesto por el dolor, contemplándola con ansiedad.

Al verme, se sonríe y, tomando mi mano entre las suyas, me dice con ternura:

-¿Pero qué hace usted aquí, papá, a estas horas? ¿No ve que le hace mal el levantarse?

Yo, ahogando mi emoción, le respondo:

-¡Oh!, no, nada, hija mía, sino que me parecía haberte escuchado quejar, y como no puedo dormir, me he levantado para ver si querías alguna cosa.

-No, me siento bien, papá. Pero vaya usted a dormir un poco.

-Pero hija...

-Nada, si se queda usted aquí, me enojaré.

Y entonces vuelvo a mi aposento y me pongo a escuchar detrás de la puerta, hasta que por su respiración conozco que se ha vuelto a dormir, y de nuevo la contemplo dormida.

Después me encierro en mi gabinete y devoro todos los libros en las páginas que tratan de la enfermedad de mi hija. Pero, ¿qué puedo encontrar que ya no sepa? Por el contrario, sólo me aseguro cada vez más de la terminación fatal del mal.

Quisiera que todos los libros de que se compone mi biblioteca tratasen de esa enfermedad, para ver si acaso encontraba yo algo nuevo que me hiciese sentir un vislumbre de esperanza; quisiera que todos los enfermos para quienes soy llamado presentasen ese mal, para probar aún mis fuerzas.

Las pocas horas que paso fuera de casa, en el ejercicio de mi triste profesión, son un tormento para mí, porque me parece que en mi ausencia va a acontecer algo terrible, y cuando vuelvo procuro leer en todas las caras de los criados lo que pasa.

Precisamente días pasados he estado asistiendo a una joven de la misma edad de mi hija y que sufría hace tiempo con su misma enfermedad.

Era el encanto, la adoración de sus desgraciados padres, que habían puesto en mí sus últimas esperanzas. La he visto ir presentando los mismos síntomas que mi Clemencia; como ella la he visto irse consumiendo, y me he desesperado al ver el poco efecto de mis medicinas, que son las mismas que he empleado para mi hija.

Por fin, antes de ayer, después de una tranquila agonía, ha muerto. ¡Dios mío, como morirá mi hija!

¡Señor! ¡Señor! ¡Vos no lo permitiréis!

He vuelto a la casa llorando lo mismo que lloraban sus padres.

El otro día, al entrar en el cuarto de Clemencia, me ha recibido con las siguientes palabras:

-¡Padre mío!, quisiera que me concediese usted un favor.

-¿Un favor? -he preguntado sonriéndome.

-Sí, señor.

-¿No será como el del otro día, de ir al jardín, que ya ves el mal que te ha causado?

-¡Oh!, no, señor, ésta sí que es una cosa muy sencilla.

-Bueno, bueno, hija mía, di...

-Quisiera tocar en mi piano algunas piezas, por la última vez, ya ve usted que esto no me puede causar ningún mal...

-Pero, ¿no ves, niña, que no puedes hacer ningún movimiento, porque te lastima el pecho...?

-Sin embargo, me ha interrumpido, no porque deje yo de tocar, he de seguir menos mala, y estaré de esa manera muy entretenida los días que aún tengo que estar en la cama.

Y sus ojos, al decir estas palabras, se llenaron de lágrimas.

Yo sentía un nudo ahogando mi garganta.

-Pero, dime, ¿para qué quieres tocar? ¿No ves que la música te hace tanta impresión? ¿Para qué lastimarte el corazón con el recuerdo de cosas ya pasadas, que al fin no tienen ya remedio? Deja, niña, esos pensamientos tan tristes y procura distraerte.

Sus ojos volvieron a arrasarse de lágrimas.

Al cabo de un momento de silencio, me dijo con triste lentitud:

-Sí, señor, es cierto, pero si al fin ya me voy a morir, ¿por qué no darle gusto a una moribunda? ¿Qué mal se puede ya pensar de una muerta?

En efecto, me he dicho, ¿por qué no darle gusto a una moribunda?

Y he hecho acercar el piano a su lecho y colocarlo a una altura regular para que no la molestase.

Se ha incorporado en la cama y ha comenzado a tocar muy despacio y muy quedo, de una manera tan triste, tan triste, que me he salido precipitadamente de la estancia porque sentía que el corazón se me había reventado dentro del pecho.

No ha querido, por más que he hecho, que se retirase el piano, y por las tardes, cuando comienza a invadir su marchito ser la fiebre, se pone a tocar, y aun algunas veces, a pesar de mi expresa prohibición, canta en voz baja.

¿Y qué le parece a usted, amigo, que toca?

Todas aquellas piezas que en otros días tocaba al lado de Fernando, y más particularmente las que a éste le agradaban.

¡Cuánto tormento!

¡Cómo hacer para arrancar de su corazón ese pensamiento tirano que le ocupaba, despedazándole de una manera dolorosísima! ¡Esa carcoma tenaz de su existencia ya herida!

A veces pienso que si Fernando volviera, acaso su presencia la reanimaría.

Pero es más probable que, en el estado en que está, las fuertes sensaciones la acabasen de matar.

Y luego, aunque se concedan los remedios mortales, para un mal tan físico, tan terriblemente seguro, ¿cómo hacer venir a ese joven, que, lo mismo que le pronostiqué a usted hace dos años, la ha olvidado completamente en medio del torbellino de México, y durante un año ni una sola carta, ni un recuerdo le ha consagrado?

Por consiguiente, después de haber buscado la medicina de mi hija en el clima, en todos los medios de que hablan los autores, en un cuidado especial; al verla morirse día a día, no me queda ya más que decir con el Dante esas desconsoladoras palabras de un dolor sin tregua:

Lasciate ogni speranza...

Espero a usted, amigo mío, en uno de estos días, según me lo ha prometido.

¡Oh!, venga usted, venga, porque necesito tener a mi lado un amigo con quien desahogar mi dolor, un amigo que me consuele y ayude en las tribulaciones.

Suspendo por ahora mi carta, porque Clemencia no debe tardar mucho tiempo en despertar, y voy a ver el efecto que ha producido la última medicina que le he dado».

El doctor cerró silenciosamente la carta y corrió al lado de su hija, que en este mismo momento despertaba.

XXII Un muerto antiguo

Fernando había partido de México al amanecer del día siguiente al que le hemos visto tan afligido y tan arrepentido. Al dejar tras de sí la opulenta capital, no pudo menos de lanzar un suspiro por el tiempo de olvido y casi de prostitución que en ella había pasado, olvidado de Clemencia.

Pero la resolución del joven, aunque tardía, era irrevocable, y esto contribuyó en parte a hacerle recobrar su tranquilidad. Además, el país que atravesaba era delicioso de contemplar, y muy capaz por sí solo de distraer un pesar por intenso que éste fuese.

Comenzaba a despuntar el día y el sol de los trópicos se levantaba majestuoso en el firmamento sobre la nevada cumbre del Popocatepetl y el Ixtacihuatl, alumbrando hacia la derecha la laguna de Chalco, y a la izquierda la de Texcoco, cuyas dormidas aguas semejaban dos inmensos espejos en que se contemplaba un cielo de un color azul de plata, a causa de la hora. Detrás de ellas se veían las torres de la opulenta capital. En segundo término la montaña de Ajusco, y en lontananza esos infinitos pueblecillos que están esparcidos en el sin par valle de México, como las flores de un ramillete que tiró al acaso una maga.

El joven almorzó en Ayotla, atravesó los bosques de Venta de Córdoba y Río Frío y durmió en la pequeña aldea de San Martín, en una mala posada.

Le pareció que entre los viajeros que se agolpaban en la sala de comer de la posada había uno que creyó reconocer, y que al verle ocultó su rostro debajo del ala de su sombrero y detrás del emboce de su jorongo.

Pero no hizo atención a este incidente, y se durmió con ese sueño con que se duerme a los veinte años, por más que los pesares estén desgarrando el corazón.

Al caer la tarde del siguiente día, se presentó a su vista la Puebla de los Ángeles, con las mil torres de sus conventos, cual nueva Roma del Nuevo Mundo. Pasó la noche en el primer mesón que se presentó a su vista y volvió a partir al amanecer.

El joven contempló el magnífico espectáculo que presentaba el valle de Puebla, con sus volcanes de Popocatepetl e Ixtaci-huatl, con su montaña de la Malinche, empapada de recuerdos y tradiciones aztecas, con las casas lejanas de sus haciendas, acariciadas por las brisas que formaban los suspiros del río de Atoyac, que muchos años después ha llenado de poesía Félix María Escalante.

Dejó atrás las pintorescas aldeas de Amozoc y Acajete, hoy ensangrentado con el recuerdo de Mejía, el desdichado general, una de las innumerables ilustres víctimas de nuestros errores políticos. Se detuvo al medio día en Nopalúcam y durmió en una venta destartalada e inclemente que se llama hoy Tepeyahualco y que se encuentra aislada como centinela en medio de un arenal de doce leguas que nombran del Salado, llanura tan semejante a las de Arabia que al medio día se presenta el fenómeno físico del espejismo, que consiste en contemplar todos los sitios que la vista puede alcanzar como inundados por el desborde de los mares, efecto de la refracción de los rayos solares, llanura en que se levantan remolinos de polvo semejantes a los que el «simoun» forma en el Sáhara.

Sólo otro viajero durmió en la solitaria venta.

Era un hombre muy pálido, rubio; pero perfectamente cubierto su rostro por uno de esos especie de «schals» que desde tiempos inmemoriales han usado los viajeros mexicanos para resguardarse del viento, del polvo y la lluvia de los climas tropicales.

Montaba un hermoso y ligero potro, de esa raza del bajío, muy superior al caballo en que cabalgaba Fernando, y al entreabrir su finísimo jorongo del Saltillo para prepararse a caminar, dejó ver un par de magníficas pistolas, ceñidas a su cintura, además de una espada que azotaba los flancos de su montura.

Si Fernando hubiese estado menos preocupado, habría observado a este hombre que le seguía sin perderlo de vista a cierta distancia, galopando cuando él galopaba, refrenando su caballo para llevarle al paso cuando él refrenaba, a fin de, sin ser visto, mantenerse a una distancia cercana de él. Pero Fernando, llevando todo un mundo de recuerdos y esperanzas en su corazón, no podía hacer atención en un incidente tan sencillo como el de un viajero en medio de la ruta.

Así es que siguió caminando ignorante de la vigilancia de que era objeto.

El viajero, que poco más o menos ya sabemos quién es, se reía con una risa infernal, murmurando:

-¡Miserable! Has tenido el atrevimiento de insultarme de la manera que más ofende a un noble, despedazando un guante en mi rostro, y ni tiempo tendrás para arrepentirte de ello, porque mi venganza está suspendida sobre tu cabeza y muy pronto va a anonadarte.

Dos aves de un tiro, como dicen -continuaba el siniestro amante de doña Regina-, hago un viaje por asuntos de interés a Veracruz, y el diablo, porque no puede ser otro, te arroja en medio de mi camino, descuidado, desarmado casi, pésimamente montado.

Creías haberme humillado.

¡Pobre halcón en las garras del milano! No es ciertamente la primera vez que abismo ante una bala todos esos bellos sueños de la juventud, de amor, de nobleza.

Pronto hará dos años que en los desiertos del Potosí hice caer con una palabra la cabeza de un hombre que se creía triunfante apóstol de una causa que aborrezco, y vi caer a mis pies, retorciéndose con las convulsiones de la agonía, a otro imbécil niño que había osado oponerse a mi paso, siempre directo, siempre seguro.

Ni una tumba encerró sus despojos, pero los milanos habrían dado buena cuenta de su cadáver.

Después de todo, no es tan mal país, como yo lo había creído al principio, esta Nueva España.

Se hace uno amigo del virrey Venegas o de don Félix María Calleja, se les dan importantes noticias acerca de los insurgentes y se especula muy bien con el espionaje y la denuncia.

¡Bueno, bueno!, sigan así las cosas.

Y a este sangriento recuerdo y a esta infame esperanza, don Juan se frotaba las manos riéndose con una risa que daba miedo.

Al caer la tarde, se presentó a los ojos de ambos viajeros la sombría fortaleza del Perote, protegida por el apagado volcán del mismo nombre; fortaleza que ha encerrado muchos desdichados reos políticos, que ha escuchado muchos gemidos, que ha recogido muchas lágrimas y que guarda en su recinto los mortales despojos del general don Guadalupe Victoria, primer Presidente de la República, uno de los hombres más valientes, más sufridos, más honrados que ha tenido México; un hombre que un día, en Oaxaca, arrojaba su espada a sus contrarios los españoles y atravesaba a nado un foso, a cuya orilla opuesta le esperaban centenares de enemigos, exclamando:

-¡Cobardes, para batiros no necesito las armas!

Y los insurgentes se precipitaban detrás de él, y los españoles huían amedrentados de este rasgo sublime de valor espartano.

Durmieron en Perote, y al amanecer, helados de frío, comenzaron a descender al suelo de la provincia de Veracruz.

En el pueblecito de las Vigas había una gran agitación, y los vecinos se reunían en grupos, hablando y gesticulando animadamente.

Acababa de pasar por allí violentamente una partida de insurgentes que iban a ocultarse entre las asperezas rocallosas del Malpaís, que es una erupción volcánica cuya fecha se pierde en la noche de los siglos, para esperar un convoy español que se dirigía a México, y el cual había venido hostilizando desde Veracruz la tropa escasa que militaba a las órdenes de don

Guadalupe Victoria para cumplir tan importante y peligrosa comisión.

Fernando se estremeció al escuchar el nombre del Capitán de la partida que había sido designado por Victoria para cumplir tan importante y peligrosa comisión.

Era un nombre que despertaba todos sus recuerdos de infancia más queridos, un nombre que hablaba dulcemente a su corazón de épocas ya pasadas y que eran las más felices de su vida.

Era el nombre del Capitán de insurgentes que pronunciaban con más terror los soldados realistas en todas las provincias de Veracruz y Puebla.

En el camino distinguió Fernando a un soldado que subía difícilmente por las rocas.

Lanzó al galope su caballo y, acercándose a él, le preguntó con un acento que mal disimulaba la emoción que sentía.

-¿Dónde se encuentra el Capitán? Porque tengo que comunicarle una orden muy importante de parte del General.

-Después de habernos mandado ocultar entre las peñas, se ha adelantado para vigilar el camino desde aquellas tapias -respondió el soldado señalando las paredes lejanas de una especie de casuchón arruinado en una altura entre las peñas.

-Gracias, buen amigo -dijo Fernando lanzando su caballo en la dirección indicada.

Pero un hombre que no le había visto hablar con el soldado, puesto que le había adelantado una gran distancia, le esperaba en un recodo del camino, oculto por los peñascos, y precisamente al pie de las tapias a que el joven se dirigía.

Había desnudado su espada de la vaina, suspendiéndola a su puño, mientras que en cada una de sus manos mantenía una pistola armada.

Era don Juan, que se vengaba de un insulto hecho seis días antes, y que había escogido el lugar más solitario y más a propósito para esperar oculto al joven y hacer fuego sobre él dos veces y acabarle de matar a estocadas.

Contaba con la mala o ninguna defensa que le podía hacer Fernando, que no llevaba más arma que su espada, pendiente a su cintura descuidadamente; contaba con la estrechez y elevación del terreno por donde el joven tenía que pasar precisamente, siguiendo el camino de Jalapa; y contaba, además, con el abrigo que a él le daban las rotas paredes del destartalado casuchón.

Pero, desde una de las rotas ventanas que como el ojo de un gigante se abría en la tapia que formaba ángulo con la que protegía para sus villanos intentos al traidor don Juan, había un hombre que, medio oculto entre el yerbaje con que el tiempo había adornado el vetusto y sombrío edificio, observaba con atención sus movimientos.

Había escuchado los pasos de su caballo sobre el sendero, abierto casi entre las rocas, y había parado su atención; después había visto a un jinete, cuyo rostro no podía contemplar, porque estaba vuelto de espaldas y delante de él, detenerse y desnudar su espada, colgándola a su puño, sacar sus pistolas y montarlas, asegurándose antes del estado del cebo.

El hombre oculto dividía sus miradas entre el misterioso y el camino de Jalapa, que, por otra parte, estaba completamente solitario.

No se podía contemplar su rostro, porque hemos dicho que estaba dentro del edificio y oculto por el cortinaje de yerba; pero los escritores tenemos el privilegio de penetrar donde queremos, y el descaro de descubrir todos los secretos, por misteriosos que éstos sean.

Así es que lo haremos ver a nuestros lectores.

Era un joven de veinte a veintidós años de edad; alto, delgado, pálido, aunque algo tostada su fisonomía, como si hiciese algún tiempo que se exponía a la inclemencia y al desamor de la intemperie, sin habitar en poblacho.

Su fisonomía, expresiva e inteligente, presentaba un sello particular de marcialidad, como si, a pesar de su corta edad, estuviese el joven acostumbrado al mando sobre masas indisciplinadas o al cumplimiento de importantes y peligrosas empresas.

Sus ojos despedían una mirada viva, penetrante, inmediatamente escudriñadora de lo que pasaba a su alrededor; su boca formaba una sonrisa particular, en la que se podía leer una mezcla de ironía, de franqueza y de jovialidad.

Sobre su traje de paisano llevaba el joven, con cierto desenfado, las insignias de su grado de Capitán de insurgentes; un par de magníficas pistolas se ceñía a su cintura, y a ella pendiente colgaba un sable de enormes dimensiones.

-¿Quién será este hombre que se aparece tan repentinamente, se para aquí y se dispone como para un combate? -murmuraba el joven, que, como hemos dicho, no podía contemplar el rostro de don Juan, que estaba vuelto de espaldas-. No veo su cara, pero me parece que conozco esa apostura y creo que le he visto en otro tiempo, pero no recuerdo cuándo ni dónde.

Tiene todas las trazas de un espía enviado por el Comandante del convoy; pero ha caído en las astas del toro.

Observémosle.

Y el joven se preparaba a su doble espionaje.

Pero de repente un estremecimiento corrió por todo su cuerpo, una profunda palidez veló su rostro, que se descompuso notablemente por una grave emoción, sus ojos chispearon de cólera, y llevando maquinalmente la mano a su espada iba a salvar de un brinco la distancia que le separaba de aquel hombre.

Era que había visto, que estaba viendo el rostro de don Juan, que se había adelantado hasta el nivel casi de la ventana para lanzar una mirada al camino que acababa de dejar atrás, y por donde venía acercándose Fernando.

Pero se contuvo y esperó el resultado de la maniobra de don Juan.

Fernando, bañado el corazón de un recuerdo, el más grato de su infancia, se había absorbido en una profunda meditación, y con la cabeza gacha, caída sobre el pecho, se adelantaba al arruinado edificio que le habían designado como albergue del terrible Capitán de insurgentes, cuya emoción ya hemos presenciado.

Don Juan, en su misma postura hostil, se reía de la misma manera que se debe haber reído Satanás cada vez que ha visto rodar a sus abismos un alma perdida para el cielo.

Desde el sitio que el joven Capitán ocupaba, dominando el camino, podía muy bien distinguir a los que avanzasen por el sendero.

Así es que con su mirada de águila vio a Fernando que se acercaba, y un gozo infernal pintarse en el rostro del hombre cuya presencia le había causado tan profunda impresión.

De manera que comenzó a comprender poco más o menos la intención traidora de don Juan.

Pero no podía reconocer aún al joven.

De repente, al volver éste el sendero y encontrarse, por consiguiente, a sólo seis varas de la casa, se halló en frente de don Juan, que le apuntaba con sus pistolas.

Lanzar un grito de horror, dar un brinco al suelo desde la ventana y ponerse de un salto al lado de don Juan con la espada desnuda en la mano derecha y una pistola en la izquierda, fue para el joven Capitán la obra de un segundo.

Acababa de reconocer a Fernando, en el momento de volver el recodo del camino, y antes de que pasase su sorpresa, no había tenido tiempo más que para impedir el asesinato.

Pero ya era tarde.

Don Juan había hecho fuego a boca de jarro con una pistola, la bala fue a herir el flanco de su caballo, hiriendo también el muslo de Fernando.

El animal se encabritó, relinchó dolorosamente, arrojando al joven contra el suelo, y delirante por el dolor que sentía se lanzó desenfrenado por los campos.

Fue tan violenta la acción, que Fernando no tuvo tiempo para agarrarse de su montura y rodó un largo trecho por las peñas.

Don Juan, con el sable levantado en una mano y una pistola en la otra, se acercó violentamente a él para acabarle de matar.

Pero entonces oyó un grito terrible a su espalda, y al volver el rostro se halló frente a frente con el Capitán.

Al ver aquella fantasma que se levantaba amenazadora y espantosa como la conciencia, terrible y acusadora como la justicia, implacable como la cólera divina, fría y muda como la muerte, don Juan lanzó un grito terrible, histérico, que produjo un eco lúgubre en las peñas. Su rostro se descompuso por un terror pánico y supersticioso, y una convulsión que contrajo sus mandíbulas y un espanto que agolpó coagulada la sangre en su corazón le hicieron permanecer silencioso e inmóvil, mirando con ojos extraviados, como los de un loco, al Capitán, no menos conmovido que él.

Fernando, rota su pierna, para poder ponerse de pie se agarraba por un instinto de conservación a las ásperas peñas, por donde a su pesar se precipitaba a alguna distancia de los dos pálidos viajeros.

Logró por fin detenerse en una, pero los golpes, la sorpresa y la sangre que perdía, agotaron sus fuerzas y se desmayó.

El Capitán, a pesar de estar de pie, se irguió pálido y amenazador delante de don Juan, que se había quedado inerte como la hija de Loth al convertirse en estatua de sal por haber vuelto sus miradas a Sodoma, la impura ciudad maldita del Señor.

Al cabo de un rato de terrible silencio, dijo con un acento que revelaba la cólera, el desprecio y cierto sangriento placer de encontrarle:

-¿Conque al fin nos volvemos a hallar después de dos años, y cuando usted, ¡infame!, me creía muerto?

Don Juan ni se movió.

El Capitán continuó.

-Sí, nos hallamos, ¡y en qué circunstancias! Cuando acaba usted de dar la muerte traidoramente a un hombre que rueda allá abajo.

Don Juan quiso moverse, quiso huir, pero el terror le había quitado sus movimientos y permaneció clavado sobre su silla.

El Capitán continuó implacable.

-¿Y sabe usted que a ese joven le amaba con todo mi corazón? ¡Miserable! Responda usted, ¿qué ha hecho del otro, de aquel noble anciano?

Don Juan quiso articular algunas palabras, pero el terror ahogó su voz en su garganta, y sólo pudo lanzar un grito ronco e inarticulado.

-¡Ah!, no responde usted, ¡infame! ¡Traidor! ¡Judas! Yo le escupiría a usted en la cara, si no tuviese una espada con que defenderse por la última vez, porque esta tarde es la última vez que nos estamos mirando, y sólo uno de los dos debe descender, sólo uno de los dos, ¿lo oye usted?, ¡cobarde!

La sangre del noble anciano Hidalgo pide sangre, la sangre de ese joven que era mi hermano pide sangre.

¡Oh!, ellos la obtendrán. Empuñe usted pronto su espada, porque si no le mataré como un asesino, como lo merece. Si aún hay un resto de valor en esa alma de lodo, descienda usted del caballo y defiéndase.

Don Juan, mientras hablaba el joven, comenzó a recobrar su serenidad; se vio a caballo, con una espada y una pistola cargada, mientras que su contrario estaba a pie, y por su alma cruzó un siniestro y traidor pensamiento.

Oyó con calma las justas recriminaciones que le dirigía el irritado joven; meditó, calculó un momento su acción, y antes de que el Capitán se arrojase sobre él, le disparó su pistola a boca de jarro a la cabeza.

El joven se dejó caer ligero como la luz, se volvió a levantar, se apoderó de las bridas del caballo del traidor, antes de que volviese de su sorpresa o pensase en huir, y pálido, resuelto, sereno y silencioso, apoyó su pistola contra su pecho e hizo fuego.

Don Juan lanzó un rugido y cayó a plomo, como si fuera una estatua, del caballo.

El Capitán se inclinó a él, sombrío como la muerte; le vio revolcarse y estremecerse con las últimas convulsiones de la agonía, y murmuró con sordo acento:

-¡Asesino! ¡Traidor! ¡Y cobarde! Yo no he sido más que un instrumento de la cólera divina. Tu triple asesinato y tu triple traición han sido castigadas, porque aún hay justicia en el cielo y virtud en la tierra.

Don Juan hizo aún un último estremecimiento y murió.

El Capitán se irguió pálido y silencioso; se dirigió al lugar en que Fernando había desaparecido, y lanzó sus penetrantes miradas entre los peñascos.

Al ruido del tiro, Fernando volvió en sí de su desvanecimiento, trató de incorporarse.

El Capitán le vio de pie y, lanzando un grito de alegría, corrió a él.

Fernando oyó aquel grito, y al volver su rostro vio acercarse una sombra de él bien conocida y tiernamente amada.

-¡Fernando!

-¡Gil Gómez!

Este doble grito se confundió en uno solo.

Los dos jóvenes se estrecharon, permaneciendo un largo rato en silencio, porque su emoción les impedía hablar.

Pero sin hablar se lo habían dicho ya todo.

-¡Fernando!, ¡hermano mío! -exclamaba llorando Gil Gómez-. Por fin, después de tanto tiempo, te vuelvo a hallar, cuando hace un momento te creía muerto por ese infame.

-Pero, ¡en qué tristes circunstancias nos encontramos, Dios mío! -murmuraba Fernando.

Y los dos volvieron a estrecharse en silencio.

-Estás herido, ¿no es verdad? -preguntó al cabo de un momento Gil Gómez, cuando la primera emoción de volverse a ver hubo pasado, para hacer lugar a los recuerdos y a una tierna intimidad.

-Creo que es un simple rasguño que no habrá interesado el hueso, porque puedo andar perfectamente. Pero un presentimiento me dice que acabas de salvarme la vida. ¡Ese hombre!, ¿qué ha sucedido? -preguntó Fernando recordando bien lo que acababa de pasar.

-Ese hombre ha recibido ya el castigo que Dios le tenía destinado por sus crímenes -respondió melancólicamente Gil Gómez.

-¿Le conocías acaso?

-Demasiado.

-¿Ha muerto?

-Ha muerto.

-¿Dónde le habías conocido, hermano mío?

-Ha dos años, una tarde después de haber tendido un lazo infame a un noble anciano que proclamaba la más santa de las causas, me ha dejado por muerto en los desiertos del Potosí. Mira -continuó Gil Gómez entreabriendo su camisa y enseñando a Fernando el surco que en su pecho había dejado una bala al deslizarse sobre sus costillas-, mira, yo debía haber muerto, pero he escapado por un milagro, y Dios me ha dejado la vida para salvar la tuya y para castigar a un criminal, monstruo que la misma tierra desechaba.

En este momento llegaron a donde estaban los jóvenes varios soldados, a quienes los tiros atraían, haciéndoles abandonar los escondites en que su Capitán los había colocado.

Gil Gómez les dijo que habían muerto a un espía; les ordenó sepultar su cadáver y apoderarse de su caballo, lo mismo que buscar por las cercanías al herido del joven y retirarse a esperar sus órdenes.

Los soldados ejecutaron lo que se les había mandado y se retiraron a cierta distancia.

-¿Y a dónde te dirigías?, ¡hermano mío! -preguntó, cuando hubieron quedado solos, Gil Gómez.

-¿A dónde? A unirme con Clemencia, para no separarme más de ella -respondió Fernando con pasión.

-¿Sabes que se encuentra en Jalapa, lo mismo que don Esteban, que debe haber llegado ayer?

-Sospechaba lo primero, pero ignoraba lo segundo.

-¿Sabes que Clemencia está muy enferma?

-Me lo figuro -dijo Fernando con un suspiro-. Pero, ¿cómo sabes tú todo eso?

-Aunque no he vuelto más a San Roque, no he dejado, sin embargo, un momento de velar por sus habitantes, y ha habido veces en que me he hallado sólo a un cuarto de legua de la hacienda.

-¿Y has visto a mi padre y a Clemencia?

-Les he visto sin que ellos lo hayan sabido, pero no he vuelto a hablarles más.

-¿Por qué?

-Porque he sido demasiado ingrato con mi protector para atreverme a mirarle a la cara -respondió Gil Gómez melancólicamente con un suspiro-.

-¿Tú, Gil Gómez?

-Yo, Fernando, y por seguirte.

-¿Es posible?

-Escucha la historia de mi vida desde que nos separamos hace dos años.

Y entonces los jóvenes, sentados en un peñasco, con sus manos afectuosamente enlazadas, medio envueltos por las nacientes tintas crepusculares y por las nieblas que el Cofre de Perote lanzaba hacia Jalapa, se contaron mutuamente su historia y los lazos terribles que los habían unido con el hombre que acababa de morir, lamentando la fatalidad que les había impedido reunirse.

-Y ahora, ¿nos reuniremos para siempre, hermano mío? -preguntó Fernando al cabo de un rato y cuando hubieron concluido su confidencia.

-¡Imposible, Fernando! Mi brazo sostiene una causa que no abandonaré sino hasta morir o verla triunfante -dijo Gil Gómez.

-¿Pero me acompañarás a Jalapa?

-Te acompañaré, porque preveo una grave desgracia para ti y en la que necesitarás de mis consuelos.

-¿Una desgracia?

-Sí, pero no hablemos más de ello.

Un soldado vino a avisar a su Capitán que, por los indígenas que venían de Jalapa, habían tenido noticia que el convoy se había detenido a pernoctar en esta ciudad.

-¡Está bien! ¿Han enterrado el cadáver y han recogido los caballos? -preguntó Gil Gómez.

-Sí, mi Capitán, todo se ha hecho -respondió respetuosamente el insurgente.

-Traiga usted ensillados dos de los caballos que están de refresco allá abajo en la venta, y diga al alférez Peña que venga inmediatamente.

El soldado fue a ejecutar lo que se le mandaba.

A poco se presentó el Alférez, joven de dieciocho años entonces, que hoy duerme para siempre con sus insignias de Capitán y su espada de valiente en el campo de matanza de la Angostura.

Gil Gómez le ordenó retirarse con la guerrilla hacia el rumbo de Actopan, mientras que él permanecía en Jalapa para observar las operaciones del enemigo.

El soldado trajo dos caballos.

La guerrilla se reunió y marchó en buen orden en la dirección indicada.

-¡Y ahora a Jalapa! -exclamó Fernando tendiendo sus brazos hacia la hermosa ciudad que encerraba todo lo que amó en la vida.

-Sí, a Jalapa -respondió lacónicamente Gil Gómez, lanzando una última mirada al sitio en que dormía don Juan con su último sueño.

-Sí, a Jalapa, donde está el amor, la calma, la felicidad, mi puerto de salvación en las tempestades del mundo.

-O la tumba de tus ilusiones -murmuró Gil Gómez.

Y los dos jinetes lanzaron sus caballos al galope, desapareciendo a poco entre las tinieblas de la noche y las brumas que el Cofre de Perote enviaba hacia Jalapa.

XXIII ¡Para la eternidad!

La tarde misma en que tuvieron lugar los sucesos que acabamos de referir, llamó un hombre a la puerta de la habitación del doctor.

Era el cartero, que entregó una carta que había venido por el correo de México.

El doctor, que velaba al lado de Clemencia, fue llamado por don Esteban, que hacía dos días había ido a hacerle compañía y acababa de recibir la carta.

Estaba dirigida a Clemencia, bajo un sobre rotulado al doctor.

-¿Qué haremos con esta carta? Porque, en el estado en que mi hija se encuentra, le es imposible leerla -preguntó el anciano, que se había quedado pensativo con la carta en la mano.

-Yo creo -observó don Esteban- que la impresión que le haga esta carta debe más bien serle provechosa que dañosa.

-Es verdad, amigo mío, dice usted muy bien, le daremos esta carta, la primera que recibe después de un año de silencio, ¿por qué privarla de esta última satisfacción, cuando acaso mañana o esta noche, ¡Dios mío!, todo habrá concluido para ella? -exclamó el doctor entre sollozos, penetrando seguido de su amigo en el aposento de la moribunda Clemencia.

La joven estaba reclinada sobre su lecho.

Una palidez más profunda, una mirada más apagada, una sonrisa más triste, es la única diferencia que encontraremos en su rostro, que contemplamos hace pocos días.

Sin embargo, en su fisonomía se podían leer esos signos misteriosos que, sin saber en lo que consisten precisamente, indican no obstante con bastante seguridad una muerte próxima, por más animados que estén los enfermos.

-Hija mía -dijo el doctor-, esta carta acaba de llegar para ti y viene de México, ¿quieres leerla tú?

Clemencia abrió los ojos, que tenía cerrados a pesar de no estar dormida, al escuchar estas palabras de su padre, se sonrió con una triste sonrisa por cierto, como si fuese un acontecimiento demasiado natural el que le anunciaba, y alargó su descarnada mano para recibir la carta.

Entre don Esteban y el doctor incorporaron sobre su lecho a Clemencia, y aproximó el primero la bujía que alumbraba la habitación.

Clemencia abrió lentamente la carta, recorrió violentamente las pocas líneas que la componían, y se desmayó.

Era la carta que hemos visto escribir tan arrepentido a Fernando, y bien se comprende el efecto que sus palabras debían causar sobre el ánima enferma de la pobre niña.

El doctor lanzó un grito, y apoderándose de la carta, recorrió violentamente su contenido.

Al cabo de un momento, Clemencia abrió los ojos, volviendo en sí por las esencias que el doctor le hacía respirar.

Volvió a pedirle la carta con un signo de cabeza, la volvió a leer con una triste lentitud, y cuando hubo concluido, con los ojos arrasados de lágrimas, besó la firma y guardó el papel en su seno.

Después sollozó un rato, y en su rostro ajado por la enfermedad se pintó una esperanza dulce, una fe intensa, una resignación sublime, resignación de mártir.

Después, volviéndose al doctor, dijo con acento tranquilo, vagando por sus labios una sonrisa de melancólica satisfacción:

-¡Ya lo ve usted, padre mío! Aunque tarde, llega al fin.

-Sí, y acaso dentro de un momento se encuentre a nuestro lado -dijo el doctor.

-Dios nos lo había quitado, y Dios nos lo vuelve -exclamó don Esteban con emoción.

-Pero es inútil. Es una lástima en verdad que llegue tan tarde. En vez de una amante se va a encontrar con una moribunda -murmuró tristemente Clemencia.

El doctor y don Esteban guardaron silencio.

-Procura reposar un momento, ¡hija mía! -dijo aquél.

-¡Estoy tan tranquila! Me siento tan bien en este momento que hasta me parece que puedo respirar más libremente -continuó Clemencia.

El doctor se entristeció; por el contrario, hacía poco había auscultado el pecho de su hija y había notado con espanto los progresos del mal en el pulmón derecho.

Y después de haber dejado caer las cortinas del lecho de Clemencia, los dos amigos se salieron en silencio del aposento.

Serían las diez de la noche, cuando el doctor y don Esteban, que permanecían silenciosos en la pieza inmediata a la de Clemencia, que acababa de quedarse dormida, oyeron llamar fuertemente a la puerta.

Ambos se estremecieron, y por un instinto de amor de padres corrieron a abrir.

-¡Mi hijo!

-¡Fernando!

-¡Padre mío!

Este triple grito se confundió en uno solo.

Era, en efecto, Fernando, pálido, desencajado, anhelante, que se precipitó en los brazos de su padre.

Gil Gómez se quedó confundido en la sombra.

-¡Hijo!, ¡hijo de mi corazón!, por fin te vuelvo a ver después de tanto tiempo -exclamaba sollozando don Esteban.

-¡Perdón, padre mío, perdón!, por los pesares que he podido causar a usted -decía no menos conmovido Fernando.

Y padre e hijo se volvían a estrechar conmovidos.

Pasados los primeros transportes, en tanto que Fernando estrechaba la mano del doctor, Gil Gómez, que, como hemos dicho, se había quedado en la sombra, contemplando mudo aquella escena en que se mezclaban tanto el dolor y el placer, se adelantó a don Esteban y cayó de rodillas a sus pies, exclamando:

-¡Perdón, padre mío, perdón!

-¡Gil Gómez! -murmuró sorprendido don Esteban al reconocerle.

-Sí, su hijo de usted, que viene sólo a implorar su perdón, para volver a partir; su hijo de usted, que le ha abandonado hace dos años, como un ingrato, para correr detrás de su hermano.

-Levanta, ¡hijo mío!, yo te perdono, y he escuchado pronunciar tu nombre como el de un valiente y como el de un hombre honrado -dijo don Esteban afectuosamente, levantando del suelo a Gil Gómez.

¡Todos parecían tan felices!

¡Ay!, aquella ilusión de felicidad había de ser tan pasajera, tan pasajera como esos celajes de verano que aparecen un instante en el cielo y se disipan al soplo del viento.

Florencio del Castillo ha hecho comprender todo lo ilusorio de los placeres terrestres, toda la triste esperanza de un dolor sin tregua, dejando caer sólo estas tres palabras:

¡Hasta el cielo!

¡Pobre humanidad! ¡Perder la felicidad en el momento de alcanzarla!

¡He aquí tu destino!

Al cabo de un momento, Fernando, dirigiéndose al doctor, le dijo con tristeza:

-¿Y Clemencia?

El doctor no contestó, movió desalentadamente la cabeza y, poniendo su dedo sobre sus labios, condujo al joven hasta la puerta de la habitación de su hija.

Don Esteban y Gil Gómez permanecieron mudos.

Fernando siguió al doctor en silencio.

Abrió éste sin hacer ruido la puerta, se acercó al lecho de Clemencia, que estaba dormida, y, entreabriendo el cortinaje, se la mostró con una señal.

Al contemplar aquel rostro apacible, todavía bello a pesar de la enfermedad, tan doliente y tan sereno; al contemplar aquel rostro querido que traía consigo todo un mundo de recuerdos, de ilusiones, de tiempos mejores ya perdidos en la noche del dolor; aquel rostro que era la expresión de una esperanza, el signo de un remordimiento, la imagen más patética y más viva de un pesar sin límites, Fernando lanzó un grito que era al mismo tiempo un gemido y una queja, una ilusión y una acusación contra sí mismo, y cayó de rodillas al borde del lecho, tomando entre las suyas las pálidas manos de Clemencia.

Al grito, abrió ésta los ojos, y al mirar a la tenue y dudosa luz que despedía la lámpara de la habitación a una figura llorosa y anhelante a su lado, comprendió más bien que miró quién era.

Un último estremecimiento de vida circuló por aquel cuerpo ya casi muerto, reunió todas sus fuerzas para incorporarse en el lecho, sus ojos brillaron con una expresión sublime de entusiasmo, último reflejo de una pasión desdichada, postrer luz de una lámpara que se apaga, primer flor que brota en un sepulcro, y cayó en brazos del joven, profiriendo entre sollozos y angustia estertorosa este último grito supremo, queja y amor al mismo tiempo, postrer adiós de un corazón que se despide de una vida donde sólo halló pesadumbres, martirio y desengaño.

-¡Fernando...!

-¡Clemencia! -dijo a su vez el joven estrechando a aquella pobre moribunda contra su despedazado corazón.

Y los jóvenes confundieron durante algún tiempo sus sollozos.

Don Esteban y Gil Gómez, de pie junto a la puerta, permanecían silenciosos.

El doctor lloraba cerca del lecho de su hija.

Era un espectáculo que hacía pedazos el corazón el de aquellos jóvenes abrazados llorando con el llanto que se derrama al terminar una larga y dolorosa ausencia y con el que se vierte al despedirse.

Era una ironía horrible, aquella alegría que debía causarles la dicha de volverse a ver, y aquel pesar del adiós para la eternidad.

¡Era espantoso el sarcasmo!

Un joven lleno de vida, de esperanzas, de arrepentimiento, que venía a encontrarse con el alma de su alma, moribunda, doliente, suspendida entre la tumba y la tierra, entre la vida y la eternidad, entre el cielo y el mundo, entre Dios y el hombre.

¡Un sepulcro por tálamo nupcial!

¡Sollozos por palabras de ternura!

¡Silencio de pesar por dulce recogimiento de placer!

-Clemencia, ¿me perdonas todos los sufrimientos que con mi ingratitud he podido causarte?, ¡alma mía! -exclamaba Fernando ahogada su voz por sus gemidos.

-¡Yo te perdono! -dijo solemnemente Clemencia, reuniendo todos su esfuerzos para proferir estas últimas palabras, elocuente historia de su vida y de su corazón.

Y arrancándose de los brazos de Fernando, cayó pesadamente sobre el lecho.

Una hora después comenzó la agonía de Clemencia, agonía tranquila como su vida.

Su respiración de desigual pasó a uniforme, como si el aire, no penetrando ya en los pulmones, comenzase la asfixia poco a poco.

De cuando en cuando entreabría sus ojos ya opacos y los volvía al sitio en que Fernando, pálido, desencajado, con la mirada fija sobre su pálido rostro, llorando en silencio, la veía irse muriendo lentamente.

Otros momentos, al sentir entre las suyas las manos de su padre, las estrechaba débilmente.

A veces un quejido triste y débil se exhalaba de su oprimido pecho, últimos signos del sufrimiento.

El doctor, tranquilo, anonadado con ese anonadamiento del dolor que nos impide llorar y nos convierte en una especie de idiotas sensibles, a fuerza de sentir, miraba a su hija con una fijeza espantosa y sombría, como la de un loco.

Don Esteban veía alternativamente a su hijo, a la moribunda y a su amigo, intentando en vano arrancarles de aquel lecho a que el dolor les atraía con un horrible magnetismo.

Gil Gómez se había dejado caer abatido y silencioso sobre un sillón.

No se oía más rumor que el de la péndola del reloj, que contaba implacable los momentos con una espantosa uniformidad, la imperceptible respiración de la moribunda y los comprimidos sollozos de los circunstantes.

Fuera de la habitación se escuchaban las voces de los criados que iban y venían, y el gemir del viento que se estrellaba sollozando entre las vidrieras.

De repente el doctor exhaló un doloroso gemido y cayó entre los brazos de don Esteban, que corrió a él apresuradamente arrancándole del lecho.

Fernando lanzó otro grito, levantó entre sus brazos a Clemencia, la besó en la frente, llevando sus heladas manos contra su pecho, y llamándola con los nombres más tiernos.

Pero la joven no respondió, no hizo un movimiento, y su pálida cabeza cayó pesadamente sobre el lecho.

¡Estaba muerta!

En un segundo había atravesado ese misterioso camino que va de la vida a la eternidad.

Sus labios se entreabrían por una sonrisa, sus ojos abiertos estaban fijos en el cielo, y una de sus manos colgaba fuera de la ropa del lecho.

El doctor, apoyada su cabeza sobre el pecho de don Esteban, lanzaba desgarradores gemidos.

Fernando, abrazado con Gil Gómez, lloraba con dolorosa desesperación.

Un criado cubría con sus mismas ropas la pálida cabeza de la muerta, después de haber cerrado sus ojos.

Fuera, la misma tranquilidad, la misma calma, la misma indiferencia del mundo...

Más adelante volveremos a encontrar en otras circunstancias a algunos de los personajes de esta historia.

Fin